LA FAUTE DE L'ABBÉ RICHAUD

Paru dans Le Livre de Poche :

L'ÉNIGME DE LA BLANCARDE

JEAN CONTRUCCI

Les Nouveaux Mystères de Marseille

La Faute de l'abbé Richaud

ROMAN

JC LATTÈS

À Michèle, pour nos quarante ans.
À Jérôme, pour nos vingt ans.

Le seul moyen de se délivrer de la tentation, c'est d'y céder.

Oscar WILDE

Le Portrait de Dorian Gray.

Note de l'auteur

On trouvera parfois dans ce texte certaines expressions tirées du parler marseillais, quand la vérité du dialogue l'exige. Qu'on ne voie pas là le recours à une couleur locale facile, ou à un folklore langagier dépassé. Les Marseillais de la Belle Epoque, à quelque classe sociale qu'ils appartiennent, sont bilingues (franco-provençal, ou franco-marseillais). Ils truffent leurs propos exprimés en français d'expressions venues du provençal, du patois local ou de l'italien. Cette habitude s'est prolongée bien après la Seconde Guerre mondiale. Aujourd'hui la tchatche a pris le relais. C'est pourquoi nous avons fourni une traduction des expressions qui pourraient poser un problème de compréhension aux Français vivant au-dessus du 45e parallèle, qui, comme chacun sait, passe par Valence.

Avertissement au lecteur

Cette histoire, si elle s'inspire partiellement de faits réels et lointains dans l'espace et le temps, est une fiction. On n'a jamais eu à déplorer, dans la paroisse Saint-Roch de Mazargues, ce village aux portes du sud de Marseille, la présence d'un vicaire nommé Charles Richaud. Le malheureux curé Barral est également un personnage inventé. Tout événement rapporté ici, tout personnage, toute situation n'a aucun lien avec une quelconque réalité mazarguaise présente ou passée et ne serait donc que pure et regrettable coïncidence.

Si l'auteur a situé son histoire dans ce terroir marseillais naguère campagnard, c'est uniquement parce qu'il y a passé une grande partie de sa jeunesse et en garde un souvenir ébloui.

1

Où un « miracle » dans la chapelle des Carmes met en émoi le paisible village de Mazargues.

L'aube qui se levait sur le village de Mazargues en ce jeudi 21 avril 1898 annonçait une journée superbe. Le ciel, lavé par la pluie de la veille, serait bientôt repeint à neuf par un soleil qui n'allait pas tarder à passer le nez par-dessus le mont Puget, massif calcaire séparant Marseille de Cassis.

L'abbé Joseph Barral, cinquante-sept ans, curé de Saint-Roch, l'église paroissiale, ouvrit la croisée de sa chambre et huma comme une friandise la fraîcheur matinale. Après un début de printemps un peu trop sec, la pluie avait fait grand bien aux cultures qui cernaient ce village blotti sur les premiers contreforts du massif des Calanques, à quelque six kilomètres au sud de Marseille. Elles assuraient, avec la pêche, l'essentiel des ressources et des revenus des Mazarguais qui ne travaillaient pas dans les corderies ou les fours à chaux, industries typiquement locales.

Dans deux heures, l'abbé Barral irait rejoindre la chapelle des Carmes, l'ancienne église du village, délaissée au profit de la nouvelle, érigée en 1847 par Mgr de Mazenod, infatigable bâtisseur. Le prélat voulait doter les agglomérations rurales de la ceinture marseillaise d'églises aux dimensions propres à répondre à l'accroissement considérable de population que connaissait le terroir campagnard entourant la ville, qui, sous sa poussée, se transformait en banlieue. Cette nouvelle église, de style vaguement grec, due à l'architecte Pascal Coste, pourtant de bon renom, barrait l'extrémité de la Grand-Rue [1] de sa masse sans grâce. Elle était trop imposante au goût de l'ecclésiastique qui lui préférait, pour organiser la retraite des enfants qu'il préparait à la communion privée, fixée au 21 mai prochain, l'intimité de l'ancienne chapelle du couvent du Mont-Carmel, tout proche.

Avant de refermer sa croisée, l'abbé Joseph Barral leva les yeux vers le ciel pur, comme on dit au revoir à un ami qu'on retrouvera bientôt, et bourra sa première pipe de la journée, seul « péché » que s'autorisait cet homme simple aux mœurs rustiques et à l'âme fraîche. Son tour de taille disait assez que l'abbé ne dédaignait pas les plaisirs de la table. Si les plaisirs de la chair leur avaient tenu compagnie, il eût trouvé place parmi les moines de l'abbaye de Thélème chère à François Rabelais. Mais cette nature paisible se satisfaisait sans tourment superflu de son état de célibataire.

Avant de lire son bréviaire matinal, le curé Barral, encore en « civil » — pantalon de toile épaisse comme en portaient les paysans d'alentour et chemise blanche sans col —, se servit un second bol de chicorée, moins brutale envers un cœur usé par trente-quatre années de sacerdoce que le café dont il abusait dans sa jeunesse,

1. Aujourd'hui rue Emile-Zola.

quand il allait l'acheter vert dans un magasin du port de Marseille pour le torréfier lui-même à son goût.

Le curé de Mazargues portait le bol à ses lèvres quand il entendit une cavalcade pesante dans l'escalier qui menait à sa chambre, située au premier étage du presbytère niché dans l'ombre épaisse de la nef de Saint-Roch.

— Monsieur le curé ! Monsieur le curé ! Venez vite ! Ah, mon Dieu, sainte Bonne Mère, ce qui nous arrive !

L'abbé Barral reconnut la voix puissante de Marguerite Chabert, sa bonne. La porte de la chambre s'ouvrit à la volée sous la poussée vigoureuse d'une forte femme de soixante-sept ans. Son imposante silhouette s'encadra dans le chambranle auquel, à bout de souffle, elle s'appuya, en nage, la coiffe blanche de travers, le fichu bousculé sur ses épaules, serrant convulsivement le large tablier qui protégeait sa longue jupe en boutis d'indienne.

Le prêtre, debout au milieu de la pièce, pivota sur ses godillots cloutés et, découvrant l'état dans lequel était la brave femme d'ordinaire paisible, il prit peur. Leurs regards se croisèrent. Marguerite veuve Chabert poussa un long cri d'horreur. Elle saisit la poignée de la porte qu'elle venait de heurter à la cloison et la referma sur elle !

Le curé posa sa pipe et, avec une vivacité que n'annonçait pas sa forte corpulence, il fut d'un bond sur la porte qu'il ouvrit à son tour pour découvrir sa bonne debout sur le palier. Elle se mordait les lèvres en se dandinant d'un pied sur l'autre, les mains sur le bas-ventre comme lorsqu'on retient une envie pressante, l'air affolé.

Inquiet, l'abbé s'avança lentement vers sa vieille servante, s'efforçant par une attitude sereine de ne pas ajouter à la panique de la pauvre femme. Il s'adressa à elle comme à un enfant que l'on veut consoler :

— Que se passe-t-il, ma bonne Marguerite ? Je ne vous ai jamais vue dans un état pa...

Elle ne le laissa pas terminer. L'index pointé, les yeux écarquillés d'horreur, elle lança :

— Non, ne m'approchez pas ! Oh, j'ai honte ! Vous êtes...

Elle n'acheva pas et cacha son visage dans ses mains. L'abbé Barral, par réflexe, inspecta sa tenue, vérifia d'un coup d'œil discret l'alignement des boutons de sa braguette, toucha l'attache qui fermait sa camisole de toile au ras du cou et regarda, incrédule, Marguerite Chabert qui venait d'éclater en sanglots déchirants :

— Mais enfin, Marguerite, vous allez me dire ?

Entre deux spasmes, la malheureuse finit par articuler :

— La soutane, monsieur le curé !

— Quoi, la soutane ?

— Sauf votre respect, vous l'avez pas, monsieur le curé !

Elle couvrit son visage de ses mains. Ses joues rebondies étaient devenues rouges comme un *gratte-cul*[1]. L'abbé Barral — ancien aumônier militaire dans la coloniale à Oran — réalisa qu'il était encore « en

1. Le cynorrhodon. Partie de la fleur du rosier qui contient des graines urticantes.

pékin » à cette heure matinale. Il avait remis comme chaque jour la corvée de replacer les trente-trois boutons[1] du noir vêtement sacerdotal dans leurs boutonnières minuscules, si peu pratiques pour ses doigts épais de paysan provençal.

— Marguerite, vous n'êtes tout de même pas entrée comme un *troun de l'air*[2] dans ma chambre sans même frapper, pour me faire remarquer que je n'avais pas encore enfilé ma soutane ?

— No... non, bégaya la brave femme.

— Alors ?

— Je vous avais jamais vu habillé en homme, monsieur le curé. Mon Dieu, *qué* honte j'ai !

Le curé de Saint-Roch ne put s'empêcher de sourire :

— Allons, Marguerite, pas d'enfantillage. Entre nous, mon linge, vous le connaissez mieux que personne, c'est vous qui l'entretenez, donc je ne vois pas ce qui vous gêne. Vous ne pensez pas qu'un curé se promène tout nu sous sa soutane ?

La servante poussa un long cri offusqué :

— Mais c'est que, en dix-sept ans, c'est la première fois que je vous vois comme ça ! J'ai la vergogne[3] !

— Bon, eh bien ! n'en parlons plus, dit l'abbé, qui prit par le bras sa servante et, l'ayant fait entrer dans sa chambre, la força à s'asseoir sur une chaise.

— Que vouliez-vous me dire ?

Marguerite Chabert haletait en s'agitant convulsivement. L'abbé se pencha sur elle, lui épongea le front

1. Leur nombre immuable et symbolique était chargé de rappeler au prêtre l'âge de la mort du Christ.

2. Le tonnerre. S'employait au sens figuré pour caractériser une personnalité vigoureuse.

3. Honte.

avec une serviette humidifiée par l'eau d'un broc et prit un air faussement sévère :

— Vous allez cesser de pleurer, Marguerite, et m'expliquer les raisons de cette agitation. A votre âge, on n'entre pas chez les gens comme un boulet de canon — à plus forte raison chez son curé — si on n'a pas une raison précise de le faire. Vous allez m'expliquer calmement ce qui vous amène.

L'abbé s'était redressé et, tout en parlant, il avait enfilé les manches de sa soutane, sans doute avec l'espoir de redonner un peu de tenue à la scène de folie qu'il venait de vivre, mais il renonça à l'épreuve du boutonnage. Si bien qu'il arborait une tenue bâtarde, mi-civile, mi-ecclésiastique, qui lui donnait l'air aussi débraillé que sa servante. Celle-ci, tout en reniflant et en continuant à s'agiter sur la chaise de paille qui protestait en grinçant contre le rude traitement que lui infligeait l'imposant postérieur de la bonne, commença un récit embrouillé, entrecoupé de reniflements :

— Monsieur le curé, il nous en arrive une drôle ! Je suis toute *estranssinée*[1].

— Mais encore ?

— Ce matin, comme vous me l'aviez demandé, je suis allée à la chapelle des Carmes pour remettre des fleurs fraîches dans les vases du maître-autel.

— Je vous en remercie.

— Attendez. Quand j'ai voulu mettre les clefs dans la serrure, je l'ai trouvée ouverte.

L'abbé Barral, surpris, faillit s'écrier « diable ! » mais se retint à temps.

— Je l'avais pourtant moi-même fermée hier soir,

1. Bouleversée.

remarqua-t-il, après avoir déposé les feuilles de prières que je compte faire réciter ce matin à mes futurs communiants.

— Je sais, répondit Marguerite Chabert, puisque c'est vous qui m'avez confié la clef pour ce matin.

— Alors ?

— Alors, il y avait quelqu'un arrivé avant moi dans la chapelle. Et ce quelqu'un, c'est Mlle de Marsanges.

Un pli soucieux apparut sur le front charnu de l'abbé :

— Lucie ou Agathe ?

— Agathe.

Le pli s'accentua. Agathe de Marsanges était, des deux sœurs, la plus virulente parmi les punaises de sacristie que comptait la paroisse. Ces riches rentières, vieilles filles par vocation, tapies dans leur domaine de Valtournel, hérité de leur père, aux portes sud du village, s'étaient érigées en censeurs des mœurs mazarguaises. Elles répandaient leur venin au sein d'une petite cour mesquine dont elles étaient les souveraines et les ordonnatrices, chaque dimanche à la sortie de la messe de dix heures. Là se déroulaient de véritables audiences d'un tribunal inquisitorial, au cours desquelles les vices cachés et les vertus publiques de la communauté villageoise étaient passés au crible d'une morale étroite et rétrograde.

— Que faisait-elle, Agathe, à cette heure dans la chapelle ? demanda le curé, plus pour mettre fin à son silence que pour entendre la réponse de Marguerite.

Ce que lui confia la veuve Chabert augmenta l'embarras de l'abbé Barral.

— Quand je suis entrée, on aurait dit qu'elle m'attendait. Elle était debout devant l'autel, les bras en croix. Elle avait entendu le bruit de la porte qui grince comme la girouette du château de M. Espitalier et elle s'est brusquement retournée vers moi, en criant comme une possédée : « Miracle ! Le Bon Dieu a fait un miracle pour punir les sans-Dieu qui veulent abattre notre sainte mère l'Eglise ! » J'ai cru qu'elle était devenue folle, reprit la bonne. J'ai fait le signe de la croix, puisque vous dites que ça fait peur au diable, mais elle continuait de plus belle. « Jésus-Christ vient de redescendre sur terre pour châtier les Républicains athées ! Regardez, Marguerite Chabert ! Regardez ! Il vient de faire un miracle et il nous a choisis, nous les croyants de Mazargues, pour aller l'annoncer à la France entière ! » « *Qué* miracle ? j'ai dit. Vous êtes pas un peu *momo*[1] ? » La Marsanges roulait des yeux terribles. Elle m'a pris par le bras pour me faire avancer vers l'autel. Elle a crié encore plus fort : « Regardez, femme de peu de foi, et tombez à genoux. Dieu nous envoie de nouveau son Fils pour nous sauver des athées et des francs-maçons ! »

Le curé ne disait rien pour ne pas interrompre le récit de sa servante, mais on le voyait fortement préoccupé. Marguerite Chabert en vint au cœur de son histoire :

— Je me suis approchée de l'autel. L'autre folle me serrait toujours le bras à m'en faire mal et montrant du doigt le tableau de la crucifixion qui est au-dessus du *tabernacre*...

1. Expression populaire pour désigner à l'époque une personne à l'esprit dérangé. Antonin Artaud se désigne fréquemment comme « Artaud le Momo ».

— La descente de croix, corrigea machinalement l'abbé Barral.

— Qu'est-ce que vous dites, monsieur le curé ?

— Rien, rien, ce n'est pas une crucifixion mais une descente de croix, Marguerite, ça n'a pas d'importance, continuez.

— Et là, j'ai vu une chose incroyable, monsieur le curé. Incroyable. Sur les pieds et les mains de Jésus, peints sur le tableau, on voyait du sang. Pas en peinture : du vrai sang ! Elle avait raison, la folle, c'était un vrai miracle. J'ai failli me trouver mal. Et l'autre, elle criait toujours : « Le Sauveur saigne à cause de tout le mal que Lui font les incroyants ! Il faut écouter le message qu'Il nous envoie ! Ce sang qui ruisselle de ses plaies deux mille ans après sa résurrection, c'est un avertissement ! Le miracle de Mazargues sera bientôt aussi retentissant, aussi fameux, que celui de Lourdes ! » Alors, Agathe, qui ouvrait une bouche terrible, comme un pageot en train de crever sur la balance de Félicité, la poissonnière, m'a dit en me parlant dans le nez : « Jésus a choisi Mazargues pour revenir et confondre un monde qui perd sa religion ! Allez annoncer la bonne nouvelle à l'abbé Barral. Et repentez-vous tous du Mal qui est en vous ! » Elle s'est jetée à genoux en chantant le cantique *« Jésus m'appelle, Jésus me reçoit »*. Une vraie folle, je vous dis !

Le curé de Mazargues, accablé, secoua la tête comme s'il voulait chasser un mauvais rêve.

— C'est tout ?

— Eh bè ! ça vous suffit pas ?

— Oui, oui, bien sûr, dit l'abbé. Je veux dire, c'est tout ce qu'elle a dit ?

— Oh ! elle a dû ajouter des choses que j'ai pas bien comprises. Elle a parlé de séparation entre l'Eglise et l'Etat, *sabe ièu*[1] ? Je languissais de m'en aller, je vous le dis ! Je me sentais pas bien, seule avec cette piquée. Alors, je suis venue droit ici en courant et c'est pour ça que...

— Je sais, je sais, Marguerite. Vous n'avez rencontré personne en venant ?

— Personne.

— Donc vous pensez être pour le moment la seule au courant ?

— Au courant de quoi, du miracle ?

— Non, oui. (L'abbé ne savait plus.) Enfin de la scène que vous a faite cette fo... euh, Mlle de Marsanges.

Marguerite Chabert releva la tête et regarda son curé droit dans les yeux :

— Vous y croyez pas, vous, monsieur le curé, au miracle ?

L'abbé Barral se racla la gorge pour chasser son embarras. Il avait failli dire « je ne crois à rien », mais, jugeant à temps le sens que Marguerite Chabert pouvait donner à cette phrase étonnante dans la bouche d'un prêtre, il s'abstint, se contentant de noyer le poisson :

— C'est-à-dire... Pour le moment, rien ne nous prouve qu'il s'agit d'un miracle, Marguerite. Notre sainte mère l'Eglise est extrêmement prudente sur la question. Même à Lourdes, il a fallu des années d'enquêtes et d'interrogatoires pour qu'elle admette que les

1. Prononcez « sabé iéou » en accentuant le é. Expression provençale signifiant l'incompréhension : « Est-ce que je sais, moi ? »

manifestations dont Bernadette Soubirous avait été le principal témoin étaient d'essence divine.

La servante secoua la tête :

— On n'y voit pas bien clair à cette heure dans la chapelle, mais bien qu'*escagassée*[1] par les cris de la folle, j'ai bien aperçu quelque chose de rouge qui coulait à l'endroit où, sur le tableau, on voit les trous faits par les clous dans les mains et dans les pieds du Seigneur Jésus. On aurait bien dit du sang. Que voulez-vous que ce soit, monsieur le curé ?

L'abbé Barral ne savait plus quoi dire. Il avait l'air comme absent. En réalité, il réfléchissait à quelque chose qui le mettait à la torture :

— Quelqu'un a pu mettre du sang sur le tableau pour nous faire croire...

Il s'interrompit et, se secouant tout à coup, il dit :

— Bon ! On ne va pas rester là à attendre. Venez avec moi à la chapelle. On verra bien de quoi il retourne.

— Je veux pas y aller ! s'écria Marguerite, l'air épouvanté. Si l'autre folle...

— Pourquoi ? Avec moi vous ne risquez rien. Si c'est une mauvaise farce, nous y mettrons un terme. Si c'est un miracle, ne suis-je pas le mieux placé pour en décider ? Que craignez-vous ? Allons, debout Marguerite ! Et puis faites-moi plaisir. Cessez donc de désigner Mlle de Marsanges comme « l'autre folle ». Un peu de charité chrétienne, je vous prie.

Marguerite Chabert ne se laissa pas démonter par la réprimande :

1. Rompue, détruite. S'emploie le plus souvent au sens moral.

— Après *l'estoumagade* [1] qu'elle m'a donnée ! Si vous croyez qu'elle mérite un autre nom...

L'abbé Barral ne releva pas. Il coiffa ses cheveux rares et blancs de son vieux béret, fit sortir sa bonne la première et, tout en descendant l'escalier, il entreprit le fastidieux boutonnage de sa soutane. La situation était suffisamment compliquée pour qu'il n'aille pas risquer de choquer une de ses ouailles en sortant seulement à demi revêtu du costume indiquant sa fonction sacerdotale.

L'épreuve qui l'attendait exigeait une tenue impeccable. Celle d'un officier de l'armée de Dieu montant à l'assaut à la tête de ses troupes.

1. Emotion qui vous retourne l'estomac.

2

Où l'abbé Barral, curé de Mazargues, doit se rendre à l'évidence : il y a du sang frais sur le tableau représentant la descente de croix !

La chapelle de l'ancien couvent de Notre-Dame du Mont-Carmel n'était pas à plus de deux cents mètres de l'église Saint-Roch. A grandes enjambées, le curé de Mazargues et sa servante y furent rendus en un rien de temps. Ils n'avaient croisé personne. Ce qui ne voulait pas dire que, depuis un coin de rideau, ils n'aient pas été repérés par l'œil curieux d'un paroissien. Mais, quoi ? Il n'était pas écrit sur leurs fronts qu'ils allaient vérifier le bien-fondé d'un miracle ! L'abbé Joseph Barral et sa bonne formaient — en tout bien tout honneur — un vieux couple pour les Mazarguais qui les rencontraient fréquemment ensemble, visitant un malade, portant à un mourant le secours de la religion, participant aux fêtes du village. D'autant plus que Marguerite Chabert, outre ses qualités ménagères et ses dons culinaires, faisait fréquemment office de bedeau intérimaire quand le préposé officiel, Marius Espanet, avait un coup dans l'aile, risquant de mettre en péril la dignité de sa fonction. C'est-à-dire souvent.

Ceux qui purent les voir passer ce jeudi matin ne

pouvaient se douter que, loin de se rendre à l'avance à la chapelle des Carmes pour y préparer l'accueil des futurs primo-communiants, le curé Barral et sa bonne marchaient d'un pas pressé vers le lieu d'un événement qui venait de bouleverser leur existence.

La porte de la chapelle était fermée à clef. Ce qui signifiait qu'Agathe de Marsanges, à moins que prise d'une crise de folie furieuse autant que mystique elle ne se fût barricadée pour demeurer l'unique bénéficiaire de l'intervention divine, était retournée chez elle... « ou au diable », ne put s'empêcher de penser l'abbé Barral.

La configuration du petit édifice religieux à nef unique, sans déambulatoire, ni chapelles latérales, facilita l'examen prudent auquel le curé de Mazargues et sa bonne procédèrent avant de s'avancer vers l'autel. Marguerite Chabert jetait cependant des coups d'œil inquiets vers les moindres coins d'ombre, craignant d'y trouver tapie la maigre harpie vociférante qui, un moment avant, lui promettait le retour inattendu de Jésus-Christ dans un coin du terroir marseillais jusqu'alors sans histoires et de bonne fréquentation.

La chapelle des Carmes était vide de toute présence. Agathe de Marsanges en possédait donc la clef. L'abbé Barral se doutait bien de qui elle la tenait. Marguerite Chabert aussi, puisqu'elle s'adressa à son curé moins sous la forme d'une interrogation que d'une vérification :

— Vous pensez que c'est l'abbé Richaud qui a donné la clef à la fo...

Le curé de Mazargues fusilla sa bonne du regard, ce

qui lui évita de répondre. A quoi bon confirmer à la brave femme ce qu'elle savait déjà ? Que l'abbé Charles Richaud, son vicaire, n'avait rien en lui de ce qu'on attend d'un confrère respectueux de la hiérarchie ? Qu'il ambitionnait de remplacer bientôt un curé jugé par lui trop indulgent aux fautes et aux conduites de ses ouailles ? Que celles-ci — assurait le vicaire — auraient besoin d'un pasteur à poigne comme lui-même pour leur faire passer le goût d'écouter un peu trop complaisamment les sirènes laïcardes telles qu'on les diffusait au Cercle républicain, au lieu de fréquenter le Cercle catholique de la place Saint-Pierre[1] où se réunissaient les bien-pensants ?

Charles Richaud ne pardonnait pas à son curé la vocation à prétention sociale du brave homme. Barral ne s'était-il pas mis dans la tête de sermonner les industriels mazarguais, dont les bastides entourées de hauts murs faisaient du terroir villageois une chasse gardée, leur reprochant d'exploiter sans conscience une main-d'œuvre enfantine, employée jusqu'à douze heures par jour dans les ateliers de sparteries et de corderies où leurs petites mains habiles faisaient merveille mais s'entamaient jusqu'à l'os sur les cordages rêches ? Ne dénonçait-il pas en chaire ces patrons impitoyables qui faisaient vivre de malheureux enfants, soustraits à l'école, confinés dans l'atmosphère méphitique des fabriques de soude caustique du chemin de Morgiou, dont la production était destinée aux savonneries marseillaises ? Ne déplorait-il pas à chaque occasion que l'on trouvât, dans les fours à chaux utilisant le bois des pinèdes proches et le calcaire des collines, des petits

1. Aujourd'hui place Constantin.

esclaves aux poumons rongés qui allaient mourir prématurément ? Comme si c'était le rôle d'un curé d'aborder en public de pareils sujets ! De fustiger les bons catholiques de la paroisse, les piliers de la foi, au profit de cette graine d'incroyants qui ne cessaient de venir grossir la population autochtone du village depuis que les pauvres avaient été chassés du centre de Marseille par les opérations d'urbanisme !

Au moment où la République des francs-maçons s'apprête à poignarder l'Eglise de France en la traitant comme une pestiférée, répétait le vicaire Richaud à ses partisans, au moment où les laïcards triomphants préparent les décrets infâmes qui chasseront et dépouilleront les congrégations religieuses en s'emparant de leurs biens, il y a bien autre chose à faire qu'à prêcher la révolte contre les riches. Ils sont le rempart naturel de l'Eglise de France en général et de celle de Mazargues en particulier. Le danger n'est-il pas déjà aux portes du village ? Marseille n'a-t-elle pas choisi comme premier magistrat Siméon Flaissières ? Un maire socialiste ! Un agnostique, premier du genre, qui s'est empressé de chasser des hôpitaux publics marseillais les religieuses ! Que leur reprochait-on ? Une formation médicale insuffisante ? Quelle calomnie ! Ces femmes, d'un admirable dévouement bénévole, apportaient aux mourants non seulement le secours des soins médicaux mais ceux de la religion. Cet ostracisme envers de saintes femmes n'est-il pas suffisamment alarmant qu'il faille voir en outre un curé de village prêcher comme un agité révolutionnaire ?

Le vicaire de Saint-Roch avait trouvé, parmi les troupes venimeuses regroupées autour des sœurs Marsanges et de quelques autres familles grandes bourgeoises, des oreilles attentives et des soutiens actifs. En particulier celui du colonel-baron Frédéric-Joël Humbren d'Atay, ancien officier supérieur des troupes coloniales devenu industriel, l'une des plus grosses fortunes de Mazargues. Des lettres anonymes étaient parties vers Mgr Louis Robert, pour dénoncer l'attitude « inadmissible et antichrétienne » du curé Barral, mais l'évêque de Marseille n'avait pas cru devoir donner suite.

— Il est vrai, proclamait l'abbé Richaud à ses fidèles, que l'exemple vient de haut. Le pape lui-même, Léon XIII, est tout fier de son surnom de « pape des ouvriers » depuis la publication de son encyclique « sociale » *Rerum Novarum*[1]. Et le curé Barral s'abrite sous cette ombre auguste pour semer le trouble dans les esprits déjà perturbés par la propagande des incroyants !

Les conjurés songeaient aux moyens de délivrer Mazargues de ce curé qui trahissait les alliés naturels de l'Eglise en refusant d'être le porte-parole auprès des classes laborieuses de la voix de leurs maîtres. De ceux qui leur donnaient à manger en fournissant du travail aux hommes et même à leurs épouses. N'était-ce pas un des prédécesseurs du curé Barral, le père Carbonel, remarquait le vicaire, qui avait créé les ateliers de sparteries et de corderies dont vivent encore bien des familles mazarguaises, auxquelles ils apportent un complément de ressources, en suscitant une véritable industrie locale dans les treize ateliers que compte le village ? Ce n'était pas cet excellent prêtre, si près de

1. Encyclique publiée en 1891.

son troupeau, qui serait allé pleurnicher sur le sort des ouvriers exploités par des patrons sans cœur. En attendant, à l'époque, on ne voyait pas comme aujourd'hui des querelles de chômeurs ivrognes dégrader les rues, on ne supportait pas les lazzis anticléricaux, on n'entendait pas dans les auberges ou les guinguettes des propos révolutionnaires qui vont un jour, si ça continue, jeter les gens dans la rue comme en 1789. Sous le règne du curé Thomas Dandrade, qui demeura trente-deux ans à la tête de la paroisse, de 1803 à 1835, rappelait opportunément à ses fidèles le vicaire Richaud, on n'avait jamais connu ni commissaire de police, ni juge de paix à Mazargues. Tous s'en rapportaient à l'abbé Dandrade pour régler les conflits. Ce temps béni n'était plus et ce n'était pas le curé Barral qui le ferait revenir.

Ainsi, dans l'ombre propice du confessionnal situé dans la chapelle de la Vierge, sise sur le collatéral gauche de l'église paroissiale Saint-Roch, où il se tenait de préférence, s'échangeaient entre l'abbé Richaud et ses partisans des conciliabules dont l'unique sujet débouchait sur l'unique question à résoudre, posée à mots à peine couverts : comment se débarrasser du curé ?

Impossible d'expliquer ça à un esprit aussi simple que celui de la *brave*[1] Marguerite Chabert, songeait le curé Barral en revivant des années d'angoisse et de souffrance. Comment cette femme, toute de bonté rustique, eût-elle pu imaginer qu'un prêtre se conduise ainsi à l'encontre d'un autre prêtre ? Comment aurait-

1. Dans le parler marseillais, ce qualificatif ne se réfère pas à la bravoure, mais à la gentillesse, à la générosité naturelle de la personne.

elle pu comprendre que deux hommes de Dieu en vinssent à s'affronter ? Que l'attitude vindicative du vicaire ait peu à peu amené un curé, qui était la charité chrétienne incarnée, à se méfier de son acolyte ? A ne pas pouvoir trouver auprès de lui, aux soirs de doute ou de lassitude, le réconfort qu'il était en droit d'en attendre ?

Pourtant, sept ans auparavant, l'abbé Barral avait accueilli avec sa générosité coutumière ce prêtre bien plus jeune que lui — l'abbé Richaud n'avait que trente-cinq ans — à son arrivée à Mazargues. Il était trop heureux de voir un sang neuf revigorer le service de Dieu. Mais, bien vite, il lui avait fallu déchanter. Le vicaire n'hésitait pas à apporter la contradiction à son curé en public, n'admettant pas qu'on soit d'un autre avis que le sien. Quel inquisiteur eût fait Charles Richaud si les hasards de la Création ne l'avaient pas fait s'incarner à la fin du XIXe siècle plutôt qu'aux alentours de la Renaissance ! Par haine envers tout ce qui pouvait ressembler à un « rouge », il avait d'abord milité dans les rangs des partisans du général Boulanger, avant de rejoindre un temps les Croisés de la Foi, un groupuscule qui entendait s'opposer par tous les moyens « aux menées anticléricales des républicains sans Dieu ».

Le curé Barral, très affecté du tour regrettable que prenaient les relations avec son adjoint, avait fini par l'accepter comme une épreuve envoyée par le Ciel à son serviteur. Il souffrait pourtant d'être — pour ainsi dire — « placé sous surveillance » d'un confrère. Objets de la rivalité des deux prêtres, leurs paroissiens s'étaient scindés en deux camps antagonistes. Les jours de confession, chacun avait sa « clientèle » exclusive.

Si bien que peu à peu, en dehors du minimum nécessaire à l'accomplissement de leur devoir sacerdotal, les deux hommes n'avaient pratiquement plus de relations personnelles. Le vicaire, qui devait posséder des revenus propres, ne logeait pas au presbytère et avait loué un petit appartement dans le village, au rez-de-chaussée d'une des maisons basses de la rue du Lavoir[1].

Presque à son corps défendant, le curé Barral en était venu lui aussi à « espionner » son adjoint. Il en avait tiré certains renseignements dont il ne pouvait pas faire état — même à ses supérieurs, car ils concernaient la vie personnelle de l'abbé Richaud — mais qui ne laissaient pas de l'inquiéter grandement. A qui s'en ouvrir sans déclencher un scandale ?

L'abbé Barral frissonna au souvenir de ces années de soucis et de conflit larvé, mais, prenant sur lui, il s'approcha du maître-autel de la chapelle des Carmes, faiblement éclairé par les deux cierges qui l'encadraient. Il avait saisi au passage une chaise assez robuste pour supporter son poids. Après avoir demandé à sa bonne de refermer la porte de la chapelle et d'empêcher l'entrée de quiconque en tirant le verrou intérieur, l'abbé posa la chaise contre la table de marbre et entreprit de s'y hisser sous les yeux ébahis de Marguerite Chabert.

— Monsieur le curé, prenez garde à ne pas vous rompre *l'esquine*[2].

— N'ayez crainte, Marguerite. Le Bon Dieu est avec moi.

---

1. Aujourd'hui rue Denis-Magdelon.
2. L'échine, le dos.

Avec un han ! de bûcheron, l'abbé Barral, après s'être signé pour se faire pardonner d'avance le « sacrilège », hissa ses quatre-vingt-quinze kilos sur le plan de l'autel et se mit debout. Marguerite Chabert suivait la manœuvre en se rongeant les poings.

Le crâne auréolé de cheveux rares et blancs du curé de Mazargues atteignait à peine le bord inférieur du cadre de la descente de croix, imposante toile de trois mètres sur deux. Il réclama à sa bonne une perche surmontée d'un éteignoir en forme de cône renversé qui sert à moucher les cierges et y fixa un mouchoir blanc qu'il venait de tirer de sa poche. A l'aide de ce frottoir improvisé, il atteignit les deux taches rougeâtres qui suintaient des pieds du Christ à l'endroit précis où le peintre avait représenté les plaies causées par les clous de la crucifixion. Le tissu se teinta aussitôt de pourpre. L'abbé ramena sa perche et se pencha sur le mouchoir. Il le porta à ses narines, le huma, l'observa à la lueur d'un cierge et, se retournant vers sa bonne, conclut l'air navré :

— On dirait du sang, en effet.

— Seigneur Jésus ! s'écria Marguerite Chabert, qu'est-ce qu'on va devenir ? Alors c'est bien un miracle ? Elle avait raison, la Marsanges ?

L'abbé Barral prit sur lui pour demeurer calme.

— J'ai dit : on dirait du sang, Marguerite, je n'ai pas dit qu'il s'agissait d'un miracle.

Chez la fidèle servante, le bon sens l'emporta sur la crainte.

— Vous avez déjà vu un tableau qui saigne tout seul, vous ?

— Non, reconnut le prêtre. Mais je viens de voir un tableau que l'on aide peut-être à saigner.

— Vous voulez dire que la fo... la Marsanges aurait tout manigancé ?

L'abbé Barral entreprit de regagner le sol de la chapelle sans se rompre le cou. Il n'aurait pas voulu faire ce plaisir à l'abbé Richaud. Il prit un ton sévère.

— Je n'ai pas dit que Mlle de Marsanges y soit pour grand-chose, Marguerite. Je dis simplement que je viens d'essuyer, sur un tableau représentant la descente de croix du Christ Notre Seigneur, des taches d'un liquide qui ressemblerait à du sang. En tout cas, ce n'est pas de la peinture, cela est sûr. Ni du coulis de tomate. Mais ce n'est pas non plus, jusqu'à preuve du contraire, un miracle et j'interdis qu'on prononce ce nom devant moi !

Il se tut un moment pour mieux donner à ce qu'il allait dire un caractère de gravité :

— Je compte sur vous, Marguerite Chabert, sur votre discrétion, sur votre fidélité, pour ne pas souffler un mot de ce que vous venez de voir. Il y aura bien assez de gens dans Mazargues pour s'en charger, si ce que je crois se révélait par malheur vrai. Il y va donc non seulement de notre dignité, mais de celle de toute la paroisse. J'ai charge d'âmes et je n'ai pas pour fonction de répandre des balivernes. Pas un mot, Marguerite, vous m'entendez, sinon je vous considérerais comme en état de péché mortel ! Prenez garde !

Sur le coup, l'abbé regretta d'avoir eu recours au chantage, mais nécessité fait loi.

Marguerite Chabert n'avait jamais vu son curé dans un état pareil. Mais comme une partie du discours solennel du prêtre lui avait échappé, sa nature simple reprit le dessus.

— C'est drôle, monsieur le curé, remarqua-t-elle. Ça n'a pas l'air de vous faire plaisir l'idée que le Bon Dieu vous ait envoyé un mirac...

Le coup d'œil furibond de l'abbé Barral lui cloua la dernière syllabe dans la gorge. Le prêtre fit un effort sur lui-même et dit à voix plus contenue :

— Qui vous dit que c'est le Bon Dieu qui nous fait signe ? Et si c'était le Diable qui nous tendait un piège, Marguerite ?

L'abbé Joseph Barral n'avait jamais vu le Diable de près. Mais il connaissait bien l'un de ses acolytes.

3

Où notre héros, chroniqueur judiciaire au Petit Provençal, *est informé par son oncle policier des étranges événements qui ont mis un village marseillais sens dessus dessous*

— C'est pour vous, Signoret.

Auguste Escarguel, rédacteur préposé à la rubrique « Faits et Méfaits » du *Petit Provençal*, entreprit de démêler le gros fil noir du téléphone, qui avait une tendance naturelle à s'entortiller sur lui-même. Il tenta de le dégager du fatras de papiers qui encombrait le bureau commun que partageaient — dans la salle de rédaction des informations locales du quotidien marseillais — le vieux journaliste avec son jeune confrère, chargé de la chronique judiciaire [1].

L'opération se révéla plus complexe qu'il n'y paraissait. Le fil du téléphone s'obstinait à rester coincé sous les rames de papiers noircies par les rédacteurs et abandonnées sur place sans jamais être jetées à la corbeille après usage. Raoul Signoret se leva pour faire le tour des deux bureaux placés face à face et saisit des mains parcheminées d'Escarguel le lourd combiné de Baké-

1. Voir le tome 1 des Nouveaux Mystères de Marseille : *L'Enigme de La Blancarde*, Le Livre de Poche n° 35016.

lite. Par déférence, il laissait toujours à son vieux confrère — et néanmoins ami — le privilège de décrocher. Escarguel, qui avait débuté au temps où pour joindre un correspondant il fallait se déplacer soi-même ou envoyer un coursier, était émerveillé par cette invention fabuleuse qui permettait de parler directement à quelqu'un depuis son bureau, fût-il à l'autre bout de la France. Il n'en était toujours pas revenu. Dès que la sonnerie retentissait, on voyait son œil s'allumer comme celui d'un enfant devant une friandise, alors qu'on le croyait préoccupé à rédiger de sa belle écriture penchée ses minuscules dépêches. On l'eût offensé si on ne lui avait pas laissé le privilège de s'emparer du téléphone et d'articuler comme à la Comédie-Française en prenant un accent qui se voulait « pointu » :

— Auguste Escarguel, rédacteur au *Petit Provençal,* à l'appareil. A qui ai-je l'honneur ?

Suivait généralement un échange de banalités au cours duquel Escarguel, qui pensait que plus le correspondant était éloigné plus il fallait parler fort, finissait par brailler comme un âne, ce qui lui valait des brocards de la part de ses confrères exaspérés :

— Escarguel, vous pouvez raccrocher, maintenant, l'autre doit vous entendre en direct. Plus besoin du téléphone !

Le vieux journaliste, insensible aux lazzis, tendait serviablement le combiné — il n'y en avait que quatre pour toute la rédaction — à la personne demandée.

— Vous avez l'honneur de parler au commissaire principal Eugène Baruteau de la Sûreté marseillaise, dit une voix sonore au bout du fil grésillant.

— Mon oncle ! Quel honneur, comme vous dites, et

quel plaisir pour moi ! s'exclama Raoul Signoret qui avait reconnu à la première syllabe le verbe chaleureux de l'homme qui lui avait servi de père et qui, aujourd'hui, avantage apprécié, lui servait d'informateur personnel [1]. Quel bon vent vous amène ? On vient d'assassiner notre maire, M. Flaissières ? Des anarchistes ont fait exploser une bombe au commissariat central, vous privant de bureau ?

— Tais-toi donc, grand *bédigas* [2], ne viens pas nous porter la *scoumougne* [3]. C'est calme en ce moment, ne va donc pas donner des idées à ceux qui en ont déjà assez comme ça.

Raoul Signoret était aux anges. C'était un jeu permanent entre l'oncle et le neveu de faire *bisquer* [4] l'autre. Une façon de se dire autrement leur affection profonde.

— Bon, alors ? dit le commissaire, tu la veux mon information ou je raccroche ?

Raoul feignit la panique :

— Non, pas ça, mon oncle ! Je ne le ferai plus. Je serai sage !

— Alors écoute : tu devrais aller faire un tour du côté de Mazargues. Je sais que c'est au *pégal* [5] pour quelqu'un né au Panier, mais un reporter de ta trempe ne craint pas les expéditions lointaines, ni les contrées exotiques.

— Mais encore ?

— Figure-toi, dit le commissaire, que j'ai croisé hier

---

1. Voir *L'Enigme de La Blancarde*.
2. Terme affectueux tiré du provençal pour souligner l'étourderie. Le *bédigas* est un benêt et aussi un mouton d'un an.
3. La poisse. Passé de l'italien au parler argotique marseillais.
4. Enrager sans méchanceté.
5. Au diable Vauvert.

un ami d'enfance — on s'est connus au Grand Lycée, ce qui ne nous rajeunit pas. Il se nomme Gaston Gaudissart, on disait *Gégé* à l'époque, à cause de ses initiales. Il est pharmacien-herboriste de son état, installé à Mazargues à l'angle du boulevard de la Concorde.

— Et que vous a confié le bon Gégé ?

— Il m'a raconté une histoire un peu embrouillée mais qui pourrait amuser tes abonnés. Il paraît qu'on a assisté à une étonnante manifestation dans une chapelle du village. Un tableau qui saignerait, paraît-il, enfin une foutaise de ce genre, je n'en sais guère plus. Mon ami Gaston n'y croit pas, bien sûr, c'est un rationaliste dur et pur. Un militant de la lutte contre l'obscurantisme clérical, grand lecteur d'Auguste Comte. Mais ça le fait plutôt rigoler, cette histoire. Compte tenu de l'ambiance actuelle, avec tous ces *capelans* [1] qui appellent leurs ouailles à partir à l'assaut de la République sans Dieu parce qu'elle s'apprête à les foutre dehors [2], ça peut te faire un bon sujet d'article, non ?

— Certainement, mon oncle, dit Raoul.

Il cherchait des yeux le plan des moyens de transports en commun de Marseille pour se rendre dans cette lointaine banlieue. Il l'aperçut, dépassant d'une pile de papiers sur le bureau d'Escarguel, et, tout en parlant avec Eugène Baruteau, il prit du bout des doigts le document — une sorte de carte routière froissée, repliée sur elle-même — qui en profita pour se déchirer sous le regard réprobateur du vieux rédacteur qui

1. Curés.
2. Allusion aux décrets de séparation de l'Eglise et de l'Etat, des gouvernements Combes et Waldeck-Rousseau, alors en préparation.

déplorait le peu de soin des jeunes journalistes envers les instruments de travail de la rédaction.

— Je le trouve sur place, votre pharmacien ?

— Où voudrais-tu le trouver, *couilletti*[1] ? Je lui ai dit que je te passerais l'information et que tu verrais s'il y a lieu de donner suite. Je te signale cependant que se prépare une procession solennelle organisée par les tenants du miracle, au cours de laquelle ils ont annoncé que le phénomène allait probablement se reproduire pour confondre les sceptiques. A toi de voir.

— C'est quand, la procession ?

— Dimanche après-midi, si je me souviens.

Nous étions vendredi.

— Je suis le seul au courant ?

— Je n'en sais rien, dit l'oncle commissaire. Ça m'étonnerait, car l'affaire fait du bruit à Mazargues. Tes confrères ne sont pas plus manchots que toi et ils doivent avoir leurs informateurs. Je te rappelle ou t'apprends que M. Toussaint Samat, fondateur du *Petit Marseillais,* ton concurrent direct, est né à Mazargues. M'étonnerait qu'il garde ça pour lui.

— Ils n'ont pas *mon* informateur d'élite, répliqua le journaliste en appuyant sur le « mon ».

— Tu ferais bien de ne pas attendre, conseil de flic et d'oncle. Il paraît que le curé et son vicaire ne peuvent pas se voir en peinture et montent leurs partisans les uns contre les autres en toute charité chrétienne. Ça peut être rigolo, cette farce villageoise. Surtout dans le contexte actuel. Les anticléricaux doivent compter les points en se frottant les mains.

Raoul Signoret sentait une sorte d'excitation s'empa-

1. Variante affectueuse du mot « couillon ».

rer de lui. Toujours debout devant le bureau d'Escarguel, qui feignait d'être absorbé par sa rédaction, il éprouvait des fourmis dans les jambes. Il jeta un coup d'œil à sa montre de gousset. 6 heures. Inutile de tenter quoi que ce soit ce soir. On se couche avec les poules à la campagne, pensa-t-il.

— J'irai demain matin sans faute, dit-il à son oncle.

Ce que ne voulait pas préciser Raoul à Baruteau, c'est que ce soir, en compagnie des deux femmes de sa vie, son épouse, Cécile[1], et la fille qu'elle lui avait donnée depuis six mois, Adèle, les jeunes parents célébraient dans l'intimité l'anniversaire de la jolie maman. Le journaliste, toujours aussi amoureux de sa femme[2], entendait faire passer le bonheur familial avant le travail. Cette attitude n'aurait pas manqué d'être blâmée par le policier qui, entre une enquête à boucler et un repas avec *Thérésou,* son épouse, n'aurait pas hésité un instant. Raoul craignit que son oncle ne le traite de pantouflard.

— Merci mille fois de cette excellente information, redit le neveu. Ma dette de reconnaissance s'alourdit envers le phénix de la Sûreté marseillaise.

— C'est ça, gronda Baruteau au bout du fil. Continue de te foutre de ton pauvre oncle et je te vire un *pastisson*[3] comme quand tu étais petit, quand bien même tu sois devenu un *balès*[4] et qu'à vingt-sept ans tu me manges la soupe sur la tête.

Raoul redevint sérieux :

1. Voir *L'Enigme de La Blancarde.*
2. *Idem.*
3. Une gifle.
4. Costaud.

— Je vous tiens au courant de la suite des événements.

— Pour mon information seulement, répliqua le policier. Privilège de la situation mazarguaise : le village, bien que faisant partie de Marseille, est encore considéré comme une zone rurale et ce sont les gendarmes qui sont compétents territorialement. Ils ont un œil sur l'affaire au cas où elle provoquerait des troubles à l'ordre public. La Sûreté ne serait désignée que s'il y avait du vrai grabuge. Mais je ne pense pas que ce soit l'affaire du siècle.

— En tout cas, merci encore, mon oncle. Une bise à tante Thérèse de ma part.

— Ça sera fait. Oh, un dernier mot, Raoul. Mon ami Gaston Gaudissart est un homme charmant, c'est un puits de savoir. Il connaît tout sur son village et ceux qui l'habitent ou l'ont habité. Sa conversation est enrichissante. Mais il faudra que tu sois patient.

— Pourquoi ?

— Quand il se lance dans une explication, il est comme le tambour de Cassis [1], dit l'oncle.

— Un sou pour le faire commencer et vingt pour l'arrêter ! répliqua le neveu du commissaire.

— Je vois que tu connais tes classiques, mon Raoul. Te voilà prévenu. Peut-être que, pour avoir un renseignement, il te faudra remonter avec Gégé jusqu'à la fondation de Marseille !

— J'ai l'habitude, les érudits locaux sont adorables mais redoutables. Je saurai prendre mon mal en patience si Gégé me donne de quoi faire un bon article.

Raoul Signoret raccrocha en souriant. En bas, dans

1. Expression populaire pour désigner un bavard impénitent.

l'atelier où s'imprimait le journal, au rez-de-chaussée de l'immeuble qui abritait les bureaux du *Petit Provençal,* 75, rue de la Darse, les ouvriers préparaient les formes qui accueilleraient bientôt les lignes de plomb et les linotypistes faisaient chauffer leurs machines. Les fenêtres intérieures de la rédaction plongeaient sur ce qui avait été le parterre d'un théâtre : *l'Alhambra lyrique et mimique*, où le *Petit Provençal*, quittant la rue Grignan, s'était installé depuis deux ans. Un théâtre qui proposait surtout des spectacles de variétés, où, disait-on, Casanova lui-même était venu, lors de son séjour marseillais en septembre 1760, faire provision de chair fraîche et peu farouche. Un théâtre qui avait subi maintes fois les foudres des défenseurs de la morale, non tant pour le caractère licencieux de ses productions, mais parce qu'il était le terrain de chasse privilégié des demoiselles de petite vertu qui occupaient ses loges avec la complicité intéressée des placeurs. Si bien que, un siècle et demi plus tard, les articles du *Petit Provençal* s'écrivaient à l'endroit où se trouvaient naguère lesdites loges et les couloirs d'accès, et se composaient où s'alignaient jadis les fauteuils de velours grenat d'un music-hall. Quant aux rotatives, elles grondaient dans les dessous de ce qui avait été la scène du théâtre, inondables par gros orages, ce qui muait les rotativistes en égoutiers, et le bureau directorial avait vu les vedettes d'un soir lancer, depuis un balcon soutenu par deux cariatides, des baisers et des fleurs à leurs admirateurs barrant la rue de la Darse jusqu'à une heure avancée.

Le jeune journaliste se contenta pour l'instant de « sortir » l'information destinée au journal du lendemain, afin de ne pas se laisser « griller » par les confrères concurrents. Il truffa son compte rendu de guillemets d'ironie chaque fois qu'il employa le mot « miracle » et narra la querelle ecclésiastique qui opposait les prêtres de Saint-Roch, en donnant rendez-vous à ses lecteurs pour le lundi suivant, où il leur promettait un récit détaillé des événements.

« Un miracle à Mazargues ! » songea Raoul Signoret en rangeant ses affaires, tandis qu'il contemplait d'en haut le ballet des ouvriers qui commençaient à animer la ruche nocturne d'où sortirait l'information marseillaise du lendemain.

« Manquait plus que ça pour alimenter les amateurs de galéjades marseillaises ! »

4

Où le cours magistral d'un pharmacien bavard éclaire Raoul Signoret sur les spécificités mazarguaises.

— Ah ! Voilà le neveu annoncé !

En entrant dans la pharmacie Gaudissart, qui embaumait des senteurs mêlées de centaines de plantes médicinales à partir de quoi le pharmacien-herboriste confectionnait onguents, pommades et tisanes, Raoul Signoret, se fiant à la brève description d'Eugène Baruteau, s'attendait à trouver un sosie de Monsieur Homais [1]. Il y découvrit une réplique de Frédéric Mistral. La ressemblance venait du port d'une barbiche blanche à la mode Napoléon III. Mais c'était une réplique miniature. Autant le « Buffalo Bill de Maillane » était imposant et charnu, autant Gaston Gaudissart était maigre et osseux. Le pharmacien de Mazargues ne tenait pas les félibres en très haute estime. Il leur reprochait un passéisme opportuniste et des positions rétrogrades ou prudentes en politique. Mistral, s'il réclamait une reconnaissance régionale et se faisait le

1. Personnage du pharmacien dans *Madame Bovary* de Gustave Flaubert, qui professe des idées voltairiennes mais les tempère d'un esprit petit-bourgeois.

chantre de l'âme provençale, face au jacobinisme niveleur d'individualités, ne se risquait pas à l'affronter directement. Il quêtait les honneurs d'une République qui croyait à l'avenir du progrès, prônait une langue unique pour tous les écoliers et combattait ouvertement dans ses écoles l'usage des patois et l'obscurantisme religieux.

— Suis-je donc si célèbre ? dit en souriant le journaliste, à qui le pharmacien, vêtu d'une blouse blanche et coiffé d'une calotte noire semblable à celle qu'arborait Anatole France, tendait une main noueuse.

Gaston Gaudissart émit un rire de grelot fêlé qui fit venir à l'esprit du journaliste la silhouette de Blanchette, la chèvre préférée de M. Seguin. Elle portait la même barbiche blanche que le pharmacien de Mazargues. Celui-ci répliqua de sa voix haut perchée :

— Vous n'êtes pas encore une célébrité au point d'être reconnu dans la rue, mais la description que m'a fait de vous mon vieil ami Baruteau était précise et juste. Une vraie fiche signalétique. On sent le coup d'œil du policier habitué à noter les signalements : vingt-sept ans, moustache blonde, cheveux portés longs, costume avec gilet, cravate noire, souvent vêtu de sombre, feutre à l'artiste et surtout, a-t-il précisé, toujours très élégant. C'est tout à fait vous !

Le grelot retentit. Ce n'était que le début d'une longue série. Raoul y fit écho.

— Mon oncle est trop indulgent. Je suis sans doute le fils qu'il n'a pas eu. Il faut toujours qu'il vante la marchandise.

— Alors, mon jeune ami, que puis-je pour vous ? demanda Gaudissart en ajustant sur l'arête osseuse de son nez proéminent un lorgnon relié à la poche de son gilet par un ruban de velours.

— Je crois savoir qu'une manifestation surnaturelle...

— A moins qu'il ne s'agisse d'une grosse blague, coupa le pharmacien.

— ... agite votre paisible village, poursuivit le journaliste.

— Oh, paisible, paisible..., dit Gaudissart, c'est vite dit ! C'est ici comme ailleurs. Les communautés villageoises ressemblent aux paniers de *favouilles* [1] où chacun pince l'autre en lui marchant dessus. Les Mazarguais, nous formons une grande famille avec ses brouilles et ses inimitiés. Beaucoup portent un nom qui désigne une souche commune — Magnan, Gaudin, Blanc, Caillol, Isnard — il faut les distinguer par un sobriquet. Mais vous savez ce qu'il en est des familles. Elles cachent de redoutables secrets et nourrissent d'inépuisables haines. Gare à celui qui met le nez dans ce nœud de vipères ! Ici, à Mazargues, nous avons le défaut supplémentaire d'être un village aux portes d'une grande ville, ce qui nous confère les inconvénients de l'un et de l'autre. Je vais venir à ce qui vous amène, mais auparavant, je pense qu'un petit cours historico-sociologique sur Mazargues et les Mazarguais ne pourrait pas vous faire de mal et pourrait même vous éviter les bévues fréquentes chez les *estrangiés*, comme on dit chez nous.

« Nous y voilà, songea le journaliste. L'oncle m'avait prévenu. Pour parler d'un fait divers, nous allons remonter au temps où Jésus portait les *braillettes* [2]. »

---

1. Petit crabe très parfumé qui fait merveille dans la soupe.

2. Littéralement : le temps où Jésus portait encore des culottes courtes, pour dire « il y a très longtemps ».

Le pharmacien alla retirer le bec-de-cane de la porte de l'officine et suspendit la pancarte portant la mention : « Je reviens dans un moment. » Il ne précisait pas la longueur estimée du moment. Machinalement, le journaliste jeta un coup d'œil à sa montre : 10 h 30. La matinée était déjà bien avancée et il se résignait à devoir consacrer le temps qui le séparait de midi au cours magistral dispensé en son honneur par une intarissable *bazarette* [1].

Raoul Signoret avait pourtant quitté Marseille de bonne heure pour être tôt à pied d'œuvre. Il lui en avait coûté 0,40 franc pour voyager plus d'une heure et demie à bord de l'omnibus hippomobile n° 19 de la Compagnie nouvelle des omnibus, qui l'avait conduit à Mazargues par l'avenue du Prado, le Grand Saint-Giniez et le Chemin de Mazargues, au départ du cours Saint-Louis, à l'angle de la rue Cannebière [2]. Il était conduit par une célébrité mazarguaise, Le Père Tisane, qui faisait la ligne depuis quinze ans. Les deux carnes qui halaient la remorque sur rails étaient à bout de souffle et, au passage de la montée qui traverse le village de Sainte-Anne, peu avant Mazargues, il avait fallu le renfort d'un troisième cheval, chevauché à cru par un *minot* dépenaillé et sale comme un peigne. Il ne devait pas avoir plus de dix ans. Toute la journée, il faisait la navette chaque demi-heure entre les deux villages. Il faut dire que la durée du trajet, qui longeait des domaines clos de murs et des terres agricoles, était augmentée par l'usage de « l'arrêt en pleine ligne », où

1. Du provençal *basareto*, personne très bavarde. S'applique aussi bien aux femmes qu'aux hommes.
2. Elle n'a repris son orthographe — Canebière — conforme à l'étymologie (*canèbe* : chanvre en provençal) qu'en 1927.

chacun pouvait faire stopper le convoi à sa convenance et ne s'en privait pas. En particulier les nombreux paysans locaux qui utilisaient l'antique moyen de transport comme voiture de livraisons. Ils l'encombraient de paniers de légumes et de fruits, voire de cages de volailles vivantes, qui prenaient un temps fou à embarquer et à débarquer. Raoul Signoret avait appris avec soulagement la décision prochaine du conseil municipal de mettre fin à cette pratique d'un autre âge. Désormais les lignes seraient équipées d'arrêts fixes.

Au franchissement du pont sur l'Huveaune, ce fleuve côtier descendu de la Sainte-Baume pour se jeter en mer sur la plage du Prado, le journaliste avait noté avec satisfaction, près de l'huilerie Reggio, dans le quartier du Grand Saint-Giniez, l'avancée de la construction de la future centrale électrique qui alimenterait bientôt le réseau sud de tramways à perches promis par la municipalité Flaissières, fanatique du progrès. Mazargues ne serait plus qu'à une demi-heure des bords du Vieux-Port, grâce à la maîtrise des *wattmen* remplaçant cochers et palefreniers, et, avec les économies réalisées sur l'entretien d'une cavalerie désormais inutile, Marseille entrerait dans le XXe siècle avec un tramway électrique au tarif unique de deux sous. En attendant, Raoul Signoret s'était promis, s'il devait poursuivre son enquête à Mazargues, d'utiliser soit sa bicyclette, soit de persuader son rédacteur en chef de l'autoriser à recourir au service d'une voiture de remise[1].

---

1. Voiture de louage, plus pratique que les fiacres, mais plus onéreuse.

En faisant passer son visiteur dans l'arrière-boutique, Gaston Gaudissart commença son cours, visiblement flatté d'avoir pareil élève sur qui déverser sa science.

— Sans remonter à la préhistoire (ouf ! soupira *in petto* Raoul), je suis sûr que vous ignorez que nous autres, Mazarguais, ne sommes Marseillais que depuis plus d'un siècle à peine. Cela explique sans doute le caractère indépendant des gens d'ici et leur déplaisir à voir les *estrangiés* — entendez, étrangers au village — se mêler des affaires de famille dont le linge sale, vous le savez, fait l'objet d'une lessive « entre soi », à l'abri des regards.

Devant l'air à la fois étonné et incrédule du journaliste, le pharmacien expliqua :

— Eh, oui, Mazargues n'appartient à Marseille que depuis la Révolution. Jusqu'alors, elle était sous la coupe de ses seigneurs dont certaines appellations ou noms de rues gardent encore la trace : je veux parler du quartier de la Seigneurie et de la traverse du même nom. C'est à leur seigneur que les Mazarguais payaient leur impôt, à lui qu'ils s'adressaient pour cuire leur pain en payant la taxe, qu'ils louaient leurs terres, réglaient leurs péages pour avoir le droit de vente de leurs produits et restituaient une partie de leurs récoltes. Parmi ces seigneurs, certains portèrent des noms illustres, tels les Pontevès, les d'Ornano. En venant par l'omnibus, tout à l'heure, vous êtes passé devant la demeure du plus connu d'entre eux, parce qu'il avait la belle-mère le plus célèbre de France. Vous voyez qui ?

Raoul, accablé, avoua sans tergiverser son ignorance.

— François-Adhémar de Monteil de Castellane, lieutenant-général au gouvernement de Provence de 1669 à 1714, s'écria ravi Gégé Gaudissart, comme si c'était une évidence.

— Connais pas, dit Raoul qui commençait à trouver la leçon indigeste.

— Mais oui, vous le connaissez ! insista le pharmacien. Sous son nom plus commun : le comte de Grignan, celui qui avait épousé la fille de Madame de Sévigné. Il était aussi seigneur de Mazargues. Sa femme vint souvent à la bastide de Belombre. Vous êtes passé devant !

Raoul avait bien remarqué l'architecture gracieuse de cette belle demeure, qui faisait pendant à celle dénommée Valbruny, à l'entrée du chemin de Bonneveine [1], mais il ne savait pas ce lieu aussi marqué par l'histoire.

— Vous m'en direz tant, monsieur Gaudissart ! Mais, si vous le voulez bien, venons-en à ce qui m'amène parce que je crains...

Le pharmacien recula le buste et contempla en silence son vis-à-vis.

— Je sais ce que vous êtes en train de penser, dit-il. Ce vieux radoteur me fait perdre mon temps avec ses histoires qui n'intéressent que lui.

— Mais pas du tout, je...

— Si, si, si, si, je vois votre air accablé, insista Gaudissart. Je ne m'en offense pas. Je pense au contraire que ce que j'ai à vous apprendre sur ce coin

1. Aujourd'hui avenue Alexandre-Dumas.

du terroir marseillais vous sera fort utile quand vous serez lâché sans guide dans cette *terra incognita*, comme on disait jadis sur les vieux portulans. L'Histoire a formé, ici comme ailleurs, la mentalité des gens, même de ceux qui l'ignorent. On ne réagit, on ne vit pas ici comme sur les bords du Lacydon, d'où vous êtes natif, je crois, d'après ce que m'a dit ce vieil Eugène. Il est quelques particularités bonnes à savoir, ne serait-ce que pour mieux comprendre pourquoi les gens sont faits ainsi qu'ils le sont.

L'oncle Baruteau avait prévenu son neveu. La traversée serait longue. Mais si la vérité était au bout... Il fallait seulement espérer que les confrères du *Petit Marseillais*, du *Radical* ou du *Soleil du Midi* ne fussent pas pourvus d'informateurs plus concis. Raoul Signoret s'acagnarda sur sa chaise de paille et se résigna à écouter la seconde partie du cours.

— Pour être bref, annonça le pharmacien historien, je vous dirai seulement que vous êtes ici dans un lieu singulier, qui fut avant tout un terroir campagnard tirant ses ressources principales de l'élevage des chèvres et des moutons dans les terrains aux pieds de calanques où rien ne poussait que la garrigue et les pins. L'autre mamelle nourricière était la pêche. Car Mazargues est un port de pêche !

Gaston Gaudissart se recula pour juger de son effet.

— Un port de pêche qui n'a jamais vu la mer ? remarqua Raoul. *Qu'es acò* [1] *?*

— Que nous ne soyons pas au bord de la mer, répliqua le pharmacien, ne nous empêche pas de nourrir une

1. Qu'est-ce que c'est ? Qu'est-ce que ça veut dire ?

bonne partie de Marseille avec les fonds de Sormiou ou de Morgiou et ceux des Goudes.

— Des Goudes ! s'esclaffa Raoul. Qu'allez-vous faire si loin ? La Pointe-Rouge ou La Madrague-de-Montredon ne sont-elles pas plus près ?

Le pharmacien fut inébranlable :

— Sormiou et Les Goudes sont les deux avant-ports de Mazargues.

— Comme ça, ironisa le journaliste, vous ne risquez pas d'avoir les pieds mouillés !

— Il n'empêche, mon cher ami, que le port des Goudes est une fondation mazarguaise. Certains historiens prétendent même que les Phocéens de Protis y abordèrent de préférence à Marseille. Que là était le berceau de la ville, et que la belle Gyptis était de Mazargues. Foutaise, bien sûr, mais ce qui est plus certain c'est que Jacques Delrieu, un Mazarguais, a créé le village des Goudes sur le grand domaine qu'il y possédait. Il y a attiré les pêcheurs de son village. Quant à ceux de Sormiou, vous verrez quel ingénieux moyen de transport ils ont imaginé pour amener leur poisson jusqu'ici.

— Décidément, convint le journaliste, vous ne faites rien comme tout le monde.

— Je ne vous le fais pas dire, acquiesça le pharmacien. C'est pour cette raison que j'essaye d'éclairer votre lanterne. Ici plus qu'ailleurs, l'Histoire a façonné les hommes. Y compris ceux que vous risquez de rencontrer. Il convient d'y voir clair. Résumons-nous : vous allez voir des bergers, des pêcheurs, quelques vignerons et puis une troisième espèce qui a proliféré depuis 1850, année où l'eau est arrivée depuis la

Durance par le canal de Marseille qui ceinture les quartiers sud : c'est le paysan, classique, qui irrigue ses terres et qui y fait pousser tout ce qui veut bien. Jusqu'alors obligé à une agriculture de sécheresse, ce terroir inculte se transforma totalement avec l'arrivée de l'eau, tandis que la population doublait. Voilà pourquoi vous avez pu vous rendre compte que le village est cerné de prairies où paissent des bovins et que Mazargues est devenu le fournisseur principal de Marseille en lait, légumes, volailles et produits de la ferme. Attendez-vous donc à rencontrer des paysans qui ont la tête près du bonnet et aussi dure que ceux des Basses-Alpes ou du Var.

Raoul Signoret pensait en avoir fini quand Gaston Gaudissart, ayant repris son souffle, enchaîna :

— Enfin, et j'en aurai terminé, je n'ai pas encore parlé d'une quatrième espèce de Mazarguais. Celle-là, pour la rencontrer, il vous faudra franchir de hauts murs, pousser des grilles ouvragées, toquer à des portes massives, affronter des cerbères soupçonneux. Peut-être même refusera-t-on de vous recevoir, car ces gens-là ne se mélangent pas au vulgaire. Il leur arrive de pratiquer une politique paternaliste envers le peuple, comme ils disent, mais c'est pour mieux le tenir en laisse. Je veux parler bien sûr des vrais riches, la grande bourgeoisie, ceux dont on dit qu'ils font la fortune de Marseille, alors qu'il font avant tout la leur. Négociants, armateurs, industriels, banquiers, hommes d'affaires, ils ont fui l'atmosphère empoisonnée de la ville et du port qu'ils laissent respirer à leurs ouvriers, pour se réfugier ici, car l'air y est le plus pur du monde. Même le four à chaux et l'usine de soude qu'ils ont créés à nos portes, prétendument pour notre bien, n'ont pas réussi encore à le gâter, grâce au mistral qui chasse les fumées de leurs fabriques vers le large. Comme l'espace ne manquait pas et que le prix des terrains était avantageux, compte tenu de l'éloignement de Marseille — parce qu'ils sont aussi riches qu'avares, monsieur Signoret ! —, ces notables se sont fait bâtir des propriétés qu'ils désignent par litote comme des « campagnes », mais qui sont de véritables domaines d'agrément, avec des parcs plantés d'arbres magnifiques, aux espèces rares, entourant des pièces d'eau et des bastides, véritables châteaux d'un luxe inouï où ils reçoivent leurs semblables. Mais ils se cachent, car ici on ne montre jamais qu'on est riche. C'est mal vu, ça manque de classe. N'empêche qu'ils sont là, les Bergasse à Beauchêne, les Grandval, les Rostand, ou plus loin les Pastré, les Salvator et tant d'autres dont la liste serait trop longue. Vous en trouverez de beaux spécimens vers La Cayolle, Les Baumettes, Vert-Plan ou la Seigneurie, en montant vers les Calanques. Ils font aussi partie de notre zoo humain, comme dirait Barnum, et ils pèsent leur poids sur la vie et les gens de Mazargues.

Raoul Signoret ne s'impatientait plus. Il était reconnaissant au pharmacien d'éclairer sa lanterne sur la composition sociologique du lieu de sa future enquête. Pourtant, une seule chose lui donnait à réfléchir. Quel rapport avec l'affaire du tableau « miraculeux » ?

Comme s'il avait perçu cette demande muette, Gaudissart reprit de sa voix haut perchée :

— Vous êtes en train de ruminer : « Pourquoi me raconte-t-il tout ça, ce vieux *rababèu*[1] ? »

Raoul eut un geste de déni, mais ne dit rien.

---

1. Radoteur (prononcez rababéou, avec l'accent tonique sur le é).

— Eh, bien ! reprit le pharmacien, tous ces types de Mazarguais, vous allez les retrouver dans l'affaire du tableau miraculeux. Une bouffonnerie, entre nous. N'empêche qu'elle est lancée. Et qu'elle va dresser les uns contre les autres des gens qui vivaient jusqu'ici dans une relative paix sociale. Je ne suis pas sûr désormais que ce fragile équilibre ne soit rompu. Car chacun des deux camps a ses adeptes, ses partisans, ses militants.

— Je crois savoir que les deux prêtres chargés de la paroisse ne sont pas en bons termes, dit Raoul.

Gaudissart sourit.

— C'est un euphémisme, cher monsieur Signoret. Remarquez, moi qui suis neutre, je trouve l'abbé Barral plutôt sympathique. C'est un brave homme, très proche des petites gens, très soucieux de justice sociale. Je crois que dans sa jeunesse il a été influencé par Lammenais[1]. D'ailleurs, si j'en crois sa bonne qui vient m'acheter les remèdes que son curé ne peut pas fabriquer lui-même — car il herborise avec compétence —, il est très inquiet de cette histoire. Il renifle un coup tordu, là-derrière. L'idée même d'un miracle semble lui donner de l'urticaire. J'ai ce qu'il faut pour le calmer, s'il le désire.

Gaudissart fit retentir son rire en grelot. Il poursuivit :

— Non, c'est l'autre, l'abbé Richaud, qui m'inquiète. Celui-là, c'est un dogmatique. Un sectaire. Je n'ai aucune preuve, bien sûr, mais il manigancerait

1. Théologien français (1782-1854), partisan avec Lacordaire d'un christianisme libéral préconisant la séparation de l'Eglise et de l'Etat, pour marquer la suprématie du pouvoir spirituel sur le pouvoir temporel.

l'affaire que je n'en serais pas étonné. Richaud est ici le curé des riches, des petits-bourgeois, des rentiers, des patrons, le confesseur attitré de leurs femmes et filles et de quelques vieilles vierges hystériques que son physique de bellâtre émoustille. Ceux-là constituent le gros de ses troupes, tandis que Barral serait plutôt le pasteur des humbles, des prolétaires comme dirait Karl Marx. Les petites gens l'aiment bien. C'est un curé à l'ancienne, qui ne veut que sa tranquillité et la paix de son troupeau. Richaud, lui, est un arriviste. Il veut la place, c'est certain.

— Mais pourquoi ?

— Parce qu'il pense que c'est une marche vers plus haut. S'il devient patron de la paroisse, il aura des appuis mazarguais auprès de l'évêché. Pas celui de votre oncle [1], celui de Mgr Robert.

Gaudissart s'interrompit. On venait de cogner à la vitre de la porte d'entrée. Il se leva et, sans quitter la pièce, tenta d'apercevoir l'arrivant.

— Ah, c'est *Lou Roucaou,* s'écria-t-il. Il m'apporte ma sole. Vous allez connaître un spécimen intéressant de la faune mazarguaise.

Il alla ouvrir. De sa chaise, le reporter ne pouvait pas encore voir l'arrivant.

— Entrez, entrez *Roucaou.* Je vais vous présenter M. Signoret, journaliste au *Petit Provençal,* qui vient enquêter sur le miracle. Qu'est-ce que vous en pensez, vous ?

Raoul entendit une voix calme et grave dire avec sobriété :

1. L'Evêché est le surnom toujours en vigueur du commissariat central de Marseille, installé dans l'ancien palais épiscopal.

— C'est des couillonnades.

— Je suis bien de votre avis, *Roucaou.*

Le journaliste vit entrer dans la pièce un petit bonhomme presque aussi large que haut, le cuir tanné par les embruns, avançant sur ses courtes jambes derrière un bedon proéminent. Une très courte barbe poivre et sel ne parvenait pas à allonger sa bouille ronde. On l'aurait dit tout droit sorti de la crèche. Sous une épaisse veste de bure bleu marine, il portait le traditionnel tricot rayé, était coiffé d'une sorte de bonnet phrygien rouge passé, rabattu sur le devant, que Raoul apprendrait bientôt venir de Catalogne, et il avait les jambes empaquetées dans de grosses guêtres en tissu à carreaux surmontant des sabots de bois qui faisaient un bruit de tambour sur le parquet de l'officine.

— Monsieur Signoret, je vous présente M. Gabriel Dominichino, plus connu à Mazargues sous son surnom *Lou Roucaou*[1].

— C'est plus facile à dire, comme nom, précisa laconiquement le petit homme.

— Chez les Dominichino, on est pêcheur professionnel de père en fils, expliqua le pharmacien. Son grand-père était arrivé chez nous depuis Sperlonga. A la voile ! Savez-vous où se trouve Sperlonga ?

De crainte de subir un nouveau cours d'histoire et de géographie, Raoul affirma tout savoir de ce pays dont il entendait le nom pour la première fois.

— *Lou Roucaou* vous donnera des détails, si nécessaire. Au fait, j'y pense, mon cher, vous pourriez guider un peu M. Signoret dans Mazargues si vous avez le temps cet après-midi ?

1. Poisson de roche de la famille des labres.

Un sourire éclaira le visage tanné du petit homme mutique.

— Ça me ferait plaisir.

Il tendit à Raoul Signoret une main aux doigts courts et puissants, aux ongles dentelés, à la peau mangée de sel qui aussitôt répandit son odeur de poisson frais sur l'épiderme délicat du journaliste.

— A moi aussi, monsieur *Roucaou.*

L'inattendu « monsieur » fit rire le pêcheur et le pharmacien.

— Mais je ne voudrais pas abuser de votre temps, ajouta Raoul.

— Pensez-vous ! répliqua *Lou Roucaou* qui se débarrassait peu à peu de sa timidité native. L'après-midi, je suis tranquille. Moi, c'est le matin mon travail. Je me lève à 3 heures pour aller caler. Mais à 8 ou 9 heures, j'ai fini. C'est Félicité, ma femme, qui vend sur la place de l'église.

Gaston Gaudissart avait ouvert le paquet contenant la sole.

Commença alors à l'intention du journaliste une petite comédie depuis longtemps rodée :

— Vous êtes sûr qu'elle est fraîche, votre sole ?

Le pêcheur joua l'indignation.

— Si vous étiez aussi frais qu'elle, je me ferais pas de mauvais sang pour vous. Vous finiriez centenaire. Mettez vos lunettes : elle a encore le « gluant » sous le ventre.

Le pharmacien joua la mauvaise foi.

— Qui me dit qu'on ne l'y pas mis, ce « gluant », pour me faire croire à un miracle ?

Les deux hommes s'esclaffèrent, puis le pêcheur déclara solennellement :

— Môssieur Gaudissart, je serais prêt à vous signer une déclaration *si je saurais écrire* : cette sole, même un nourrisson, sans les dents, il pourrait la manger tranquille. Cette nuit, *peuchère,* elle nageait encore !

Le pharmacien, qui venait de donner au pêcheur le prix convenu, raccompagna les deux hommes vers la rue et ôta sa pancarte. Puis il la remit sur la porte de l'officine, après avoir jeté un coup d'œil à l'oignon dont la chaîne d'or barrait son absence de ventre.

— Si on allait prendre un petit apéritif à la Guinguette du Lancier, avant d'aller manger ? proposa-t-il. Vous êtes mes invités.

La proposition fut votée à l'unanimité.

Le temps était splendide. Le travail pouvait attendre encore un peu. Le trio prit la direction de l'estaminet. Le pharmacien et *Lou Roucaou* qui marchaient côte à côte rappelaient Doublepatte et Patachon. Gaudissart, qui humait avec ivresse l'air de son village, les gratifia d'une citation qu'il gardait en réserve :

— « Il n'y a rien à craindre en ce lieu que de vivre trop longtemps. On n'y voit que des personnes qui meurent centenaires, on ne connaît point les maladies, le bon air et les bonnes eaux y font régner non seulement la santé mais la beauté. Dans ce canton vous ne voyez que de jolis visages, que des hommes bien faits *(pas vrai Roucaou ?)* et les vieux comme les jeunes ont les plus belles dents du monde. » C'est de Françoise de Grignan, parlant de Mazargues, messieurs !

Puis il ajouta en ponctuant sa tirade d'un trille de son rire-grelot :

— Ce qui ne l'a pas empêchée d'y mourir de la petite vérole !

5

Où la cérémonie religieuse au cours de laquelle le « miracle » aurait dû se renouveler tourne à la débandade et au scandale public.

La solennelle procession remontait par la rue du Château[1] en direction de la chapelle des Carmes. On commençait à entendre des cantiques où dominaient des voix de femmes. En particulier celles de Lucie et Agathe de Marsanges, au *vibrato* frénétique et éprouvant.

15 heures venaient de sonner au clocher de Saint-Roch en ce bel après-midi de dimanche ensoleillé. Raoul Signoret et le pêcheur Gabriel Dominichino, alias *Lou Roucaou*, son guide mazarguais, attendaient l'arrivée du cortège devant la chapelle, terme de son parcours. Les deux hommes s'étaient retrouvés le matin même à l'heure de la grand-messe, sous le calvaire qui trône devant la façade de Saint-Roch, moins par dévotion que pour humer le climat villageois, agité depuis plusieurs jours par l'étonnante nouvelle qui occupait toutes les conversations — croyants et incroyants mêlés. A l'évocation du prétendu miracle, certains pouffaient ouvertement ou se vrillaient le front

1. Aujourd'hui rue Théo-Boudier, résistant.

de l'index, d'autres pâlissaient sous le blasphème et déjà une bonne partie du village avait *levé le bonjour*[1] à l'autre.

Profitant du beau temps, le journaliste du *Petit Provençal* avait choisi sa propre bicyclette comme moyen de transport pour effectuer le trajet Vieux-Port-Mazargues. Il avait mis une heure et dix minutes de moins que l'omnibus à chevaux ! Cette initiative lui valait la tenue de *sportman* qu'il arborait : ample casquette de tweed, veste *Norfolk* assortie, avec empiècement et poches rapportées, ceinture à boutons, pantalons serrés aux genoux portés sur des chaussettes hautes en laine, gants de cuir et chaussures de cuir montant jusqu'aux chevilles. Un cadeau de sa femme, Cécile, qu'il endossait pour la première fois. Son allure contrastait avec celle de son compagnon, habillé en pêcheur trois cent soixante-cinq jours dans l'année. Ce qui n'avait pas empêché *Lou Roucaou* de sourire en voyant débarquer sous le christ en croix piqueté de rouille cette gravure de mode venue de Marseille.

Le cortège religieux était parti à 2 heures de la place du Christ, avait parcouru la Grand-Rue jusqu'à l'angle du boulevard de la Concorde, avait gagné le rond-point à l'extrémité du boulevard Michelet et il se dirigeait à présent vers la place de la Vieille-Eglise où se dressait jadis le couvent des Carmes. C'est là que le vicaire Charles Richaud et ses partisans avaient donné rendez-vous aux Mazarguais — les convaincus, comme les

1. Expression familière qui servait à montrer que l'on était fâché. « Après ce qu'il m'a dit, je lui ai levé le bonjour. »

incrédules — pour qu'ils assistent au miracle qui n'allait pas manquer, promettaient-ils, de se renouveler.

Derrière les enfants de chœur en surplis blanc, ouvrant la marche, portant des bannières qu'agitait un léger vent marin, s'avançait le vicaire de Mazargues revêtu de son habit sacerdotal, une chasuble jaune d'or brodée et rebrodée, ornée dans le dos d'un saint sacrement rayonnant. Il précédait le troupeau des fidèles, avec ses bigotes extatiques chevrotant leurs cantiques les yeux levés au ciel, les gens de la petite bourgeoisie mazarguaise formant le gros bataillon des bien-pensants, et quelques femmes de notables — reconnaissables à leurs tenues modestes mais coupées par le bon faiseur — accompagnées de leurs grandes filles arborant des robes de printemps et des capelines fleuries. Les hommes étaient en minorité, mais on pouvait distinguer un certain nombre de paysans endimanchés ainsi que des familles d'artisans ou de commerçants du village, habituellement proches du curé Barral. Ceux-là avaient écouté les sirènes de son vicaire et des sœurs Marsanges, qui les avaient convaincus d'abandonner leur vieux pasteur pour être les premiers bénéficiaires des bienfaits que le Ciel ne manquerait pas d'envoyer sur Mazargues et ses environs.

Une bonne partie de la population était dans les rues. Les fidèles du curé Barral se tenaient à distance, mûs par la seule curiosité, mais ne voulaient pas paraître soutenir une initiative réprouvée par leur pasteur. Ils avaient été prévenus par Marguerite Chabert que leur curé émettait les plus expresses réserves à propos d'une initiative qui n'avait pas son aval. La bonne avait révélé à celles en qui elle avait le plus confiance que les deux ecclésiastiques avaient eu, la veille au soir, une altercation dont les éclats — malgré sa discrétion proverbiale — étaient parvenus jusqu'à ses oreilles. Ce que ne précisait pas Marguerite c'était que lesdites oreilles étaient collées à la mince cloison séparant la chambre du curé Barral de son petit bureau et qu'elles n'avaient pas perdu une miette de l'affrontement. La veuve Chabert avait fait jurer à ses confidentes le plus profond secret, moyennant quoi les seuls Mazarguais qui n'étaient pas au courant de l'empoignade des deux prêtres étaient les sourds, les gâteux, et les enfants en bas âge.

Les fidèles de l'abbé Barral n'étaient pas les seuls opposants dans la rue. Les membres du Cercle laïque républicain ainsi que ceux du Club d'études voltairiennes, composé de francs-maçons, s'étaient regroupés sur le passage du cortège religieux, les seconds ostensiblement coiffés d'un chapeau enfoncé jusqu'aux oreilles. Ils brandissaient une banderole où l'on pouvait lire *« En souvenir du chevalier de La Barre*[1] *»,* tandis que les premiers imitaient à s'y méprendre le cri d'effroi du corbeau, sous les coups d'œil furieux du vicaire Richaud.

Un tract anonyme avait circulé le matin même autour de Saint-Roch, à l'heure de la grand-messe. On y dénonçait l'obscurantisme religieux, les « manœuvres sournoises visant à replonger le peuple dans des croyances d'un autre âge », et on y parlait de « mascarade et d'imposture ».

---

1. Une des causes célèbres (avec l'affaire Calas) défendues par Voltaire : la réhabilitation du chevalier de La Barre, supplicié en 1766 pour ne pas s'être découvert au passage d'une procession.

La procession déboucha bientôt sur la place de la Vieille-Eglise avec, venant immédiatement après les enfants de chœur, un étonnant personnage tout droit sorti de la crèche : vêtu, malgré la température clémente, d'un costume de velours noir porté sous une vaste cape de laine dont dépassait la rotondité d'une imposante bedaine barrée par une *taiole*[1] rouge vif, un *capèu*[2] à large bord sur son crâne, la chemise blanche fermée au col par une lavallière de belle taille, il soufflait dans un galoubet, tout en marquant le rythme sur un tambourin suspendu à son coude droit par une lanière de cuir qui balançait au gré de sa marche balourde. C'était Elzéar Mouren, poète, *mestre de massetto*[3] et *majoral*[4] du Félibrige.

Lou Roucaou poussa du coude Raoul Signoret en désignant l'apparition d'un mouvement de tête.

— Qu'est-ce que c'est que ce *caramantran*[5] ? demanda le journaliste à son guide.

— Lou félibre. *Es un couilloun de gros calibre*[6], ajouta le pêcheur en pouffant à l'oreille du journaliste.

Celui-ci se mordit les lèvres pour garder son sérieux tandis qu'il commençait à s'avancer vers la chapelle que venait d'ouvrir Agathe de Marsanges sur un signe du vicaire Richaud. Tout ce monde ne pourrait trouver place dans la modeste nef et il ne s'agissait pas de manquer pareille cérémonie. D'autant plus que, dans

---

1. Large ceinture en tissu.
2. Chapeau (prononcez capèou, en accentuant le è).
3. Grade chez les tambourinaires.
4. *Idem* chez les félibres (chef).
5. Personnage de carnaval.
6. Est-il nécessaire de traduire ?

la foule, Raoul avait repéré plusieurs confrères aussi intéressés que lui à observer l'événement promis.

L'abbé Richaud pénétra dans la chapelle où brûlaient des cierges, aussitôt suivi par une foule empressée qui se bouscula sans soucis de convenances, de classes sociales, ni de sexes, dans une pagaille ponctuée de cris de douleur quand un pied malmenait celui du voisin. Ce fut bientôt une ruée sauvage. Les enfants de chœur furent brutalisés, leurs surplis déchirés. Plusieurs femmes, prises de malaises, ne purent se dégager de la grappe humaine qui subissait une compression supplémentaire au passage du porche. *Lou Roucaou,* son ventre rond en étrave, ouvrait le passage au journaliste qui craignait pour sa belle tenue de cycliste de luxe. Le tambourinaire avait eu son chapeau piétiné et son instrument crevé tandis que l'oiseau empaillé qui ornait jusqu'alors le chapeau noir d'Agathe de Marsanges avait terminé sa carrière sous des pieds impatients.

Les bancs de bois de la chapelle furent pris d'assaut en un instant par une assistance agitée, qui s'y empila en tentant de redonner leur allure aux vêtements bousculés, de ramasser les boutons arrachés, de déplorer les pans de vestes déchirés. Ceux qui ne purent y trouver place se groupèrent debout le long des murs de la nef et s'entassèrent au fond de la chapelle, mais le gros de la troupe demeura sur la place, tendant le cou pour tenter de voir ce qui se passait à l'intérieur. Peine perdue. Le contraste était tel entre la luminosité de la place ensoleillée et la nef faiblement éclairée par de rares vitraux encrassés et quelques cierges, qu'il était impossible d'apercevoir quoi que ce soit, fût-ce un miracle.

On n'entendait rien non plus, car les cris, les protestations, les règlements de comptes sournois formaient un fond sonore qui couvrait le brouhaha des privilégiés entrés dans la chapelle. La voix autoritaire du vicaire Richaud dominait le tumulte sonore de l'assemblée, l'appelant à plus de dignité et l'exhortant à « respecter la maison de Dieu » en faisant silence.

Raoul Signoret nota avec satisfaction que les « chers confrères », aux réflexes moins aiguisés que les siens, étaient restés dehors.

Quand un semblant de calme fut enfin revenu, l'abbé Richaud, après s'être signé devant le tableau miraculeux, se planta face à l'assistance sur la plus haute des trois marches qui permettaient l'accès à l'autel.

Raoul Signoret l'observait attentivement afin de pouvoir le décrire avec fidélité aux lecteurs du *Petit Provençal* du lendemain : grand, mince, la taille bien prise, large d'épaules à ce qu'en laissait percevoir sa chasuble, le cheveu court et noir, semé d'argent, avec un début de tonsure naturelle, une mâchoire carrée de prédateur, un regard froid, accentué par des yeux gris. « Une belle gueule, au fond », pensa le journaliste, mais le vicaire était pourtant dépourvu du moindre charme. Sa froideur naturelle et la violence caractérielle qu'on devinait tapie en lui y étaient pour beaucoup. Cet homme vous glaçait, on ne s'expliquait pas pourquoi. La voix forte était bien timbrée, une voix de commandement. Bref, tout le contraire de l'abbé Barral, décrit par ses paroissiens comme une « rondeur ».

— Au nom du Père, du Fils et du Saint-Esprit.

L'assistance se signa.

— Mes bien chers frères, commença le vicaire, Dieu a voulu manifester sa miséricorde et sa puissance à notre village par un de ces événements qui marquent à jamais les croyants imparfaits que nous sommes. Un de ces événements qui portent en eux les caractères d'authenticité capables de convaincre les esprits les plus incrédules, les mentalités les plus endurcies dans l'erreur de l'incroyance.

L'abbé Richaud prit une respiration, en parcourant de ses yeux froids l'assistance enfin réduite au silence, et poursuivit :

— Un prodige a eu lieu dans cette simple chapelle de village. Pas dans notre belle église paroissiale, mais ici, dans un lieu de culte plus intime, plus proche de nous. Faut-il s'en étonner, quand on sait que notre Sauveur Jésus choisit une humble crèche et non un palais pour naître voici deux mille ans ?

L'assemblée était à présent muette et suspendue aux paroles de l'orateur.

— Le prodige qui a éclaté comme un coup de tonnerre dans le ciel serein de Mazargues, nous ne le devons certes pas à nos vertus. Mais la miséricorde de Dieu est infinie et Il est toujours prêt à pardonner au pécheur qui sait se repentir à temps. C'est pourquoi le Bon Dieu, toujours par l'entremise de son Fils, nous a désignés pour être les témoins de Sa gloire et porter, dans un monde qui le renie et voudrait le crucifier une seconde fois, le témoignage de Sa grandeur.

Un murmure de crainte parcourut les travées.

L'abbé Richaud, après une courte pause, enchaîna :

— Sur ce tableau qui représente la descente de croix — le vicaire le montra derrière lui —, si peu célèbre que l'auteur nous en est inconnu, où le Christ Jésus repose sa tête suppliciée par la couronne d'épines sur les genoux de sa mère la Vierge Marie, Dieu a posé son doigt redoutable pour donner un avertissement solennel à ceux qui voudraient chasser d'un monde où l'irréligion devient un dogme les porteurs de sa parole, qui sont moqués, persécutés, humiliés chaque jour. Gare à vous ! leur dit le Seigneur, par ce signe. Oui, mes bien chers frères et sœurs, Dieu nous demande d'être les nouveaux témoins de Sa parole, nous Mazarguais de toutes origines et conditions. C'est nous qu'Il a choisis, c'est notre village qui sera la nouvelle Salette, le nouveau Lourdes !

Le vicaire tourna son visage vers les sœurs Marsanges, assises au premier rang, en extase.

— Voici cinq jours, répondant à l'humble prière de l'une de nos plus estimables paroissiennes (tous les regards se fixèrent sur Agathe), une femme dont la foi est de celle dont on dit qu'elle soulèverait des montagnes, Dieu nous a fait ce signe que nous attendions tous pour la conversion des pécheurs et l'édification des justes. On a vu sortir des plaies du côté, des pieds et des mains où l'artiste a peint les traces laissées par les clous de la crucifixion, des gouttes de sang en quantité suffisante pour que des linges en soient imbibés.

Une nouvelle vague de murmures parcourut l'assistance. L'abbé Richaud leva le bras pour l'apaiser.

— Le témoignage irrécusable de notre sœur en Jésus-Christ nous permet de le proclamer au grand jour : oui ! le fait miraculeux existe, il a été constaté par mes soins à l'appel immédiat de celle qui en avait été le premier témoin. Non ! il n'y a pas de stratagème comme voudraient le laisser croire les esprits forts, pas de subterfuges, nul indice de fraude, mais une merveilleuse apparition dont Dieu a le secret quand la Créature, qu'il persiste à aimer malgré ses péchés et ses errements, s'engage dans des chemins sans issue, répondant à la voix mauvaise de Satan, relayée par les cœurs endurcis dans le mal des athées, des tenants de la fausse science, de l'impiété, ces âmes perverses, ces aveugles volontaires — il y en a dans notre village qui tout à l'heure encore ricanaient sur notre passage —, tous ceux enfin qui font pleurer le Bon Dieu, qui nous ont fait tant de mal et s'apprêtent à nous en faire encore.

Au terme de cette tirade, Raoul Signoret et *Lou Roucaou* échangèrent un regard et une mimique complices, comme pour se demander dans quelle catégorie les classait l'abbé Richaud.

— *O, fatche d'enti*[1] *!* murmura le pêcheur pour tout commentaire.

Le vicaire, qui sentait l'assistance empoignée, entama sa péroraison :

— Plaignons, mes frères, ceux qui doutent encore. Prions pour eux, afin que la grâce du Seigneur descende dans leurs cœurs endurcis lever le voile qui leur cache la vérité. Elle triomphera, nous en sommes persuadés, et elle proclamera à la face de tous la toute-puissance du souverain Être et de son infinie miséricorde pour les hommes égarés ou coupables, ingrats ou aveuglés. Laissons-les ricaner, affirmer que nous

1. Imitation marseillaise de l'exclamation italienne *accidente !* (prononcez atchidenté) qui marque la surprise ou l'énervement.

sommes dupes de nos illusions et de nos préjugés, jouets du fanatisme, proies des imposteurs. Rien n'ébranlera nos convictions, rien ne vaincra notre foi, rien n'arrêtera l'élan de notre reconnaissance pour un Dieu admirable qui se révèle à nous et ravive notre amour en Lui. Sans anticiper le jugement de l'autorité ecclésiastique, que nous attendons avec confiance, prions, prions mes bien chers frères et sœurs afin que, pour récompenser notre amour de Dieu et de Jésus-Christ son fils, Notre-Seigneur, le prodige se renouvelle aujourd'hui, là sous vos yeux. Amen.

En désignant d'un geste large le tableau miraculeux qui dominait l'autel, l'abbé Richaud invita l'assistance à se mettre à genoux et à entamer une dizaine de « Notre Père », suivie d'une dizaine de « Je vous salue Marie », afin que cette prière monte jusqu'au Ciel avertir Dieu que les Mazarguais se tenaient prêts à voir le prodige divin se renouveler sous leurs yeux extasiés.

Dans l'assistance, entraînée par le zèle des sœurs Marsanges qui avaient donné le départ, un murmure de patenôtres monta bientôt vers la voûte.

Pendant ce temps, le vicaire Richaud, sur un signe, avait fait s'approcher le bedeau, Marius Espanet. Pour une fois — autre fait miraculeux —, l'ivrogne semblait marcher d'aplomb. Ses occupations de la matinée ne lui avaient pas laissé le temps de s'attarder à La Guinguette du Lancier, sa chapelle préférée. Le bedeau était muni d'une échelle de bois, que personne n'avait repérée lors de la bousculade d'entrée. Il la posa contre le mur du fond de la chapelle à droite du marbre de la table d'autel. L'abbé Richaud entreprit de gravir lentement les barreaux. Il arrêta son ascension arrivé à la hauteur du tableau. Il déplia un linge blanc — probablement un linge que l'on pose sur le calice avant la consécration de l'hostie — et le montra à l'assistance à la manière des magiciens commençant un tour. Puis, le vicaire se pencha vers la toile peinte et appuya assez fortement son linge roulé en boule dans sa main sur l'une des plaies des pieds du Christ. Se mettant alors de profil par rapport à l'assistance, il lui montra le linge déplié.

Un *oooooohhh !* prolongé, poussé par cent poitrines, mélange de cris d'extase et d'hystérie, d'étonnement et d'effroi, monta vers l'autel.

Le linge froissé portait en son centre une tache pourpre bien visible qui figurait vaguement un soleil rayonnant irrégulièrement. Beaucoup, dans l'assistance, s'étaient dressés spontanément et tendaient le bras vers le tableau, criant « miracle ! miracle ! », tandis que des femmes s'évanouissaient et s'écroulaient dans un fracas de chaises et de bancs renversés. La pagaille s'installait, alors que des cris retentissaient au milieu de prières marmonnées et de cantiques entonnés à voix tremblante.

Profitant du tumulte et de l'affolement, Raoul et *Lou Roucaou* gagnèrent quelques mètres en direction de l'autel, bousculant ceux qui entravaient leur progression.

Debout sur son échelle, le vicaire Richaud poursuivait son manège, tamponnant de linges blancs, nouvellement brandis vers l'assistance, les autres plaies réparties sur le corps du Crucifié. La manœuvre produisit les mêmes effets et les mêmes réactions d'effroi mêlé d'extase chez les paroissiens, conscients d'assister à un événement capital de leur vie.

Raoul Signoret, abandonnant dans son sillage le pêcheur que son bedon entravait, s'était encore rapproché, laissant un pan de sa belle veste de tweed dans l'aventure. De là où il se trouvait à présent, il pouvait voir, grâce à la lueur d'un cierge idéalement placé pour lui, des gouttes de sang suinter des plaies non encore tamponnées par l'abbé, avant de commencer à s'écouler lentement sur la toile. Le vicaire Richaud continuait à recueillir le précieux liquide et à montrer les taches rutilantes qui souillaient le tissu immaculé un instant plus tôt.

Pas de doute, il y avait là un truc d'illusionniste. C'était vraiment trop beau. Encore fallait-il comprendre comment ce bateleur déguisé en prêtre s'y prenait.

Un des enfants de chœur rescapé de la bousculade recueillait les linges tachés de rouge que lui tendait l'abbé Richaud depuis son échelle. Quand le prêtre jugea la démonstration suffisante, il redescendit, un air de triomphe contenu mais visible sur la face, et se planta à nouveau en haut des marches de l'autel. Il les tenait tous dans sa main. Son regard métallique qui parcourait l'assistance était celui du torero quand il sait que le fauve vient d'être dompté. Il préparait l'estocade. Un silence total s'était établi, chacun retenant son souffle. On aurait entendu voler une punaise de sacristie.

Au moment où l'abbé Richaud allait de nouveau s'adresser à l'assemblée des témoins, se produisit dans son dos un événement imprévu, aussi brutal qu'inattendu. Le prêtre en devina l'imminence aux regards affolés des fidèles des premiers rangs.

Dans un fracas d'apocalypse, le lourd cadre de bois qui cernait la descente de croix, se détachant du mur, venait de choir sur la table d'autel qui se brisa en deux. Avec un sinistre craquement le cadre se disloqua puis bascula vers le prêtre, qui n'eut que le temps de descendre les trois marches pour ne pas être coiffé par la toile, entraînant dans sa chute les chandeliers, les vases et les arums blancs qu'ils contenaient, ainsi que le lutrin qui portait le lourd graduel [1] relié de cuir.

Alors, ce fut le sauve-qui-peut général. L'assistance se rua vers la sortie en criant, les yeux fous de terreur. Ceux qui chutaient étaient aussitôt piétinés, ceux qui demeuraient debout étaient brutalisés, projetés les uns sur les autres dans une épouvantable mêlée. Les rares qui n'avaient pas subi de violences lors de l'entrée dans la chapelle vinrent rejoindre la cohorte lamentable des éclopés, des dépenaillés, des boitillants, des douloureux qui se frottaient qui un bras, qui un genou, ou se tenaient les reins en grimaçant tout en se répandant sur la place et dans les rues environnantes.

En un clin d'œil, la nef fut désertée, sauf par quelques curieux ou courageux qui se tenaient au fond, prêts à passer le porche au moindre danger. Raoul Signoret et *Lou Roucaou,* eux, n'avaient pas bougé. Se plaquant au mur latéral de la chapelle, accrochés l'un à l'autre par le bras, ils avaient laissé passer la horde paniquée en résistant à sa charge. Un autre pan de la belle veste de cycliste du journaliste y laissa pourtant ses coutures, peut-être par souci de symétrie. Raoul

1. Livre des cantiques chantés durant la messe.

pensa à Cécile, sa femme, et à la tête qu'elle ferait en voyant comment il prenait soin de son cadeau. Admettrait-elle qu'il avait fallu rien moins qu'un miracle pour mettre son époux dans un pareil état ?

A la seconde même où le tableau se décrochait, Raoul, qui avait l'œil sur elles, eut son attention attirée par l'attitude des sœurs Marsanges qui n'étaient pas à plus de cinq mètres de lui. Visiblement surprises et paniquées comme le reste de l'assistance, elles s'étaient levées en poussant un long cri d'horreur, mais, loin de se diriger vers la sortie, elles avaient au contraire grimpé les trois marches de l'autel et, ayant rejoint l'abbé Richaud, commotionné, qui était resté bouche ouverte face à la panique qui s'emparait de l'assistance, elles s'étaient accroupies près du tableau dont la toile gisait contre le pavement de la chapelle, dévoilant sa face arrière. Le journaliste les avait vues ramasser plusieurs objets de petite taille qu'elles avaient immédiatement fourrés dans leurs réticules. Comme elles tournaient le dos, Raoul Signoret n'avait pu distinguer ce que les vieilles bigotes récoltaient avec cette hâte, mais il avait noté que le vicaire, demeuré debout et suivant la scène, s'était lui aussi placé de telle façon que sa chasuble masquât la manœuvre des deux sœurs.

Puis, le mouvement de panique apaisé, tous trois avaient gagné la sortie de la chapelle, suivis par les quelques curieux qui n'étaient pas partis au moment de la chute du tableau. Fallait-il que le trio soit troublé tout de même pour avoir laissé les lieux en l'état, sans même penser à refermer la porte à clef.

Si bien que Raoul Signoret et *Lou Roucaou*, que tout

le monde semblait avoir oubliés, demeurèrent seuls dans la nef dévastée, au milieu des bancs et des chaises renversés, face au tableau « miraculeux » qui avait bien mauvaise mine. Une partie de la toile s'était déchirée, le cadre en se disloquant l'ayant amenée au point de rupture. Mais ce ne fut pas cette constatation qui poussa le journaliste du *Petit Provençal* à se pencher sur le tableau mutilé. Sur la toile grise et empoussiérée de la face arrière, qui n'avait pas dû revoir le jour depuis l'accrochage au-dessus de l'autel, on pouvait distinguer cinq taches noirâtres et humides que les fils de jute avaient bues. Raoul n'eut pas besoin de retourner le tableau pour imaginer qu'elles correspondaient exactement aux plaies des mains, des pieds et du côté du Christ peint sur la face visible. « On » les avait donc fait saigner, comme il s'en doutait. Le gros accroc qui avait crevé la toile lui permit de vérifier son hypothèse. Il ralluma un cierge et, plaçant le morceau de toile qui représentait l'un des pieds du Christ entre son œil et la flamme, il distingua à cet emplacement une série de trous microscopiques qui pouvaient avoir été faits avec une épingle. En appuyant avec son linge, le vicaire avait fait sourdre le sang comme on fait passer du café dans un percolateur. Le dernier point d'interrogation résidait dans l'impossibilité d'expliquer *comment* ce sang avait pu apparaître à la commande. Dans quoi était-il contenu ? Pourquoi ne coagulait-il pas ? Car enfin, un minimum de temps avait été indispensable à la préparation et à la réussite de ce tour d'illusionniste. Quelqu'un était venu à l'avance truquer le tableau, installer les... les quoi au fait ? les ampoules, les capsules ? un autre dispositif ?... aux endroits précis où les gouttes devraient apparaître sur la toile. Si le sang — désignons-le ainsi — se trouvait dans un flacon, pour l'empêcher de se répandre trop tôt, il aurait fallu maintenir bouché ledit flacon à l'abri de l'air. Dans ce cas, comment aurait-il coulé au moment voulu par l'abbé Richaud, puisque à aucun instant le prêtre n'était passé *derrière* le tableau ?

Voilà une série de questions auxquelles le journaliste se promettait de chercher une réponse qui satisfasse la raison. Pour l'instant, l'énigme demeurait entière, sauf que, après le scandale qui ne manquerait pas d'éclater à la suite de cet incident, l'irrésistible ascension du vicaire Charles Richaud risquait fort d'être compromise. Il serait étonnant que son évêque le félicite pour avoir bafoué publiquement son Eglise et, par contrecoup, ridiculisé le diocèse auquel il était attaché.

A l'énigme que posait le stratagème employé par l'abbé et ses ouailles activistes, s'ajoutaient des questions subsidiaires. La chute du tableau au bon moment était-elle due à un pur hasard, ou avait-elle été longuement préméditée et calculée ? Si oui, par qui ? L'abbé Barral ou ses fidèles ? Une tierce personne étrangère aux deux camps ? Des gens du Cercle laïque, du Club d'études voltairiennes qui, en sabotant la cérémonie, auraient voulu en profiter pour dénoncer la mascarade et l'obscurantisme ?

Cela représentait déjà un nombre respectable de suspects, n'aurait pas manqué de dire l'oncle Baruteau.

Lou Roucaou suivait les investigations du journaliste, mais n'y participait pas. Il avait été fortement impressionné. En bon Italien, sans doute la superstition faisait-elle partie intégrante de sa foi naïve et spontanée. Il y avait là quelque chose qui le dépassait et il évitait de toucher quoi que ce soit, se contentant d'écouter sans rien dire les réflexions que se faisait Raoul Signoret en poursuivant son examen des lieux. L'œil du journaliste fut attiré par la corde de chanvre épais qui avait permis de suspendre le tableau à son crochet. L'endroit où elle avait cédé portait les marques d'une entaille en surface faite par une lame tranchante. Les brins étaient coupés net. Le cœur de la corde, en revanche, présentait des brins arrachés par le poids du tableau, mais qui n'avaient pas été préalablement entaillés. Quelqu'un était venu préparer l'attentat en affaiblissant la résistance de la corde.

Poursuivant sa recherche, Raoul gagna l'autel dont le marbre était fendu sur toute sa longueur. Au droit de la porte du tabernacle, il aperçut trois ou quatre petits tubes noirs et tortillés sur eux-mêmes qui l'intriguèrent. On aurait dit des macaronis desséchés. Ils étaient cassants comme des brindilles. Le journaliste ne put les identifier, mais, par réflexe, il en recueillit deux qu'il plaça dans sa poche de poitrine, se promettant de les examiner ultérieurement.

— Qu'est-ce qu'on me dit ? Que le Bon Dieu, en amateur d'art éclairé, vient de nous débarrasser d'une croûte saint-sulpicienne qui déshonorait la simple beauté de ce lieu ?

A contre-jour, la frêle silhouette coiffée d'un canotier de l'arrivant, qui venait de s'encadrer dans la porte toujours ouverte sur la place, était méconnaissable, mais à l'oreille Raoul Signoret et *Lou Roucaou* avaient reconnu aux premiers mots le timbre grêle de Gaston Gaudissart. Fier de son astuce, le pharmacien avait émis le chevrotement qui lui tenait lieu de rire :

— Tè ! voilà Monsieur Seguin, dit à voix basse le pêcheur qui connaissait le conte de Daudet par deux de ses enfants qui l'avaient lu en classe.

— J'ai plutôt cru que c'était sa chèvre, répliqua Raoul sur le même ton.

Tous deux échangèrent un clin d'œil complice.

La barbiche frémissante et l'œil pétillant, Gaudissart s'avançait dans l'allée centrale et parcourait de son regard de myope l'étendue des dégâts en poussant de petits grognements d'excitation.

Il se pencha sur le tableau, toujours face contre terre, et demanda avec un clin d'œil malicieux :

— L'abbé Richaud est dessous ?

Le journaliste et le pêcheur éclatèrent de rire ensemble.

— Non, dit Raoul. Il a dû être matador avant de revêtir la soutane. Il a une de ces esquives !...

— Alors voilà l'objet du délit, euh ! je voulais dire du miracle, dit Gaudissart, décidément en forme. Eh bien, dites-moi ! Dieu n'y va pas de main morte !

Il se pencha sur la toile, réajusta ses bésicles sur l'arête de son nez et palpa longuement les taches brunâtres encore humides.

— Voudriez-vous bien retourner le tableau, demanda-t-il, en tâchant de ne pas trop bousculer la toile ?

Raoul Signoret et *Lou Roucaou* s'y attelèrent et la descente de croix balafrée et décroûtée par endroits réapparut. Le pharmacien passa ses doigts sur chacune des plaies. Il les flaira longuement.

— C'est bien du sang, dit-il, y a pas de doute.

Il posa ses pouces et ses index de chaque côté de la plaie que le Christ portait au côté droit et serra comme une pince :

— Messieurs, dit-il d'un ton faussement doctoral, je procède comme vous le voyez à une coaptation, qui consiste à rapprocher, en vue de les ajuster, les lèvres d'une plaie. Je voudrais en extraire le liquide qu'elle contiendrait encore.

Sous la pression, la peinture se craquela, mais plusieurs gouttes vermeilles perlèrent à sa surface.

— La toile sur laquelle le tableau est peint en est imbibée, remarqua Gaudissart. Cela signifie que le sang a été longuement au contact de la toile. Or, ajouta-t-il en se relevant, les joues rougies par l'effort, il y a dans cette constatation une incohérence qui me chiffonne beaucoup.

— Quoi donc ? questionna Raoul qui suivait attentivement les faits et gestes du pharmacien.

— Le temps de coagulation du sang est de dix à douze minutes à température normale. Mettez un quart d'heure à tout casser. Il a fallu bien plus d'un quart d'heure à ceux qui ont monté cette supercherie pour installer leur numéro d'illusion. Or, messieurs, tenez-vous bien : ce sang est frais. La preuve, il s'écoule encore. Comment expliquez-vous ça ?

Avant que Raoul Signoret et *Lou Roucaou* aient pu répondre, Gaudissart ajouta :

— C'est peut-être là que réside le miracle ! Il y en

avait donc bien un. Il faut aller le dire à Richaud ! Il n'avait pas le bon !

Pris d'une excitation subite, le digne pharmacien de Mazargues, diplômé de la faculté de Montpellier, esquissa un pas de danse sur une chorégraphie aussi originale que personnelle, qui tenait de la farandole provençale et de la *danse du soleil* exécutée par Sitting Bull au matin de la bataille de Little Big Horn, en criant de sa voix haut perchée : « Miracle ! miracle ! »

Il en était là, devant les mines réjouies de ses deux compagnons, quand une voix de stentor mit fin à la représentation :

— Que faites-vous là, messieurs ? Voulez-vous bien immédiatement sortir d'ici ?

Quatre silhouettes imposantes s'encadraient dans le rectangle de lumière que découpait la porte de la chapelle donnant sur la place.

Gaudissart, rouge comme un écolier pris en train de copier sur son voisin par le maître d'école, tenta une diversion. Il dit d'une voix douce :

— Nous étions venus faire une petite prière, en déplorant que ce saint lieu soit profané par...

Il fut interrompu par une autre voix, tout aussi rugueuse.

— Vous, ça m'étonnerait que vous soyez venu pour ça. On ne vous a jamais vu à la messe. Et toi pas souvent, dit-elle à *Lou Roucaou* qui baissa la tête.

C'était l'abbé Joseph Barral, curé de Mazargues, accompagné de trois gendarmes.

Le brigadier s'avança :

— Messieurs, vous avez entendu ce qu'on vient de vous dire. Sortez immédiatement. Plus personne ne doit pénétrer ni demeurer ici jusqu'à nouvel ordre, pour les besoins de l'enquête qui vient d'être ouverte. J'espère que vous n'avez rien touché, rien déplacé.

— Oh, non, voyons ! jura avec sa plus belle tête d'honnête homme le pharmacien Gaudissart. Venez, mes amis, dit-il en se tournant vers le journaliste et le pêcheur. Nos dévotions sont achevées, nous n'avons plus rien à faire ici. Merci brigadier de nous avoir permis de les accomplir. Messieurs... Je suis votre serviteur !

Son canotier à la main, il salua chacun d'un geste large et entraîna ses compagnons vers la sortie. Le curé Barral les suivit d'un regard chargé de méfiance, comme s'il voulait s'assurer qu'il n'y aurait pas de retour intempestif du trio. Puis, il barricada la lourde porte de bois à l'aide du verrou intérieur et s'enferma dans la chapelle en compagnie des gendarmes.

A peine éloignés, les trois hommes libérèrent d'un rire apaisant leur état de tension.

Raoul Signoret et *Lou Roucaou* raccompagnèrent le pharmacien jusqu'à son appartement, au premier étage de la maison basse qui accueillait l'officine au rez-de-chaussée. Il n'y avait plus grand-chose à faire pour l'instant. La soirée était bien entamée. Il ferait jour demain.

Le journaliste du *Petit Provençal*, repensant à sa trouvaille, prit dans la poche de sa veste ces mystérieux petits rouleaux noirs et tortillés, ramassés sur l'autel à l'endroit même du choc du cadre sur le marbre. Il les montra à Gaudissart. Le pharmacien les fit rouler dans sa paume, les flaira et dit d'un air contrit :

— Je ne vois pas... Mais laissez-les-moi, je vais les passer sous le microscope.

Il secoua longuement la main de Raoul.

— Vous revenez nous voir ? demanda-t-il au journaliste bien qu'il sût d'avance la réponse.

— Il semblerait que ma villégiature mazarguaise doive se prolonger plus que je n'avais prévu, répondit Raoul Signoret. En fait, je croyais que la panade miraculeuse allait clore prématurément l'histoire, mais, ou je me trompe, ou elle ne fait que commencer...

— C'est aussi mon avis, dit le pharmacien. Et vous, mon bon *Roucaou* ?

— Comme vous.

— Alors à demain ?

— A demain. Oh, une dernière question pour la route, dit le journaliste. Pourquoi ce sang ne coagule-t-il pas, vous avez une idée ?

— Qui sait ? dit Gaudissart mystérieux en fermant à demi les yeux.

Il faisait sa coquette.

— Pour vous répondre avec certitude, il faut d'abord que je me livre à une petite expérience. Je vous tiens au courant.

Raoul Signoret récupéra sa bicyclette laissée dans une remise appartenant au pêcheur et l'enfourcha à la voltige. Les pans déchirés de sa veste anglaise lui faisaient comme une traîne, flottant au vent de sa course vers Marseille.

6

*Comment un cours particulier de zoologie sur les particularités de l'*hirudo medicinalis *dissipe un mystère qui empoisonnait notre héros.*

Décidément, la bicyclette était une merveilleuse invention. Pratique, légère — celle de Raoul Signoret ne dépassait pas les vingt-deux kilos —, maniable et surtout rapide. Le journaliste du *Petit Provençal* le constatait une nouvelle fois [1] tandis qu'il pédalait, ivre de grand air et de senteurs campagnardes, vers Mazargues, en cette matinée qui promettait une nouvelle journée ensoleillée. Les bandages pneumatiques Dunlop qui équipaient l'engin, ses roues munies de rayons en fil de fer Rousseau [2], lui permettaient de déjouer les pièges tendus par les rails des omnibus, redoutables aux cyclistes. Ayant abandonné sa tenue abîmée de *sportman,* Raoul avait remis son costume sombre, en équipant ses bas de pantalons de pinces pour leur éviter les projections d'huile de la chaîne. Sur le trajet cours Saint-Louis-Mazargues, le reporter avait déjà rattrapé deux tramways hippomobiles, ferraillant sur leur double piste d'acier. Il ne désespérait pas d'en

1. Voir *L'Enigme de La Blancarde.*
2. Du nom de leur inventeur, un ingénieur marseillais.

doubler un troisième vers la côte de Sainte-Anne et cela lui faisait appuyer encore plus fort sur les pédales. Les hauts murs ceinturant les propriétés lui cachaient un peu le paysage alentour, mais les nombreuses voitures croisées, attelées de mulets, chargées de légumes frais et des premiers fruits printaniers, disaient assez la vocation agricole de ce terroir aux portes de la grande ville.

Le reporter descendit de son coursier d'acier sur la place de l'Eglise, au moment où 10 heures sonnaient au clocher carré de Saint-Roch. Il aperçut, trônant comme une idole rustique derrière son étal où frétillaient dans les derniers spasmes de l'agonie de petits monstres épineux frais pêchés de la nuit, Félicité, autrement dit Mme Dominichino, épouse légitime du *Roucaou,* à qui le pêcheur l'avait présenté la veille, après l'épisode héroï-comique du « miracle » de la chapelle des Carmes.

Accrochée au parasol qui abritait la marchandise, une pancarte à l'orthographe singulière avertissait l'amateur : *Pas de coqiages*.

« J'ai perdu deux petits des fièvres typhoïdes, avait expliqué la poissonnière, *Lou Roucaou* et moi, on a décidé de plus jamais en faire manger à personne. Pas même aux clients. Y z'ont qu'à aller se les pêcher, s'ils veulent s'empoisonner ! »

La typhoïde était alors une maladie endémique à Marseille. Les effluents du grand collecteur — fierté de la municipalité Baret —, déversés sans précaution dans la calanque de Cortiou, empoisonnaient la rade. Il n'existait aucun réseau d'eau potable, chacun se débrouillant plus ou moins pour la fabriquer chez soi avec des filtres Pasteur. Ces conditions d'hygiène déplorables n'étaient pas pour rien dans les ravages d'un fléau à qui on devait chaque année un grand nombre de décès. Ce qui n'empêchait pas les Marseillais de toutes conditions de faire des ventrées de fruits de mer à la moindre occasion.

Félicité Dominichino était une imposante rondeur. Elle portait « l'uniforme » des poissonnières : les cheveux remontés en chignon sur le crâne, sous la coiffe à canons déployés en éventail, les deux attaches flottant au gré du vent, des boucles en or aux oreilles, un fichu de laine sur les épaules, croisé par-devant sur la double rotondité de son imposante poitrine, porté sur une blouse aux manches relevées qui dégageaient des bras solides et rouges, terminés par des mains carrées aux doigts courts, à la peau fripée par la manipulation de la marchandise humide et froide, chargés de bagues parmi lesquelles resplendissait *l'alliance.* Sa jupe longue plissée était protégée par un large tablier de toile cirée noire, destiné à épargner au tissu de piqué les inévitables éclaboussures et projections sanglantes propres à ce métier, quand la poissonnière proposait aimablement à la cliente de lui vider et écailler la pièce qu'elle venait de lui vendre.

Elle gardait un peu de la beauté de sa jeunesse, mais le travail et les charges du ménage avaient érodé avant l'âge les splendeurs passées. Elle conservait cependant sur ses traits énergiques une certaine noblesse plébéienne qui vaut bien l'autre, une fraîcheur d'âme et une gaieté naturelle qui allaient avec la finesse de son esprit et le bon sens de ses sentiments.

Comme toutes les femmes de la corporation, Félicité

était dotée d'une voix tonitruante, capable de vanter au loin la fraîcheur de la marchandise ou de clamer son indignation face à la mal embouchée ou au malotru qui en douterait. « S'il est frais mon pageot, Môssieu ? Il a encore la queue qui lui *boulègue*[1] ! Si la vôtre faisait pareil, c'est Madame qui serait contente ! »

— Oh, bonjour beau blond ! s'exclama la poissonnière en apercevant le reporter-cycliste descendant de sa machine. *Lou Roucaou,* il est pas là pour le moment. Cette nuit, le mistral il est tombé très tard et mon mari il a pu sortir en mer que ce matin de bonne heure. Ce qui fait qu'il dort, maintenant. Il m'a dit de vous dire qu'il vous retrouverait au Lancier à l'heure de l'apéritif.

— Laissez-le dormir, répondit Raoul Signoret. Y a pas le feu. Je vais en profiter pour faire un petit tour dans le village. Je n'ai pas eu encore le temps, à cause du « miracle » d'hier.

Le rire de Félicité fit trembler les vitraux de Saint-Roch.

— Ah, il est beau, le miracle ! C'est bien fait pour Richaud ! Ça va lui rabattre sa *graine*[2]. Il passe devant vous, il vous dit même pas bonjour, ce *darnagas*[3], et il fait toujours un *mourre*[4] de deux pans de long.

Raoul voyait dans la « sortie » spontanée de la poissonnière contre l'abbé Richaud l'occasion de compléter son information. En voilà une qui avait choisi son

1. Qui remue.
2. Sa morgue.
3. Se dit d'un individu borné.
4. Du provençal *mourreja*, « faire la gueule ».

camp : celui du curé. Il prêcha le moins pour en savoir plus.

— C'est sa nature, à cet homme, que voulez-vous. Il est sévère et, paraît-il, très à cheval sur la morale et les principes.

— Lui ? s'exclama Félicité. Vous le connaissez pas, alors. A cheval ? Ça dépend sur qui !

Raoul joua l'offusqué :

— Que voulez-vous dire, Félicité ?

— Je veux dire ce que je veux dire.

— En tout cas, vous en avez trop dit ou pas assez.

Sous sa rude enveloppe, la poissonnière cachait une grande finesse, alimentée par sa connaissance approfondie de l'espèce humaine, bâtie jour après jour au contact de la clientèle. Elle ne se laissa pas ferrer par un jeunot « qu'on lui presserait le nez, il en sortirait encore du lait ».

— Mon beau, comptez pas sur moi pour vous dire des choses que vous allez répéter dans le journal. Ici, à Mazargues, on est assez grands pour régler nos affaires tout seuls. J'ai pas beaucoup d'estime pour l'abbé Richaud parce que c'est un hypocrite, voilà. Il dit des choses et il en fait d'autres, si vous voyez ce que je veux dire.

Raoul fit le benêt :

— Pas bien.

— Eh bè ! renseignez-vous. Vous savez ce que c'est un *pistachié* [1] ?

— Oui.

— L'abbé Richaud, c'est un *pistachié.* J'en dirai pas plus.

---

1. Coureur de jupons, personnage peu sérieux.

Ainsi, les derniers Mazarguais qui n'étaient pas au courant le furent grâce au verbe tonitruant de Félicité Dominichino.

— Lui ? dit Raoul en exagérant un regard étonné.

— Lui, oui, Môssieu. Allez, assez *barjaqué* [1], que vous me faites perdre du temps !

Deux ou trois clients s'étaient rapprochés de l'étal et attendaient leur tour. La poissonnière changea de physionomie en un clin d'œil et s'adressa à une cliente, qui semblait hésiter, en lui réservant son plus beau sourire.

— Qu'est-ce que je vous sers, ma chérie ? Une belle tranche de baudroie ? Du merlan ? J'ai de la bonite [2], aussi. Un beurre, tellement elle est tendre !

Raoul Signoret s'éloigna nonchalamment. Il n'avait pas tout à fait perdu son temps. Si ce que colportait Félicité ne relevait pas du simple ragot, le portrait psychologique de l'abbé Richaud venait de prendre une épaisseur inattendue. Cet homme, qui avait l'air taillé d'une seule pièce, au physique comme au moral, était sans doute bien plus complexe qu'il n'y paraissait, si on ne se fiait qu'à sa prestation publique de la veille, durant la cérémonie avortée du « miracle ».

Cette réflexion donna l'idée au journaliste de tenter une rencontre avec l'abbé Barral, curé en titre de cette paroisse bien agitée. Il se rendit au presbytère. Il n'était qu'à deux pas de l'église devant laquelle trônait la poissonnière à gauche du calvaire, dont le Crucifié semblait indiquer du bras gauche la direction de Sormiou d'où venait le poisson et du bras droit celle de l'étal de Félicité.

---

1. Bavardé.
2. Variété de thon de petite taille.

La petite maison flanquée d'un jardin lui-même cerné d'un mur, où logeait l'abbé Barral, donnait sur la place du Christ, à l'angle des rues Saint-Etienne [1] et de la Gendarmerie. Marguerite Chabert ouvrit au coup de clochette du journaliste. Celui-ci préféra jouer franc-jeu en s'annonçant sous ses identité et fonction. La bonne écouta le nom du visiteur, dit qu'elle allait voir si « monsieur le curé pouvait le recevoir » et lui ferma aussitôt la porte au nez, le laissant sur le seuil. La courte entrevue de la veille, au cours de laquelle l'échange entre les deux hommes s'était résumé à une expulsion du journaliste de la chapelle des Carmes, quand le curé avait découvert Raoul en compagnie de *Roucaou* et du pharmacien Gaudissart devant les débris de la descente de croix, n'augurait pas un accueil chaleureux. Aussi, Raoul Signoret fut-il surpris de voir la porte s'ouvrir sur la ronde silhouette du curé de Mazargues. L'abbé Barral avait les trait tirés d'un homme qui a passé une très mauvaise nuit et sans doute aussi les précédentes. Il avait l'air épuisé. Avant que le journaliste ait pu expliquer le but de sa visite, le prêtre prit la parole :

— Mon fils, je n'ai pas voulu fermer ma porte au visiteur qui y frappait. Question de politesse et de charité. Cependant, vous comprendrez, compte tenu de la situation, que je ne puisse donner suite à votre sollicitation. Après le scandale public d'hier, je n'ai rien à dire à personne d'autre qu'aux autorités religieuses du diocèse à qui je dois obéissance. Je conçois les exigences de votre métier, mais comprenez les obligations de ma charge. Ce sera tout, mon fils, avec mes regrets.

1. Aujourd'hui rue Cambacérès.

Il s'apprêtait à refermer sa porte. Raoul Signoret tenta une ultime manœuvre :

— Avez-vous l'intention de porter plainte, monsieur le curé ?

L'abbé Barral secoua la tête :

— Je n'ai rien à vous dire. Je dois l'exclusivité de mes déclarations à Mgr l'évêque de Marseille. Je regrette et pardonnez-moi de ne pouvoir vous aider.

— Cependant...

L'abbé Barral avait baissé la tête, signifiant qu'il n'y avait plus rien à espérer.

— N'insistez pas, mon fils, vous me désobligeriez.

Le verrou claqua et Raoul Signoret se retrouva nez à nez avec la porte de bois. Ça commençait mal. Si les curés étaient aussi peu coopératifs que les poissonnières dans ce fichu village, que devenait le métier de reporter ? Pourtant, il comprenait la position de l'abbé Barral. Il aurait agi de même à sa place. Mais allez donc mettre ça dans la caboche d'un rédacteur en chef...

L'humeur maussade, Raoul entama sa promenade dans les rues et ruelles de Mazargues. Il aimait prendre la température d'un lieu, tenter de déchiffrer dans les façades des maisons, l'alignement d'une voie, la structure d'un noyau villageois, l'histoire des hommes qui vivaient là. Il nourrissait ses articles de ces *Choses vues* si chères à Victor Hugo, que la IIIe République avait transformé en icône en donnant des petits bouts de son œuvre immense à lire aux chères têtes blondes. Les *Hussards noirs* de l'école laïque étaient chargés de remplir leur mémoire de ces poèmes appris par cœur, qui seraient le patrimoine commun des générations à venir. Raoul Signoret y pensait en descendant la rue de l'Ecole[1] d'où lui parvenaient les rimes d'une poésie ânonnée par trente voix juvéniles.

Ô l'amour d'une mère ! amour que nul n'oublie
Pain merveilleux qu'un dieu partage et multiplie
Table toujours servie au paternel foyer !
Chacun en a sa part et tous l'ont en entier !

En suivant machinalement la direction de la Guinguette du Lancier, Raoul prenait conscience de la singulière topographie de ce village atypique. Il semblait avoir été tracé selon un plan directeur strict qui faisait se croiser les rues principales à angle droit, comme un Manhattan miniature, et son architecture lui donnait sa cohésion. Sans doute la volonté des anciens seigneurs de Mazargues y était pour beaucoup. On n'avait pas laissé les gens bâtir à leur guise. Mis à part les bastides des riches, invisibles depuis le village puisque cachées derrière leurs hauts murs sous des frondaisons qui se distinguaient de la végétation typiquement provençale des environs — comme s'il y avait eu une nature pour les pauvres et une autre pour les nantis —, la plupart des maisons mazarguaises étaient conçues sur un plan unique. Un étage sur rez-de-chaussée, deux fenêtres aux volets de bois et la cuisine donnant directement sur la rue. Quelques-unes étaient précédées d'un jardinet grand comme un mouchoir de poche, planté de belles-de-nuit ou de zinnias. C'étaient vraiment des maisons de pêcheurs. N'y manquait que le bruit du ressac pour que l'illusion soit parfaite. La rue du Lavoir, celle du

1. Aujourd'hui rue Raymond-Cayol.

Four-à-Pain, le chemin des Fabriques, la place du Marché, la traverse du Puits ou celle du Château[1] disaient clairement leur usage ancien ou leur fonction, et on sentait que cette toponymie ne devait rien aux spécialistes et tout aux petites gens qui en faisaient leur quotidien et avaient imposé les noms à l'usage.

Quant à ce Lancier qui avait servi à baptiser la guinguette et le chemin qui passait devant, face à l'ancien château du seigneur de Mazargues brûlé à la Révolution[2], il devait son nom héroïque à Jean-Baptiste Valentin Gaudin, rescapé des guerres napoléoniennes. A force de rappeler à ses clients assoiffés ses exploits guerriers, réels ou imaginaires, ceux-ci avaient pris l'habitude de désigner l'établissement et la route qui y conduisait par le surnom du propriétaire : *Lou Lancié*.

Il était encore un peu tôt pour l'apéritif et *Lou Roucaou* n'était pas arrivé, mais, de loin, Raoul Signoret en débouchant sur le chemin du Lancier aperçut, à la terrasse de la guinguette, abritée à l'ombre d'un pin, la mince silhouette du pharmacien Gaudissart, coiffé de son canotier, qui s'était levé, ayant reconnu le journaliste, et agitait les bras pour attirer son attention. Il avait l'air surexcité.

Il laissa à Raoul à peine le temps de s'asseoir :

— Je savais par Félicité que vous aviez rendez-vous ici avec *Lou Roucaou*. J'espérais précisément que vous seriez en avance et que je pourrais vous parler un moment seul à seul.

---

1. Successivement, aujourd'hui : rues Denis-Magdelon, Sébastien-Marcaggi, chemin de Morgiou, place Robespierre, traverse de la Tour.
2. Son emplacement est occupé aujourd'hui par le jardin public Bortoli et l'école d'horticulture.

Gaudissart prit le poignet de Raoul comme s'il voulait par ce geste fixer son attention :

— Cher ami, j'ai pour vous des nouvelles qui ne manqueront pas de vous intéresser. J'irais jusqu'à dire vous passionner !

— Je brûle de les connaître, dit le journaliste entrant dans le jeu.

— Pas si vite, pas si vite ! répliqua le pharmacien, pas fâché d'exciter la curiosité de son interlocuteur.

« *Li sian maï*[1], songea Raoul, résigné. Jusqu'où allons nous remonter, aujourd'hui ? Les Celto-Ligures ? Jules César assiégeant Massalia ? Le bon roi René ? »

Gaudissart s'était levé.

— Avant de vous confier ce que j'ai découvert depuis hier, j'aimerais vous convier à une petite promenade apéritive et instructive.

— Mais, objecta Raoul, et *Lou Roucaou* ? Nous ne l'attendons pas ?

— Je vais dire à Ernest, le patron, de prier notre ami d'attendre ici notre retour. Je ne vous emmène pas très loin. Un quart d'heure de marche, pas plus. Jeune comme vous êtes, ça ne vous fait pas peur et, moi, c'est excellent pour ma circulation.

Le grelot fêlé, qui signifiait que Gaston Gaudissart était au comble de l'hilarité, retentit.

Par la traverse du Puits, les deux hommes quittèrent le village et se dirigèrent vers une immense pinède qui semblait partir à l'assaut des contreforts de Marseilleveyre et descendait en pente douce au nord vers le

1. « On y est encore. » Expression populaire pour signifier qu'une chose redoutée est en train de se produire.

quartier de la Vieille-Chapelle, jusqu'au rivage de la mer. Au loin, les rochers blancs et pelés des îles Pomègues et Ratonneau se découpaient sur l'azur des flots confondu avec celui du ciel. Lequel était le plus bleu ?

— Je vous emmène au Roi-d'Espagne, expliqua le pharmacien. Après le Lancier, un monarque espagnol, mais nous ne changeons pas d'époque. C'est toujours la grande ombre de Napoléon qui plane sur Mazargues.

Il questionna le journaliste à brûle-pourpoint.

— Saviez-vous que Désirée Clary était mazarguaise ?

Pour endiguer la leçon d'histoire qui se préparait, Raoul assura Gaudissart qu'il n'ignorait rien des origines de la future reine de Suède, courtisée un temps par l'impatient Bonaparte sous les ombrages de la propriété des Clary.

Pour ne pas rester sur un échec, le pharmacien poursuivit son idée :

— Vous ne savez peut-être pas que, dans ses solitudes enneigées, Désirée n'avait oublié ni son village, ni sa langue. Elle dit en parlant de son royaume nordique, dans une lettre écrite en provençal à une parente, que je vous traduis : « Ne me parlez pas d'un pays où les figues ne mûrissent pas [1] ! »

Raoul Signoret ne disait rien pour ne pas risquer d'alimenter le monologue, mais Gaudissart ne se décourageait pas :

— Quant à ce Roi-d'Espagne auquel ce coin du terroir mazarguais doit son nom, c'est Charles IV, le monarque ibérique déposé par Napoléon au profit du

1. « Mi parlès pas d'un païs mounte lei figo maduren pas. »

frère de l'Empereur, Joseph Bonaparte. Il l'avait exilé à Marseille, et le maire de l'époque, le baron d'Anthoine, avait mis à disposition du brave Charles IV ce domaine et son château aujourd'hui démoli, où le roi déchu de son trône venait fréquemment se promener et faire sa sieste sur un vieux fauteuil rose qui fut longtemps conservé. Les Marseillais avaient pris l'habitude de parler du « château du roi d'Espagne », bien que Charles IV n'y demeurât jamais, préférant le centre-ville, et la coutume est restée. Voilà le pourquoi de ce nom inattendu.

Depuis un moment, Raoul Signoret, soûlé d'explications qu'il n'avait pas réclamées, ne participait plus que par monosyllabes au monologue de l'intarissable pharmacien.

— Ah, nous voilà arrivés, s'écria ce dernier. Je ne vous ennuie pas au moins, avec mes histoires ?

— Pas du tout, pas du tout, mentit le journaliste.

— Eh bien, mon cher ami, si je vous ai entraîné jusqu'ici, c'est pour vous montrer quelque chose qui a un rapport certain avec l'affaire du miracle.

Ils approchaient d'un canal aux eaux calmes, au courant faible, dont la profondeur ne semblait pas dépasser une quarantaine de centimètres, qui serpentait dans la pinède.

— Voici la branche sud du fameux canal de Marseille dont je vous ai déjà parlé, dit le pharmacien. Ses eaux bienfaisantes ont complètement transformé l'économie mazarguaise grâce à l'irrigation. Mais, moi, je n'y viens pas pour faire pousser des poireaux.

Un coup de grelot fêlé marqua la réflexion.

Tout en parlant, Gaudissart avait entraîné Raoul

Signoret vers un groupe de personnes : deux hommes et trois femmes se tenaient impassibles dans le courant du canal, les hommes avec les pantalons repliés jusqu'aux genoux, les femmes avec le bas de leurs jupes relevé à la même hauteur. De temps à autre, l'une ou l'autre se penchait sur l'eau, ou parfois même sur un mollet nu, semblait y cueillir quelque chose qu'il — ou elle — déposait dans un récipient de terre rempli d'eau posé sur la berge. La plupart portaient des traces sanguinolentes sur les jambes.

— Voici mes fournisseurs, dit le pharmacien en saluant ces braves gens occupés à une bien étrange activité.

Gaudissart plongea la main dans l'un des récipients posés sur la berge du canal et Raoul aperçut dans sa main ouverte une sorte de ver noirâtre d'une dizaine de centimètres de long, doté d'une étonnante capacité de rétraction, qui se tortillait en tous sens.

Le pharmacien mit sa main sous le nez du journaliste qui se recula instinctivement.

— N'ayez crainte. Je vous présente un spécimen d'invertébrés de l'embranchement des annélides et de la catégorie des hirudinées. Celui-ci est un *hirudo medicinalis*.

A partir de cet instant, le reporter du *Petit Provençal* fut persuadé que Gaston Gaudissart avait un grain. Pourquoi diable cet excentrique l'avait-il entraîné avec des airs de conspirateur dans cette promenade champêtre et apéritive pour lui tenir cet incompréhensible discours ? Désirée Clary, le roi d'Espagne exilé, passe encore. Mais son *hirudo* machin-chose, là non ! Ça devenait hallucinant. Le pharmacien de Mazargues avait pris un coup de soleil précoce ou avait commencé un peu tôt à picoler son absinthe quotidienne qui, chacun le savait, attaque les cellules nerveuses et conduit à la démence.

Le plus étonnant c'est qu'il avait l'air ravi de son cours de zoologie et exhibait son ver dégoûtant comme une friandise.

— Mon cher ami, poursuivit le pharmacien, voilà ce qui m'a mis sur la voie. Vous voyez ici ce que vous appelez vulgairement une sangsue.

Raoul Signoret, qui en voyait une pour la première fois, n'avait jamais eu l'occasion d'en appeler une.

— Elle est ici à jeun, donc filiforme. Mais elle peut se gaver de sang jusqu'à ressembler à une poire miniature.

Au mot sang, une petite sonnerie interne avait mis le journaliste en alerte.

— Penchez-vous sur elle, dit Gaudissart, elle ne vous sautera pas à la figure.

Le pharmacien avait sorti de sa poche une loupe qu'il plaça sous le regard de Raoul.

— Voyez, ceci c'est la bouche : trois segments en forme de demi-lune aux bords tégumentés qui agissent comme une scie pour entailler la peau et y faire une incision en Y. Autour de la bouche se trouve un organe de succion qui aspire le sang. Et, pour être sûre de ne pas lâcher son casse-croûte avant la fin du repas, la sangsue possède une ventouse ventrale près de l'anus, ce qui lui permet de demeurer sur le point de succion jusqu'à ce qu'elle soit remplie de sang. Car ce vampire miniature n'est qu'un long tube digestif qui se transforme en ampoule au fur et à mesure qu'elle saigne sa proie.

Le pharmacien se pencha à l'oreille du journaliste et ajouta à mi-voix, avec un air égrillard :

— La sangsue, qui est hermaphrodite, possède pourtant neuf paires de testicules. Ne le répétez pas, ça pourrait faire des jaloux à Mazargues !

Fier de son astuce, probablement rodée, il émit son rire si particulier qui tenait par moitié du gloussement de la pintade et pour l'autre de la girouette rouillée.

Gaston Gaudissart nota avec satisfaction que l'attention du journaliste s'était renforcée. Le jeune homme ne perdait plus une miette de ses explications. Le pharmacien décida qu'il était temps de passer au clou de sa démonstration.

— Vous noterez que la proie ne sent rien. Et pour cause ! La salive de la sangsue contient un anesthésique et ? et ?...

Raoul Signoret écarquillait les yeux pour signifier son ignorance.

— Et une substance appelée *hirudine* qui est un anticoagulant !

Cela avait été dit avec le ton du triomphe. Pourtant, le pharmacien précisa :

— Un anticoagulant, ça empêche le sang de coaguler !

Jusque-là, on avait compris.

— Regardez ces braves gens, dit Gaudissart en montrant ceux qui se tenaient dans l'eau du canal. Ils pêchent pour moi, en offrant parfois la peau de leurs mollets à leur morsure, des sangsues que je leur paye un sou pour les revendre quatre à ceux qui ont besoin de saignées. Eh bien, une fois l'*hirudo medicinalis* arraché, la plaie continue à saigner un bon moment. Par bonheur, la sangsue est minuscule. Si elle mesurait un mètre de long, il y a longtemps que les malheureux seraient saignés à blanc.

— Je commence à entrevoir où vous voulez en venir, dit le reporter du *Petit Provençal*, tout en pensant que le pharmacien aurait pu aller plus directement au terme de sa démonstration et surtout lui éviter de venir jusqu'ici pour la faire.

On pouvait tout autant écouter et comprendre ces explications à l'ombre d'un pin, devant un bock ou une *verte*[1].

— J'étais sûr que vous devineriez avant que j'en termine, dit le pharmacien. Vous êtes un garçon intelligent. Mais je voulais que ma démonstration soit éclatante.

« Eclatante mais épuisante », songea Raoul.

— Alors venons-en aux faits qui nous occupent. C'est en examinant au microscope les petits tortillons noirs que vous m'aviez confiés hier que, tel Archimède sortant de sa baignoire, je me suis écrié *« Euréka ! »*. C'étaient des anneaux desséchés d'*hirudo medicinalis*. Entre nous, je me suis d'abord demandé ce qu'ils étaient allés faire sur l'autel de la chapelle des Carmes. Puis, en pensant sangsue, j'ai pensé sang. Et sang, tableau miraculeux. Bon sang ! C'était bien sûr ! On avait dissimulé derrière le fameux tableau, aux endroits correspondant aux plaies sur le corps du Christ, des sangsues gorgées de sang, probablement placées dans

1. Surnom de l'absinthe.

un sac en étamine[1] qui les tenait prisonnières. Il suffisait d'appuyer avec un linge blanc sur la toile, comme vous me dites qu'a opéré le vicaire Richaud, et on faisait régurgiter aux sangsues le sang avalé, qui passait au travers de la toile du tableau. Il n'avait pas coagulé et pouvait passer librement par les trous minuscules faits dans la couche de peinture ! Rappelez-vous ce détail capital : comme il ne coagulait pas, on pouvait préparer le numéro d'illusion à l'avance, à l'abri des regards.

— Nom de Dieu, dit sobrement Raoul. Je pense que vous avez mis le miracle en l'air, mon cher Sherlock Holmes.

— Parbleu, dit Gaudissart flatté. Ce que vous m'avez remis hier ce sont les sangsues desséchées. Elles ont probablement servi lors de la première manifestation du prétendu miracle. Il date d'une dizaine de jours. Ce jour-là, Agathe de Marsanges était seule dans la chapelle où elle a terrorisé la pauvre Marguerite Chabert, pour qu'elle aille tout raconter à son curé. C'était la répétition générale, en quelque sorte, avant la représentation publique d'hier. Ces sangsues desséchées ont dû rester collées ou accrochées derrière la toile après avoir été compressées et elles seront tombées avec le tableau. Voilà pourquoi vous les avez trouvées sur le marbre de l'autel, à l'endroit de la chute.

— Cela explique l'attitude des sœurs Marsanges après la chute du tableau ! renchérit le journaliste. Au lieu de fuir, elles se sont précipitées pour ramasser leurs sangsues fraîches collées à la toile et les faire

1. Tissu à mailles peu serrées qui sert à filtrer.

disparaître dans leurs réticules ! Ah, les vieilles garces !

« Dire que j'avais pris Gégé pour un vieux fou », songea Raoul Signoret.

Il avait saisi les mains du pharmacien et les serrait avec effusion.

— Eh bien, bravo, monsieur Gaudissart ! Tout cela me paraît cohérent. Et ne va pas arranger les affaires du vicaire.

— Oh, ce n'est pas pour cela que j'ai agi, mais par esprit scientifique, par haine de l'irrationnel, répondit le pharmacien. C'était un défi que me lançaient personnellement ces obscurantistes. Les démasquer devenait un devoir.

Raoul Signoret, sans doute pour se faire pardonner son manque premier d'enthousiasme, ne tarissait plus de compliments.

Gaudissart en était rose d'émotion. Le journaliste regretta bientôt d'avoir été trop courtisan quand il entendit le pharmacien lui proposer :

— On va aller chez moi, vous verrez, j'ai reproduit l'expérience à l'échelle et ça marche très bien. J'ai fixé des sangsues gorgées de sang à l'arrière d'une toile que j'ai mise contre le mur, il suffit d'arriver avec un chiffon clair et de presser au bon endroit et, zoup ! le miracle se produit !

Tout client de son officine allait désormais avoir droit à la démonstration, c'était à parier. Raoul Signoret s'aperçut un peu tard qu'il n'était pas encore sorti de l'auberge.

En songeant « auberge », il pensa brusquement à la Guinguette du Lancier où les attendait *Lou Roucaou* depuis près de trois quarts d'heure. Le discours torrentiel du pharmacien-détective avait assoiffé le journaliste. Il allongea le pas, suivi par Gaudissart trottinant sur ses jambes maigres, à qui cette brutale accélération coupa enfin le sifflet.

Mais, dès qu'il aperçut le tricot rayé du *Roucaou,* il repartit de plus belle :

— Nous allons tout de suite chez moi ! annonça-t-il au pêcheur. Vous allez voir : je fais des miracles à tous les coups dans ma pharmacie !

Raoul Signoret ne quitta ses nouveaux amis qu'à la nuit tombée. Le pharmacien, heureux comme un enfant de sa découverte, renouvelait le « miracle » devant chaque nouveau client, si bien que l'après-midi était passé sans que le journaliste s'en rende compte. Encore dut-il brusquer les adieux, malgré les supplications du vieux potard qui voulait « en faire une dernière ». Presque tout son stock de sangsues y était passé.

Tandis que le jeune reporter, qui se dirigeait à grands pas vers la remise du *Roucaou* pour récupérer sa bicyclette, tournait le coin de la rue du Lavoir, fort sombre à cette heure crépusculaire, il se cogna à la bedaine d'un homme de haute taille et de forte corpulence qui stationnait sur le trottoir et lui barrait le passage. Le jeune homme s'excusa de son étourderie.

— Oh, jeune ! Tu as l'air bien pressé, on dirait ! dit l'apparition d'une voix rugueuse.

Une casquette rabattue sur les yeux empêchait que l'on pût apercevoir le visage de l'homme. On ne percevait qu'une haleine aux relents anisés, ce qui était un faible indice pour identifier l'interpellateur.

Deux autres silhouettes aussi sombres accompagnaient celui sur qui venait de se cogner Raoul.

Agacé par l'agressivité de son interlocuteur, le jeune homme demanda :

— On se connaît, peut-être ?

— Pourquoi tu dis ça ?

— Parce que vous me tutoyez.

Le colosse ricana :

— Non, tu me connais pas. Mais moi, je sais qui tu es. Et, toi, tu vas apprendre à me connaître.

— Eh bien, faisons donc les présentations et finissons-en, répliqua le journaliste.

— C'est bien toi qui écris sur l'abbé Richaud dans *Le Petit Provençal* ? questionna l'ombre, tandis que les deux hommes qui se tenaient un peu en arrière commençaient une manœuvre d'encerclement.

« Un partisan du vicaire, songea Raoul. Il n'a pas dû apprécier la façon dont je l'ai traité. » Il ne se déroba pas :

— C'est moi, en effet.

— Alors, voilà comment je m'appelle.

Sur ses gardes, le jeune reporter, rompu à la pratique de la boxe française, bascula le buste en arrière, mais pas suffisamment pour éviter que le poing énorme de la brute ne le cueille à la pommette gauche. Le coup lui fit voir plus d'étoiles qu'il n'y en avait dans le ciel d'avril, mais Raoul ne perdit pas conscience. Il surprit même son adversaire par la vigueur de sa riposte : un coup de pied pleine face fit vaciller l'agresseur. Aussitôt, une ruade bien ajustée vint frapper du talon au creux de l'estomac celui qui avait contourné Raoul et se trouvait dans son dos. Si elle manquait d'orthodoxie, son efficacité fit merveille. L'homme percuté s'abattit sur les genoux avec un long râle, le souffle coupé. Le second agresseur, désemparé, ne pensait plus à ceinturer le journaliste et préféra s'occuper de son camarade qui peinait à retrouver sa respiration brutalement interrompue. Le colosse lui-même ne semblait plus savoir quel parti prendre, affairé qu'il était à endiguer de ses énormes mains l'hémorragie nasale qui lui inondait le bas du visage.

L'arrivée inopinée de deux personnes — un couple qui approchait par le sud de la rue du Lavoir — mit fin à l'agression. Les trois hommes filèrent par ce que Raoul Signoret prit pour une entrée d'immeuble, mais qui était une particularité de la topographie mazarguaise : un couloir traversant une maison de part en part, étroit comme un corridor, qui permettait aux piétons de passer d'une rue dans l'autre sans s'obliger à faire le tour.

— Oh, le bel hématome ! s'exclama en connaisseur Gaston Gaudissart, chez qui le jeune reporter était retourné pour se faire soigner. Demain, ça va ressembler à un coucher de soleil sur la mer Rouge ! Que vous est-il arrivé ?

— Je me suis cogné à un Mazarguais, répondit Raoul qui grimaçait tandis que le pharmacien bassinait son ecchymose avec de l'ouate imbibée d'arnica.

— Vous étiez à court de conversation ? ironisa le pharmacien.

— Il voulait me vendre l'enclume qu'il tenait dans sa main droite.

— Je vois qui ça peut-être, dit Gaudissart. Sans doute Bordenave. Le maréchal-ferrant. Un partisan de poids de notre cher vicaire, qui vous a envoyé son comité d'accueil.

— Les nouvelles vont vite, remarqua le journaliste.

— Tout se sait dans un village, dit Gaudissart. Ils vous ont vu en ma compagnie, cela suffit. Pour eux, je suis un être infréquentable. Vous voilà prévenu. « On » ne veut pas de vous à Mazargues.

— S'ils croient que c'est ça qui va me faire reculer..., grommela Raoul en saisissant la poignée de la porte de l'officine.

Le pharmacien le retint par la manche.

— Vous ne voulez pas rester un peu à vous remettre ?

— J'ai peur que mon épouse s'inquiète, prétexta le journaliste.

Mais surtout, il voyait avec inquiétude se tortiller dans le bocal à sangsues les derniers spécimens d'*hirudo medicinalis* ayant échappé aux expériences de l'après-midi et craignait que Gégé Gaudissart ne lui en propose « une dernière pour la route »...

7

Où la quiétude d'un dimanche au cabanon est gâchée par l'arrivée d'un porteur de mauvaise nouvelle.

— Les voilà ! Les voilà ! Ils arrivent !

Thérèse Baruteau, épouse du chef adjoint de la Sûreté marseillaise, faisait de grands signes avec les bras. Un fiacre venait de s'arrêter sur la route surplombant la calanque où le commissaire principal avait niché son paradis personnel : un cabanon au bord de l'eau, avec, dansant au bout de l'amarre qui l'attachait à son anneau, sa *Galinette,* une barquette marseillaise que l'on désigne aussi sous le nom de *pointu.*

Du fiacre, était descendue d'abord une jeune femme brune, longue et mince, tenant dans ses bras un bébé de quelques mois : Cécile Signoret et sa fille, Adèle. L'heureux père et mari, Raoul Signoret, chroniqueur judiciaire du *Petit Provençal*, était en train de régler sa course au cocher.

A l'appel de sa femme, le commissaire principal arrêta de s'époumoner à faire prendre un feu récalcitrant dans un foyer sommaire constitué de briques réfractaires empilées, sur lesquelles on faisait habituellement cuire les grillades. Il se redressa, répondant des deux bras levés au salut que lui faisaient de loin les arrivants. Le sous-chef de la Sûreté marseillaise avait abandonné sa tenue professionnelle — melon et costume trois-pièces sombre — pour son uniforme de cabanonnier : pantalon de velours et tricot de marin sous un caban de laine.

Cette visite dominicale constituait une habitude familiale ancienne entre l'oncle policier et le neveu journaliste[1]. Les beaux jours revenus, le déjeuner du dimanche au cabanon représentait le point fort des relations affectueuses que Raoul Signoret — privé de père dès la tendre enfance — avait établi avec ses oncle et tante. Le mariage de leur neveu avec Cécile Jacquemet, fille de l'un des plus grands négociants de Marseille, qui avait bravé les foudres paternelles pour les beaux yeux de son journaliste, n'avait rien changé à cette habitude instituée par Eugène Baruteau. Chaque dimanche de beau temps, sauf contre-ordre professionnel, la famille se réunissait au cabanon, ensoleillé à présent par la radieuse présence de Cécile et du poupon qu'elle avait fabriqué avec l'aide active de Raoul. La petite Adèle commençait à lorgner vers les moustaches du grand-oncle commissaire avec une envie visible de tirer dessus. Les Baruteau, privés de descendance par la nature, étaient ravis de jouer les grands-parents de substitution. Ils trouvaient le rôle à leur goût, à cinq ans de la retraite du commissaire. Cela n'offusquait pas la véritable grand-mère, la mère de Raoul, qui partageait volontiers Adèle avec sa belle-sœur. Le seul point de rivalité entre les deux femmes se situait dans une compétition acharnée de tricot, commencée bien avant

1. Voir *L'Enigme de La Blancarde.*

la naissance du bébé, qui les lançait depuis lors dans des réalisations aussi variées que multiples, de plus en plus compliquées, afin d'« habiller la petite comme une princesse ».

Quant aux autres grands-parents légitimes, les grands bourgeois Jacquemet, du haut de leur hôtel particulier de la rue Paradis, il ne leur serait pas venu à l'idée de considérer les Baruteau et Mme Signoret mère, comme des rivaux. Ces gens-là étaient de trop peu d'importance. Encore heureux qu'on ait permis à Cécile d'épouser « le plumitif ». Il ne fallait pas en demander trop. Mme Jacquemet recevait sa fille et Adèle le mercredi, mais jamais le commissaire et son épouse n'avaient été conviés à se joindre à leur nièce. Raoul coupait deux fois sur trois à la corvée, prétextant son travail exempt d'horaires, et ne fréquentait ses beaux-parents que lors de réceptions mondaines auxquelles il ne pouvait pas échapper sans vexer les Jacquemet.

Une paix de convenance était établie entre le beau-père et son gendre depuis l'acceptation par le négociant — qui aurait rêvé de voir sa fille épouser le fils d'un concurrent choisi par lui, avec qui il aurait pu s'associer ensuite — de ce mariage à ses yeux « contre nature ». Il ne pardonnait pas au « scribouillard » d'être entré par effraction dans l'une des plus riches familles marseillaises. Comble d'insolence, les tourtereaux semblaient pouvoir se passer de l'aide financière du beau-père et mener la vie que bon leur semblait ! Jacquemet n'aurait pas détesté pouvoir tenir son gendre en sujétion en l'humiliant par ses largesses. Peine perdue. En un an de mariage, le jeune couple n'avait jamais demandé un sou. A croire que ça gagne sa vie, un journaliste ! Ou que ça n'a pas de gros besoins... Et cette *testarde*[1] de Cécile qui persistait à exercer le métier dégradant d'infirmière. Une Jacquemet ! Aller se pencher sur les sanies et les humeurs dans les salles communes des hôpitaux publics ! Enfin ! Mieux valait changer de sujet ! Quelle époque !

— Alors, les amoureux ? Ah, que je suis content de vous voir ! s'écria Eugène Baruteau en s'avançant vers le couple avec un sourire ravi.

Il écarta les bras, attira Cécile et Raoul sur sa vaste bedaine et les gratifia de baisers sonores. Après quoi, il émit à l'attention exclusive de « la huitième merveille du monde » une série de borborygmes accompagnés de mimiques que la petite Adèle, toujours fascinée par les poils de la moustache du commissaire, suivait avec des yeux écarquillés, mi-ravis, mi-inquiets.

— Allez, venez, dit Baruteau en les précédant.

Il prit des mains de son neveu l'un des couffins qui contenaient le nécessaire du bébé et avança vers le cabanon.

— Ta mère est déjà là, Raoul. Elle est venue donner un coup de main pour le repas à *Thérésou.*

Mme Signoret sortit de la cuisine en essuyant ses mains enfarinées sur son tablier, et le manège familial ponctué de gloussements à l'attention du bébé recommença tandis que l'oncle entraînait son neveu vers le feu destiné aux grillades qui enfumait toute la terrasse.

— Cette saleté de bois est tout humide à cause de

1. Têtue.

l'air marin, dit Baruteau. Donne-moi un coup de main. Ça fait deux heures que je m'époumone et ça n'arrange pas mon emphysème.

Les yeux rougis et le souffle court du commissaire témoignaient de l'âpreté du combat.

— Tiens, voilà un morceau de journal bien sec, dit le commissaire.

C'était le numéro de la veille du *Petit Provençal*.

— Ah ! enfin, mon journal va servir à quelque chose ! plaisanta Raoul.

— Oh ! mon neveu, que vous voilà pessimiste !

— Non pas, mon oncle : lucide. Ce métier rassemble plus que tout autre un nombre important de mégalomanes et de donneurs de leçons. Il faudrait avoir le courage d'aller sur les marchés de la ville voir ce que deviennent les articles ou les enquêtes sur lesquels, la veille, on a sué pendant des heures, en tâchant de faire le moins mal possible. Ils servent le lendemain à *« plier le poisson »* comme on dit à Marseille. Mais non, les journalistes préfèrent croire que leurs écrits auront changé le monde. Quelle foutaise !

— En tout cas, dit l'oncle Baruteau en tendant la main vers le foyer, si tu ne réussis pas dans le journalisme, tu pourras toujours te reconvertir en allumeur de feux pour grillades. L'hiver, il doit y avoir une période de chômage, mais en été tu te ferais les *choses* en or : regarde-moi ça !

Une flamme haute et claire s'élevait, embrasant les brindilles disposées par le journaliste. Raoul plaça sur le foyer quelques bûches propres à produire un charbon de bois convenable.

— La pêche a été bonne ? s'enquit-il.

— Hmm ! grommela Eugène Baruteau. Trois saupes, trois bogues, deux sars et une dorade qui s'est suicidée. Les saupes et les bogues sont des mange-merde, j'aime pas trop. Leur chair a souvent goût de vase. C'est bien la peine de se lever à pas d'heure pour ramener ça. Heureusement, la dorade est belle. Tante *Thérésou* a prévu un rizotto pour un régiment, on se rattrapera.

— L'essentiel, dit Raoul, c'est que ce soient des poissons à nous et non ceux achetés chez le poissonnier du coin. Pour moi, ils auront toujours le meilleur goût du monde.

— Tu es gentil, s'attendrit Baruteau. Allons boire un apéritif tandis que ces dames préparent la bouillie de bébé.

Des éclats de rire et des gazouillis parvenaient depuis le cabanon jusqu'aux oreilles charmées du père et de l'oncle.

Deux absinthes soigneusement dosées par le policier achevèrent de plonger dans un état de douce euphorie le neveu et le commissaire, qui, devenus silencieux, laissaient leurs regards fixés sur le large, à contempler dans le bleu des flots les petites crêtes légères qu'une brise d'ouest faisait naître sur de courtes vagues.

On ne sait pas qui le premier osa briser le silence par la rituelle question :

— On est bien, *qué* ?

Suivie de l'inévitable réponse :

— Mieux qu'en galère...

Et conclue par un chœur à deux voix :

— Et c'est pas si loin !

— Eugène, Raoul ! C'est prêt. Vous pouvez mettre

le poisson sur le gril, cria la voix de Thérèse Baruteau, rappelant aux devoirs de l'heure.

Le commissaire fut le premier levé.

— En hors-d'œuvre, ta tante a fait des œufs farcis aux anchois. Je crois me rappeler que tu les aimes.

Raoul Signoret fit la réponse appropriée :

— Je les mangerais sur la tête d'un mort.

Ce petit jeu complice durait depuis des années. Aucun des deux ne paraissait s'en lasser.

Ce repas simple fut l'occasion renouvelée pour les anciens comme pour les plus jeunes d'éprouver un bien-être partagé. Le plaisir d'être ensemble valait tous les autres. La bouteille de blanc de Cassis au goût de pierre à fusil, sortie pour l'occasion de la cave creusée dans le roc par Baruteau, contribua à placer les convives dans un état de douce euphorie. Adèle, gavée de bouillie par les bonnes fées qui veillaient sur son berceau, avait entamé une sieste de repue qui donna au commissaire l'envie de l'imiter. Le dessert pris — de simples pêches pochées dans un sirop à la vanille et mises en conserve par les doigts de fée de *Thérésou* —, l'oncle déplia cinq chaises longues sur la terrasse et lança à la cantonade :

— Qui m'aime, me suive !

Adèle, bien couverte dans son berceau, poursuivit sa sieste dans le cabanon, surveillée du coin de l'œil par Cécile qui avait laissé la porte ouverte. Baruteau distribua des chapeaux de paille et chacun s'installa, jurant qu'il n'allait pas dormir, mais se reposer un instant seulement.

Pourtant, peu à peu, les conversations se raréfièrent puis s'éteignirent. Raoul lui-même, qui résista le plus longtemps, finit par s'assoupir, en dépit du ronflement puissant qui émanait des bronches encrassées du commissaire.

Cécile, chez qui l'instinct de jeune mère maintenait un état de vigilance constant, perçut la première le bruit des roues cerclées de fer d'une voiture à cheval qui approchait, venant de la Pointe-Rouge, sur la terre battue de l'avenue de Montredon. L'événement était suffisamment rare — surtout un dimanche après-midi où la ville entière semblait sommeiller — pour que la jeune femme s'éveille de sa somnolence et tourne la tête vers l'arrivant. C'était un fourgon hippomobile de la police. Il s'arrêta et un sergent de ville en descendit. Raoul à son tour s'éveilla. Apercevant l'uniforme de l'homme qui entreprenait la descente vers le cabanon, il décida de réveiller son oncle.

Celui-ci mit un temps à sortir des limbes, grommela, toussa et, avec quelque difficulté pour retrouver son équilibre, se mit debout.

— Merde, qu'est-ce que c'est que ça ? dit-il en apercevant l'uniforme. Ça m'étonnerait qu'on vienne pour me remettre la Légion d'honneur.

— Vous êtes de permanence, mon oncle ?

— Comme de juste, mon neveu.

Baruteau marcha à la rencontre du sergent de ville. Les deux hommes se rejoignirent à mi-chemin du cabanon et de la route qui le surplombait. Raoul et Cécile les virent discuter à mi-voix. Le commissaire semblait poser des questions en faisant de grands gestes au fonctionnaire qui, par ses mimiques, laissait comprendre qu'il ignorait bon nombre de réponses et n'était qu'un messager.

Le commissaire fit demi-tour après avoir fait signe à l'agent de police de remonter vers le fiacre. Il avait l'air contrarié. Cette visite signifiait la fin de son farniente et ça n'avait vraiment pas l'air de l'enchanter.

Du regard, Raoul l'interrogea tandis que son oncle arrivait sur la terrasse.

— Bon, mes enfants, il faut que je vous quitte. Je vais à l'Evêché.

— Grave ? dit le neveu.

— J'en sais rien encore. Mais ça t'intéresse, ajouta-t-il en fixant Raoul.

— Ah, bon ?

Baruteau lâcha, en détachant les mots, sûr de son effet :

— L'abbé Joseph Barral, curé de Mazargues, a disparu. Pour la première fois en quinze ans, il n'a pas célébré la messe de 10 heures, ce matin, et personne ne l'a plus revu depuis samedi matin, au moment où il partait pour herboriser dans les collines de Marseilleveyre. C'est sa bonne qui a sonné l'alerte.

— Vous croyez que... ?

— Je ne crois rien, Raoul. Tout peut être envisagé : un accident, le curé s'est égaré, ou il a tout simplement eu envie de prendre l'air et les autres se seront affolés à cause de ce qui s'est passé la semaine dernière. On verra bien.

— C'est vous qui prenez l'enquête en charge ?

— Pour le moment, elle reste aux mains des gendarmes. Mais s'il y a eu du grabuge, le procureur décidera peut-être de nous la confier. Pour l'instant, je vais aux nouvelles. Ce *Tòti*[1] (il désigna la direction prise par l'agent messager) n'a pas été foutu de me donner des détails. Il ne savait que me répondre : « On m'a dit de venir vous chercher. »

Raoul Signoret sentit un frisson lui parcourir l'échine. Cécile s'était spontanément accrochée à son bras, comme si cette nouvelle les concernait personnellement. Il est vrai que les événements mazarguais et ceux qui en avaient été les acteurs avaient occupé bien des conversations entre la jeune femme et son mari. Cécile avait l'impression de connaître l'affaire aussi bien que Raoul, qui l'avait tenue au courant chaque soir en retournant place de Lenche, où le couple et Adèle vivaient.

Le commissaire, qui était allé prendre ses papiers dans le cabanon, ressortit en grognant :

— Je vais dans cette tenue à l'Evêché. Je n'ai pas de rechange ici et je n'ai pas envie de faire un détour jusqu'à la maison pour me changer. S'ils n'en veulent pas, ils n'auront qu'à en chercher un autre.

Réflexion gratuite, puisqu'en ce jour férié, en l'absence du commissaire central, Baruteau était le seul patron de la police marseillaise. Mais c'était une façon d'exprimer sa mauvaise humeur par la mauvaise foi.

Il grimpa les marches en soufflant pour rejoindre le fourgon qui avait fait demi-tour et ce fut en tenue de pêcheur qu'il prit la direction de son bureau en faisant par la portière des signes d'adieu à sa famille, groupée sur la terrasse, qui lui répondait en agitant les bras. On aurait dit le départ d'un paquebot pour le bout du

1. Abruti (prononcez Tòti en accentuant le o).

monde. Il est vrai que la Madrague-de-Montredon était un petit paradis marin, bien loin de la métropole cachée derrière la colline de la Bonne Mère, où le commmissaire principal Eugène Baruteau, arraché à sa thébaïde, allait être plongé bientôt à son corps défendant.

8

Où les battues organisées dans les calanques pour retrouver l'abbé Barral parti herboriser restent vaines.

— Il est parti samedi matin de bonne heure, comme toutes les semaines, chercher des herbes dans les collines. Il les met à sécher dans un cahier. Des fois, il fait des tisanes. Personne l'a plus revu. On sait pas ce qui lui est arrivé.

Depuis que Raoul Signoret connaissait Gabriel Dominichino, c'était la première fois qu'il entendait le pêcheur de Mazargues dire une tirade aussi longue, lui qui ne s'exprimait généralement que par bribes marmonnées. Il avait l'air à la fois inquiet et peiné.

— Vers quel côté le curé Barral s'en va-t-il de préférence, quand il herborise ? demanda le journaliste.

Après s'être fait expliquer le sens du mot herboriser, *Lou Roucaou* précisa :

— Il va toujours vers le Plan de Coulon, le plateau de l'Homme mort, qu'on appelle, à partir du col de Sormiou.

— C'est loin ?

— Quatre kilomètres jusqu'au col. Après ça monte

un peu, mais c'est pas difficile. L'abbé Barral aimait... aime bien marcher.

L'emploi spontané de l'imparfait, qu'il avait aussitôt rectifié, dénonçait l'état d'inquiétude du pêcheur.

— J'ai bien envie d'aller y faire un tour, dit le journaliste. Vous ne m'accompagneriez pas, par hasard ?

— J'allais vous le dire, répliqua *Lou Roucaou.*

Peut-être même s'attendait-il à la proposition, puisqu'il avait troqué ses habituels sabots de bois pour des godillots qui rappelaient ceux dont on équipait les bidasses.

Raoul Signoret, qui dès son départ de la maison, le matin même, avait l'idée en tête de fouiller les alentours de Mazargues, s'était lui aussi équipé de robustes chaussures qui changeaient des escarpins dont l'élégant jeune homme était habituellement chaussé.

Les deux hommes s'engagèrent d'un bon pas sur le chemin de Sormiou en direction du massif des Calanques.

— J'y suis déjà *été* faire un tour, dimanche après-midi, dit *Lou Roucaou,* là où le curé a ses habitudes : vers les Têtes de Melette et de Malvallon. Mais *je suis pas été* jusqu'au bord de l'eau. Je suis resté dans les collines pour essayer de voir le plus loin que je pouvais. Il faudrait peut-être descendre vers la mer par le Grand Malvallon jusqu'au Plan des Cailles et, de là, aller voir vers les calanques de Marseilleveyre, des Queyrons et du Podestat, si des fois il y serait pas.

— Vous avez raison, dit Raoul Signoret. Il a pu faire une chute ou se fouler une cheville et il est immobilisé. Il part toujours tout seul ?

— Toujours, répondit *Lou Roucaou.* Quand j'étais

plus jeune, je l'ai eu accompagné. Il aime pas bien que quelqu'un vienne avec lui et connaisse ses coins.

— Que ramasse-t-il de préférence ?

— *L'erbo de l'escaleto*[1], *le bruc*[2], *l'erbo de masco*[3] ou le *cinerari*[4]. Des fois, il fait des tisanes contre les fièvres et aussi des remèdes pour soigner les furoncles.

— Il est donc un peu sorcier, alors, votre curé ?

— Pas sorcier, corrigea le pêcheur. Savant. Il en apprendrait au pharmacien. Moi, il m'a guéri en trois jours d'un panaris au pouce que je m'étais fait avec un oursin.

— Ah ! alors, je comprends que vous y teniez à l'abbé Barral. On va vous le retrouver, allez !

Lou Roucaou ne dit rien. Il avait la mine sombre, comme s'il en doutait. Au bout d'un moment de marche silencieuse, il expliqua :

— On remontera par le cirque de la Bougie et le pas de la Melette que les autres y z'appellent bois des Walkyries.

A ce nom, Raoul sursauta. Que diable venaient faire les filles de Wotan dans le chaos calcaire semé de pinèdes du massif des Calanques marseillaises ? Sous le ciel d'un bleu éclatant, qui pouvait bien avoir eu l'idée saugrenue de donner le nom des vierges guerrières, chargées de rassembler les légions de héros morts au combat pour défendre le Walhalla[5], à un bois de pins d'Alep ?

1. Le polytric officinal.
2. La bruyère.
3. Littéralement « l'herbe de sorcière » (l'inule visqueuse).
4. La salsepareille.
5. Le site de la Melette, avec son cirque, inspira le décor du 3ᵉ acte lors de la création de *La Walkyrie* de Richard Wagner à l'Opéra de Marseille en avril 1897.

— Quels autres ? questionna Raoul. Savez-vous pourquoi on a donné ce nom à ce coin des Calanques ?

Le pêcheur, laconique, répondit :

— C'est comme ça qu'ils l'appellent, maintenant. Avant c'était le bois de Melette.

— Avant quoi ?

— Je sais pas.

Il n'y avait rien à tirer de plus du *Roucaou.* Il connaissait chaque rocher, chaque vallon du massif, chaque espèce animale ou végétale, chacune de ces cathédrales de calcaire blanc debout sur le bleu roi de la mer, il ne fallait pas exiger en plus qu'il fût expert en toponymie.

Raoul ne voulut pas rester sur un échec :

— Cet Homme mort dont vous m'avez parlé tout à l'heure, c'est quoi ? C'était qui ?

— Ah, ça, je sais ! dit *Lou Roucaou.* Y a un bonhomme qui s'est suicidé. C'est pour ça[1].

A l'allure qui était la leur, ils eurent tôt fait de rattraper d'autres groupes de paroissiens qui partaient à la recherche de leur curé perdu. Qui vers Morgiou par le col des Baumettes, qui à l'opposé, vers la Grotte-Rolland, par Fontaine de Voire et le bois de la Selle. En passant, chacun échangeait des nouvelles (le tour en était vite fait) ou donnait des détails sur l'itinéraire prévu.

Les battues de la veille n'avaient rien donné. A croire que le curé Barral s'était volatilisé.

Raoul Signoret et *Lou Roucaou* venaient d'atteindre

---

1. Xavier Dechaux, familier du massif, choisit ce décor grandiose qui domine à la fois le large, les îles et la rade sud de Marseille pour mettre fin à ses jours en 1868.

le col de Sormiou. Malgré la gravité de l'heure, le journaliste, sous prétexte de souffler un instant, en profita pour admirer la perspective du vallon qui descend vers la calanque de Sormiou aux eaux émeraude, avançant profondément dans une échancrure de la côte.

— Alors, voilà le fameux port de pêche de Mazargues ?

Lou Roucaou se contenta d'opiner.

C'est alors que le reporter du *Petit Provençal* commença à distinguer sur le chemin qui zigzaguait dans le vallon, montant depuis la calanque bordée de cabanons pas plus gros, vus d'ici, que les cubes en bois d'un jeu de construction, une caravane de cinq ou six petits ânes qui approchaient. Ils avaient le pied sûr. Leurs sabots se jouaient des caillasses. Equipés de bâts creux, ils portaient sur chaque flanc de grands paniers d'osier que *Lou Roucaou* désigna comme des *ensarris*. Ils balançaient au rythme de la marche des animaux. Le journaliste apprit que c'était là le moyen le plus sûr qu'avaient trouvé les pêcheurs de Sormiou pour livrer régulièrement leurs poissons à Mazargues, d'où une bonne partie était ensuite écoulée vers Marseille. En effet, quand la pittoresque caravane de *tchoutchous* [1] passa devant eux, Raoul put voir que les *ensarris* étaient pleins à ras bord de soles, de merlans, de pageots, de dorades. La tête monstrueuse d'une baudroie dépassait d'un des paniers et semblait avoir été mise là pour faire peur à quiconque s'aventurerait à se servir sans permission. Apparemment, nul ânier n'accompagnait les bêtes sur un itinéraire qu'elles connais-

1. Anes, en parler marseillais.

saient sur le bout du sabot[1]. La marchandise à bon port, les petits ânes livreurs reprenaient à vide le chemin de la calanque. Parfois montés par de jeunes Mazarguais — en particulier à la belle saison quand ils partaient se baigner — qui se laissaient *chaler*[2] en prenant place dans les paniers où ils se faisaient contrepoids, épargnant à leurs jeunes mollets la rudesse de la montée.

Le journaliste s'attardait à contempler cette insolite apparition. La mine sombre du pêcheur le ramena aux préoccupations de l'heure. *Lou Roucaou* avait déjà repris sa marche sur le sentier caillouteux qui, par le col de Cortiou, conduit vers le plateau de l'Homme mort. Il n'était pas ici pour faire de l'ethnologie. Au fur et à mesure que les deux hommes s'élevaient, le panorama s'élargissait autour d'eux, révélant un paysage minéral dominé par les quatre cent trente-deux mètres du sommet de Marseilleveyre. Les collines et les vallons étaient recouverts par plaques de *baouco*[3], de plants d'immortelles, de chèvrefeuilles, d'euphorbes, de cistes, d'où dépassaient les têtes rose vif des lilas d'Espagne. La bruyère, le laurier-tin et le chêne kermès, tous arbustes de petite taille, aux troncs torturés par les vents, accrochés au rocher par les griffes de leurs racines agrippées dans la moindre faille, étaient dominés par les modestes pins d'Alep qui, sur ce peuple de nains difformes, faisaient figure de géants.

De temps à autre, l'arrivée des deux hommes mettait

1. Authentique.
2. Du provençal *chala,* balancer, s'emploie pour parler d'un transport (gratuit) sur un véhicule. « Je descends en ville, tu me chales sur ton vélo ? »
3. Herbe rase.

en fuite un lézard vert qui, sans cette importune présence, aurait continué à boire le soleil sur son rocher, une perdrix rouge rescapée de la précédente saison de chasse, ou un rare lapin lancé dans une course éperdue à travers la garrigue.

Mais c'était l'œil surtout qui était à la fête. Marseille, invisible et lointaine, se cachait derrière la colline de la Garde et, n'était le va-et-vient permanent des paquebots aux carènes noires ou claires, laissant dans leur sillage un panache de fumée noire qui persistait longtemps après leur passage, on ne se serait pas douté qu'à cinq kilomètres à vol d'oiseau se cachaient les quais du premier port de France. Les eaux bleues de la rade sud se déployaient comme une aile, à peine ridée par les risées. Les pinèdes dégringolaient jusqu'au rivage, dévoilant çà et là les villages littoraux : la Vieille-Chapelle, la Pointe-Rouge, la Madrague-de-Montredon où l'oncle Eugène amarrait sa chère *Galinette*, devant son cabanon. A l'est, c'était Mazargues, avec ses maisons basses, flanquée de ses hameaux : la Cayolle, Vert-Plan, les Baumettes.

Mais c'est en regardant vers le sud que le coup d'œil était le plus saisissant. Là s'ouvrait le grand large au pied de falaises dressées sur la mer comme de blanches cathédrales. Face à cet infini liquide et mouvant, l'œil aurait chaviré faute de repères si, opportunément, un chapelet d'îles ne semblait avoir été placé là pour qu'il se raccroche à du solide. Riou, la plus haute, capitale des gabians[1] dont on entendait par milliers les cris de vieilles femmes folles, et puis Jarre, Calsereigne et Plane la bien nommée, vaisseaux immobiles à jamais

1. Nom méditerranéen du goéland.

sur une mer qui les avait créés voici vingt mille ans par la lente montée de ses eaux, en les détachant du rivage. Le spectacle était si beau que Raoul Signoret en eût oublié la raison de cette excursion improvisée. La voix rude du *Roucaou* le ramena sur terre.

— On va descendre vers le Plan des Cailles, dit le pêcheur qui avait pris la direction de l'expédition. Vous, regardez vers la gauche, moi vers la droite. Et on appellera de temps en temps.

Le trajet leur prit une demi-heure. Ils arrivèrent au bord de l'eau où se dressaient les ruines d'une ancienne batterie sans avoir rencontré personne, ni repéré qui que ce soit.

Sur les rochers qui bordent la calanque de Marseilleveyre, ils aperçurent un pêcheur qui trempait sa ligne et ils le questionnèrent. L'homme, un habitué du massif, connaissait bien le curé herboriste. Mais pas plus qu'eux-mêmes il n'avait perçu la moindre tache sombre d'une soutane.

— A mon avis, c'est pas là qu'il est, grogna *Lou Roucaou*. On le cherche où il est pas.

— Le massif est vaste, constata Raoul. Il a pu aller ailleurs.

Le pêcheur agita la tête.

— Non. Il vient toujours aux mêmes endroits. C'est là qu'il trouve ses plantes. Pourquoi il aurait changé, cette fois ? Vous le connaissez pas, l'abbé Barral.

— Je ne le connais pas, admit Raoul, mais un homme peut avoir envie de connaître autre chose que ce qu'il connaît.

— D'accord, dit le pêcheur. Mais pourquoi il serait pas retourné à Mazargues, depuis ?

— S'il est blessé...

— Je le sens pas comme ça, conclut *Lou Roucaou* avant de retomber dans un silence de ruminant.

La journée était déjà bien avancée. En multipliant les variantes par rapport à l'itinéraire établi, les deux hommes avaient considérablement allongé leur trajet. Des tiraillements d'estomac leur avaient signalé que l'heure du déjeuner était passée depuis longtemps et ils commençaient à souffrir de la soif, bien qu'en cette fin de printemps la température fût encore modérée. Mais l'effort consenti les avait vidés de leur énergie et la fatigue se faisait de plus en plus pesante.

Sagement, *Lou Roucaou* donna le signal du retour.

— Vous allez voir qu'en arrivant à Mazargues on va croiser le curé Barral sortant du presbytère, dit le journaliste.

— Ça m'étonnerait, dit le pêcheur.

— Allons, un peu d'optimisme.

Lou Roucaou répéta :

— Je le sens pas comme ça. J'y peux rien.

Sur le chemin du retour, les deux hommes rejoignirent des groupes rencontrés le matin même dans l'autre sens, aussi bredouilles qu'eux.

Lou Roucaou invita Raoul à prendre une collation chez lui où les attendait Félicité, entourée de trois de ses quatre enfants, les plus jeunes, l'aîné accomplissant son service militaire à Sospel dans les chasseurs alpins.

Le pêcheur sortit une bouteille de rosé du pays dont le raisin avait poussé sur les coteaux de Mazargues et alimentait principalement la consommation locale. Il était un peu astringent, mais frais et fruité, et fut accueilli comme un bienfaiteur par des gosiers desséchés. Félicité avait sorti des œufs frais et des tomates. Elle confectionna une brouillade d'anthologie, qu'elle fit suivre de la tomme d'une chèvre qui avait dû brouter non loin de là une herbe odorante dont le parfum était passé dans son lait.

Etait-ce le grand air et la fatigue d'une randonnée menée au pas de charge ? Raoul Signoret se sentit envahi d'une douce torpeur et, le rosé aidant, il ne tarda pas à s'assoupir dans le fauteuil paillé où les Dominichino l'avaient installé. Ces braves gens le laissèrent dormir, si bien qu'il était assez tard en soirée quand le journaliste prit congé de ses hôtes, confus de son sans-gêne. Le crépuscule était bien avancé. Plusieurs voisins étaient venus aux nouvelles, ils avaient lancé toutes les supputations possibles, s'étaient partagé leur manque d'information, si bien que le village tout entier — à une exception près — se persuadait que le curé Barral, choqué par les événements de la semaine précédente, avait été pris d'un coup de folie qui l'avait peut-être conduit à de fâcheuses extrémités. Le village tout entier, sauf un homme qui savait parfaitement ce qu'il était advenu du curé de Mazargues et où il se trouvait actuellement, puisqu'il l'avait proprement assassiné de ses mains trois jours auparavant.

9

Où notre héros rencontre un mystérieux homme en noir qui l'entraîne dans les bas-fonds de la ville.

En quittant ses amis Dominichino, Raoul Signoret passa récupérer sa chère bicyclette qu'il avait laissée le matin même dans une remise de la rue du Lavoir où *Lou Roucaou* rangeait ses filets. Il eut la mauvaise surprise de découvrir les deux pneumatiques à plat. La lampe à pétrole allumée permit au journaliste de se rendre compte que le caoutchouc avait été percé, vraisemblablement à l'aide d'un poinçon. Quelqu'un s'était introduit dans la remise, pourtant la chaîne et le cadenas étaient en place et c'était le reporter lui-même qui venait d'ouvrir. En examinant les lieux, le jeune homme sentit quelque chose craquer sous ses semelles : du verre brisé. On avait cassé le carreau du fenestron ménagé sur l'arrière du bâtiment pour donner un peu de lumière à la vaste salle. Compte tenu des dimensions réduites de l'ouverture, Raoul déduisit que seul un enfant avait pu passer par là. Cette constatation le chagrina à la pensée que les partisans de l'abbé Richaud n'hésitaient pas à mêler leur progéniture à leur ressentiment et à pervertir ceux mêmes qu'ils auraient dû tenir à l'écart de leurs mesquineries.

L'heure n'était pas à la déploration. Il fallait réparer. Par bonheur, le « terroriste » en herbe n'avait pas touché à la minuscule sacoche de cuir accrochée à l'arrière de la selle. Sans doute angoissé par l'importance de sa mission, il avait assuré un service minimum. La sacoche contenait un nécessaire pour réparer les crevaisons : des rustines de diverses tailles, ces pansements destinés à obturer les trous, une petite râpe aux dents pointues pour entamer la surface du caoutchouc en la rendant rugueuse et de la colle spéciale, dite *dissolution*, qui assurerait l'adhésion parfaite de la rustine sur la chambre à air.

La double réparation prit trois bons quarts d'heure à Raoul, si bien que la nuit était complètement tombée sur le village. Les rares rues éclairées au gaz ne comptaient pas celle où gargouillait la fontaine du lavoir public, lieu de débats privilégié des bazarettes mazarguaises. Son coursier remis en état, le journaliste quitta la remise en se promettant de faire équiper sa bicyclette de pneumatiques à bandages pleins qui, s'ils lui assureraient un confort relatif, le mettraient à l'abri d'éventuelles représailles des partisans de l'abbé Richaud.

Il faisait sombre et Raoul marchait au milieu de la voie pour ne pas risquer une rencontre brutale avec un obstacle inattendu, les Mazarguais, comme le reste des Marseillais, ayant la mauvaise habitude de prendre la voie publique pour un dépôt d'ordures. La lune à son premier quartier éclairait faiblement la chaussée, mais c'était suffisant pour les bons yeux du jeune reporter.

Il n'avait pas parcouru plus de quelques mètres depuis la remise du *Roucaou,* quand le bruit d'une porte qui s'ouvre mit en éveil le reporter. Instinctivement, Raoul Signoret se jeta dans l'ombre d'un seuil.

Un homme sortait d'une maison basse à quelques pas de lui, en faisant le moins de bruit possible. L'apparition passa prudemment la tête, scruta l'obscurité à droite et à gauche, puis, rassurée, se résolut à passer sur le trottoir. A ce que put distinguer le journaliste, l'homme était assez grand, large d'épaules, vêtu d'un pardessus sombre et coiffé d'un feutre qui mettait son visage à l'abri de la pâle clarté lunaire. L'homme en noir ferma la porte à clef derrière lui.

Le cœur de Raoul Signoret se mit à battre plus vite. Il venait de comprendre que cet homme sortait de la maison du vicaire Richaud !

Il lui laissa prendre un peu de distance et, avec des précautions de félin, le journaliste lui emboîta le pas en poussant sa bicyclette. L'homme s'éloignait sans plus s'inquiéter d'être suivi. Il tourna le coin à droite, dans le boulevard de la Concorde, à cette heure désert. Quand Raoul arriva à l'angle, l'ombre avait une bonne cinquantaine de mètres d'avance sur lui. Le journaliste maintint cet écart, poussant sa bicyclette à la main, il avança en se tenant sous le couvert des platanes qui bordaient la voie. L'inconnu se dirigeait vers le rond-point de Mazargues.

Le reporter aperçut sur la place ronde une voiture de remise, lanternes baissées, attelée d'un cheval sur le dos duquel on avait placé une couverture, qui semblait attendre. Il en fut convaincu lorsqu'il vit l'ombre noire qui le précédait se diriger franchement vers le fiacre et ouvrir la portière. Le client attendu était donc l'homme qui venait de sortir de la maison du vicaire Richaud !

Raoul Signoret enfourcha sa bicyclette, bien décidé à suivre l'étrange équipage. L'obscurité ne permettrait pas au cocher de le repérer.

L'attelage descendit le boulevard de Mazargues[1], voie triomphale qui reliait depuis peu le rond-point du Prado à celui de Mazargues, où passerait bientôt le tramway électrique promis par la municipalité Flaissières et constituant, avec le chemin de Cassis auquel il s'abouchait, la nouvelle sortie sud de Marseille par le col de la Gineste.

L'air frais de la soirée mettait des larmes aux yeux du cycliste et lui fouettait les joues.

Dans ce parcours en descente, permettant une allure bon train, la place Castellane, avec son obélisque, fut bientôt atteinte. La place, fait encore rare dans une ville éclairée au gaz de coke, était illuminée par l'électricité « à titre expérimental »... depuis six ans. Le fiacre tourna autour du monument qui ponctuait le centre de la place circulaire et s'engagea dans la rue de Rome, déserte à cette heure du soir, ce qui l'amena bientôt sur la Canebière par le cours Saint-Louis. Le cocher tourna à gauche. Ici encore, la fée électricité rendait la nuit marseillaise plus belle que le jour. Le mystérieux client se dirigeait vers le port. Dans cette matrice de la ville, l'animation était encore importante. Quel contraste avec le village noir et silencieux que le reporter venait de quitter ! Dans les salles illuminées des grands cafés, les clients reprenaient en chœur les refrains que leur moulinaient des orchestres maison. Des fiacres se croisaient en tous sens et des groupes d'hommes et de femmes se rendaient bras dessus, bras dessous, vers les

1. Il prit le nom de boulevard Michelet en 1828.

salles de spectacles : l'Alcazar, sur le cours Belsunce, le Palais de Cristal sur la Canebière, ou bien encore le Grand-Théâtre[1] tout proche qui drainait vers lui une clientèle huppée fière d'arborer robes longues et smokings. On donnait ce soir-là *La Gioconda* de Ponchielli.

Raoul Signoret n'eut pas le loisir de s'attarder sur le spectacle de la rue. Le fiacre venait de tourner sur le quai de la Fraternité[2] et enfilait le quai du Port, côté hôtel de ville. Un coin de Marseille que le journaliste connaissait rue par rue, comme habitant de la place de Lenche, cœur du quartier du Panier dominé par le clocher pointu de l'église des Accoules. Le reporter du *Petit Provençal* était de plus en plus intrigué quand, le fiacre ayant dépassé le bâtiment de la mairie, il vit le cocher serrer les freins à la hauteur du Coin de Reboul.

C'était l'une des entrées du quartier réservé[3], que sa sulfureuse réputation colportée par les marins du monde entier en transit à Marseille avait rendu célèbre du pôle Nord à la Terre de Feu. Le journaliste le connaissait bien[4], non pour en être un usager habituel, mais pour être son voisin. Il n'ignorait rien des activités particulières qui s'y exerçaient avec la bénédiction des pouvoirs publics et celle des hypocrites bourgeois, reconnaissants au préfet d'avoir circonscrit là « le périmètre du vice » — dont à l'occasion ils

1. Inaugurée en 1787, cette salle consacrée aux arts lyrique et dramatique devint l'Opéra municipal après sa réouverture en 1925, consécutive à l'incendie qui l'avait détruite en 1919.

2. Aujourd'hui quai des Belges, au bas de la Canebière.

3. Créé en 1878 par l'autorité sanitaire pour circonscrire la prostitution.

4. Voir *L'Enigme de La Blancarde*.

venaient profiter — afin, affirmaient-ils, d'en épargner le reste de la cité.

L'homme en noir régla sa course et remonta la rue Radeau sous une double haie de maisons accueillantes qui se signalaient par leurs « gros numéros » éclairés au gaz et leurs noms pittoresques. Les filles, alignées comme des cariatides de chaque côté de la voie montante, ne cherchaient pas à racoler ce client, ce qui prouvait qu'il s'agissait d'un habitué.

Raoul Signoret le suivait toujours à distance, poussant sa bicyclette à la main. Dans un tel quartier, cela lui conférait une originalité remarquable. Certaines des prostituées le hélaient à l'aide de comparaisons vélocipédiques et d'allusions grasses aux performances supposées de l'utilisateur de la machine à deux roues. Devant ses refus obstinés, elles terminaient invariablement par des insinuations grossières faisant référence au pédalier de l'engin. Au fur et à mesure qu'il avançait sur la trace de l'homme en noir, Raoul Signoret provoquait un tel raffut qu'il craignit que la proie qu'il pistait finisse par le remarquer. Il pensa plus prudent de s'arrêter et de laisser l'inconnu prendre de l'avance. Celui-ci marchait penché, d'un pas rapide, le feutre sur les yeux. Le reporter le vit entrer dans une des maisons cotées de la rue Radeau. Elle n'était pas un simple bordel, et se doublait d'une maison de jeux qui, pour être clandestine, dans ce quartier où tout était permis, ne s'affichait pas moins au grand jour. Si l'on peut dire, puisque son activité était principalement nocturne.

Ayant repéré l'endroit, Raoul Signoret décida d'aller remiser sa bicyclette avant de poursuivre sa filature. Son domicile n'était qu'à quelques centaines de mètres de l'établissement où s'était réfugié l'homme en noir. Le plus délicat serait de faire admettre à Cécile, sa femme, qu'il lui fallait retourner pour les besoins de son enquête dans une des maisons accueillantes de la rue Radeau. Il joua franc-jeu. Il ne voulait pas voir se renouveler le quiproquo dont il avait été victime lors de son enquête sur ce que les journaux marseillais de l'époque avaient appelé « L'énigme de la Blancarde ». Il avait été repéré par un ami de sa future belle-famille en conversation avec une ancienne bonne devenue prostituée, auprès de qui il tentait d'obtenir des renseignements sur une mystérieuse affaire criminelle à laquelle cette dernière avait été mêlée. Cette dénonciation calomnieuse avait failli compromettre son mariage avec Cécile[1]. L'ironie du sort voulait que ce soir, à nouveau, il fût contraint par son fichu métier à revenir vers ces lieux malfamés. Etait-ce sa faute à lui si ce coin de Marseille semblait attirer tous ceux sur qui il enquêtait ?

Cécile admit que le métier avait ses exigences. Pour preuve de sa confiance, elle entoura le cou de Raoul de ses bras frais, lui recommandant en riant de ne pas répondre à n'importe qui dans la rue. Le journaliste changea ses chaussures de marche contre des escarpins et troqua son *knickerbocker* contre un costume sombre.

Débarrassé de sa bicyclette et du souci de déclencher un nouveau tapage, Raoul Signoret retourna dans la rue Radeau. Dans la noria incessante de centaines d'hommes de tous âges et conditions qui arpentaient l'artère dans les deux sens, avant de fixer leur choix, hélés par les filles aux voix vulgaires, il ne se distin-

1. Voir *L'Enigme de La Blancarde*.

guait plus des autres. Le journaliste se retrouva bientôt planté devant le bordel et maison de jeux. Le plus délicat fut de persuader les deux filles en faction que son intention n'était pas de consommer de la chair plus ou moins fraîche, mais de risquer les économies de sa tante Berthe dans une partie de poker menteur ou de vingt-et-un [1] crapuleux.

Le jeune homme franchit le seuil après s'être débarrassé sans trop de ménagement de la fille bruyante qui s'était pendue à son bras. Il voulait faire une entrée la plus discrète possible. Le salon du rez-de-chaussée était violemment éclairé par des becs à acétylène qui donnaient à tous les clients et tenanciers une coloration hépatique, voilée par une tabagie sévère. Dans un coin, un pianiste voûté, à la lippe désabusée, moulinait des airs à la mode parmi lesquels Raoul crut reconnaître quelques airs à succès du moment : la valse hésitation de *Fascination* et *Frou-Frou* jouées sans aucune conviction sur un instrument désaccordé. Par moments, le musicien-mercenaire faisait reprendre à une clientèle aux voix éraillées par le tabac et l'alcool une *scie* qui affirmait :

Qu'est-ce qu'on va chercher, Paulo
Dans la lune, dans la lune ?
Je parie bien fort qu'là-haut
Y a pas un bistrot !

La marée sonore agressa les oreilles de l'arrivant. Il cligna des yeux pour s'habituer au contraste entre la rue sombre et ce salon vivement éclairé. Un second

1. Ancêtre du black-jack et cousin du trente-et-quarante.

salon, faisant suite au premier, n'était occupé que par des joueurs répartis par tables de quatre ou de six devant un tapis vert où s'empilaient les jetons comme dans un vrai casino. Des habitués — uniquement des hommes — étaient face à face, disputant des parties intéressées (surtout par ceux qui les organisaient), et les habituels pigeons se faisaient comme à l'habitude plumer. On en voyait qui se levaient brusquement et jetaient rageusement les cartes sur la table en criant : « Basta, pour ce soir ! » Ceux à qui il restait encore de quoi s'offrir une consolation montaient parfois avec une fille, les autres réglaient leurs consommations avant de partir, non sans avoir promis : « A demain ! »

Raoul Signoret s'avança entre les tables et, comme s'il cherchait un siège libre, commença à inventorier du regard les joueurs.

Aucun jeu de cartes ne lui étant familier, il alla s'asseoir sur un des tabourets alignés le long d'un comptoir qui occupait la largeur du mur du fond et commanda une fine à l'eau.

A sa gauche, où se déroulait une partie de baccara, les joueurs étaient particulièrement discrets, par comparaison avec le reste de la salle dominée par un brouillard sonore que perçaient par moments des imprécations, des jurons ou des cris de contestation, quand un joueur professionnel déguisé en banquier-croupier de vingt-et-un ou de trente-et-quarante trichait avec trop de sans-gêne.

A la table que venait de repérer le journaliste, on jouait au baccara dit *chemin de fer*. Le banquier lui faisait face, ayant à sa gauche le croupier chargé de distribuer les cartes et de payer les gains éventuels, tandis que trois joueurs — les *pontes* — lui tournaient le dos. Celui de droite, par sa carrure, lui parut correspondre assez à la silhouette furtive et sombre qu'il suivait depuis Mazargues. A cette table on jouait gros, ce qui expliquait la tension palpable que l'on ressentait.

Le banquier venait de poser sa mise sur le tapis vert. « Trois mille cinq », annonça-t-il. Raoul, qui était néophyte, pensa que s'il s'agissait de francs-or cela représentait une petite fortune. Face à lui, le ponte de droite fit ce qu'on nomme un *banco*, c'est-à-dire posa une mise d'égale valeur et étala ses cartes. Leur total était inférieur à celles que le banquier étala à son tour. L'homme venait de perdre.

Le journaliste quitta son tabouret après avoir commandé une seconde fine et reprit sa manœuvre d'approche. Il savait disposer de très peu de temps avant que quelqu'un ne lui demande de prendre place à une table libérée par un joueur ou bien ne commence à s'interroger sur ce client trop curieux, inconnu de la maison. Aussi, Raoul Signoret y alla carrément. Il dépassa la table de chemin de fer, du côté de l'homme qu'il avait repéré, et se retourna d'un bloc. Le joueur releva la tête et leurs regards se croisèrent un bref instant. Le cœur du journaliste sauta dans sa poitrine. Il faisait face à l'abbé Charles Richaud, vicaire de la paroisse de Mazargues !

Celui-ci était blême. Ses mains tremblaient, de la sueur perlait à son front. Il prit sa tête dans ses mains et resta ainsi appuyé sur les coudes.

On entendit une voix sourdre de dessous les paumes étalées devant le visage du prêtre dévoyé :

— Laissez-moi me refaire.

Raoul le contemplait, médusé.

— Pas question, dit le banquier. Tu dois trop.

— Tu nous as déjà dit ça la fois dernière, renchérit le croupier.

— Mais les cinq mille que je vous ai donnés avant-hier ? protesta Richaud.

— Il reste encore cinq mille, répliqua le banquier. Et avec les trois mille cinq de ce soir, ça fait huit mille cinq. Il faut régler.

— Où voulez-vous que je les prenne ?

Le ton était humble. On était loin du Richaud plein de morgue face à ses ouailles, qui se voulait le truchement d'un Dieu redoutable lancé dans sa croisade contre la République athée.

— Ça, c'est pas nos oignons, dit le banquier. Tu fais comme tu veux, mais tu reviens avec l'argent d'ici mardi, sinon on prévient ton patron.

Raoul supposa que le banquier faisait allusion à l'évêque de Marseille. L'identité réelle de Richaud était donc connue en ces lieux. Voilà qui, avec l'affaire du faux miracle, n'allait pas faire avancer la carrière du vicaire ambitieux.

Richaud avait dû, comme nombre de joueurs pathologiques, se laisser engluer dans la toile tendue par les voyous. Au début, des gains faciles qui grisent la proie, lui donnent une impression d'invulnérabilité, puis, petit à petit, on augmente les mises. On lui laisse encore une fois ou deux l'impression que la chance est avec lui. Enfin, avec des jeux truqués, on passe aux choses sérieuses. Les dettes s'accumulent, la proie s'affole, tente à nouveau sa chance, persuadée qu'elle va « se refaire ». C'étaient les mots mêmes que ce curé singulier avait employés. Un vocabulaire de pilier de tripot. Mais on ne se refait pas, ici. On est refait.

— Oh, *Garri* [1], tu peux me dire ce que tu fais là ?

Fasciné par la scène incroyable qui se déroulait sous ses yeux, Raoul Signoret n'avait pas repéré l'arrivée d'un gros homme d'une soixantaine d'années, aux mains épaisses, aux doigts bagués d'or autant qu'il en pouvait tenir sur ses courtes phalanges, vêtu d'un gilet moiré sur une chemise blanche et un pantalon rayé. Ses cheveux teints en noir corbeau étaient séparés par une raie médiane et empestaient la brillantine qui les faisait luire. Sa face ronde et rassurante était démentie par un regard mauvais et un sourire, aurifié lui aussi, qui vous donnait froid dans le dos. Le tenancier, sans doute, pensa Raoul.

— Tu écoutes aux portes ?

Le journaliste, pris au dépourvu, ne trouvait rien de convaincant à répondre.

— N... non, je regardais le jeu.

— Tu sais qu'on fait jamais ça ! gronda le patron. Ça te plairait à toi qu'on vienne t'*espincher* dans ton dos ?

— Je savais pas, dit Raoul, piteux. Je ne joue pas.

— Alors qu'esse tu fous ici ?

— J'allais...

L'autre le regardait de ses petits yeux cruels.

Pour se tirer du mauvais pas, le reporter du *Petit Provençal* s'avança vers une des filles qui faisaient tapisserie en attendant le bon vouloir des joueurs. Quand on tombait sur un (rare) gagnant, le « petit

1. A l'origine, le *garri* désigne le rat en provençal. Par extension cela sert à interpeller un enfant ou un jeune homme.

cadeau » pouvait atteindre des sommes intéressantes. Le client qui venait d'empocher une pile de francs-or ne pouvait pas se montrer mesquin.

Raoul Signoret prit la main de la fille la plus proche de lui. Il ne l'avait même pas regardée. Le tenancier suivit d'un regard suspicieux le couple qui empruntait l'escalier montant vers les étages. Les réponses du « jeune » ne l'avaient pas convaincu. Enfin, on verrait plus tard. Il jeta un œil intéressé vers la table où l'abbé Richaud se débattait misérablement, tentant d'amadouer ses bourreaux. Ceux-ci avaient des consignes strictes. Le patron alla s'asseoir à la table de négociation pour y jouer son rôle de juge de paix.

Quand il fut entré dans la chambre, Raoul Signoret mesura à la lumière du bec de gaz l'ampleur du désastre. La fille choisie ressemblait à une jument de remonte. Vêtue d'une robe jaune qui n'arrangeait pas son teint, elle devait avoir des années de pratique et ce métier use prématurément. Elle aurait fait hésiter un légionnaire privé de femmes et de chèvres depuis trois ans. Epaisse, affaissée, maquillée à la truelle, avec sa tête penchée vers l'avant, elle rappelait une bête de somme. On avait l'impression qu'elle demandait pardon à l'avance à celui qui l'avait choisie, pour son absence évidente d'attraits. Pour ce qu'il comptait en faire, qu'elle fût ainsi ou autrement n'avait guère d'importance, pourtant Raoul en eut pitié.

Elle regardait le client, debout au milieu de la pièce, se demandant quand il allait se décider à dire ou faire quelque chose.

Pour rompre le silence, elle ouvrit son réticule et réclama le prix de la passe.

Raoul donna largement, tout en se demandant si son rédacteur en chef accepterait le remboursement en note de frais. L'évocation de son patron le fit sourire. La fille prit cela pour elle, ce qui l'encouragea.

— Tu te déshabilles pas ?

— Non. Et toi non plus.

Elle eut une réaction offusquée, sorte de vieux réflexe professionnel :

— Qu'esse ça veut dire ? Moi, tu sais, y a des choses que je les fais pas.

— Quelles choses ? répliqua Raoul. Je ne t'ai rien demandé !

Pourtant habituée aux fantaisies salaces de certains clients, elle se méfiait particulièrement d'un qui refusait de se déshabiller. Ce sont les plus vicieux. Personne encore à ce jour ne lui avait demandé de rester couverte. Elle s'attendait au pire.

Raoul s'assit sur le bord du lit et invita la fille à le rejoindre. Elle hésitait, raide et droite au milieu de la pièce.

— Allez, approche, je ne vais pas te manger.

A contrecœur, elle obéit. Il avait payé. Elle lui devait un service minimum.

— Qu'esse tu veux, toi ? demanda-t-elle inquiète.

— Rien. Juste parler un peu.

On aurait dit qu'un taon venait de la piquer au gras de sa croupe. Elle se leva d'un bond, les yeux exorbités. C'était la proposition la plus extravagante qu'on lui ait faite en vingt ans de pratique.

Parler ? Elle n'en croyait pas ses oreilles. Parler ?

Elle répéta le mot comme pour se persuader de n'avoir pas rêvé.

— De quoi ?

— D'un type qui est en bas, avec ton patron.

— M. Armand ?

L'abbé Richaud usait d'un pseudonyme. Ça devenait risible...

— Je ne connais pas son nom. Celui qui vient de se faire essorer au chemin de fer.

— Et pourquoi je te parlerais de M. Armand ?

Avant que Raoul ait esquissé un début de réponse, la fille avait enchaîné :

— Toi, je te vois venir : tu es un *condé* [1].

Elle se mit en rogne.

— Je sais que tu peux me faire tomber quand tu veux, mais compte pas sur moi pour *barjaquer* sur les clients. Je suis en carte, à jour de mes visites et le commissaire des mœurs est un ami. Et puis j'ai pas envie de me retrouver avec la croix des vaches sur la figure [2]. Tu peux aller te faire voir ailleurs !

— Calme-toi, dit Raoul. Je ne suis pas de la police, ni un espion. Simplement, M. Armand me doit des sous à moi aussi.

— Eh bè ! fit la fille, logique. Vas-y y demander à lui, tes sous !

— Je ne peux pas.

— Pourquoi ?

— Parce que M. Armand ne me connaît pas.

---

1. Policier.

2. Punition infligée par le barbeau à la fille soumise qui s'est manquée : une croix faite au couteau sur le visage qui désigne la donneuse.

— Celle-là, tu veux que je l'avale ? Il te doit des sous et tu sais pas qui c'est ?

— C'est vrai, assura le journaliste, prenant son air le plus benêt. Je ne le connais pas, parce que ce n'est pas moi qui lui donne les sous. C'est un ami à moi. Moi, si tu veux, je suis le banquier. J'avance l'argent à mon ami et c'est lui qui les prête à M. Armand.

— Un drôle de banquier, ricana la fille. Si tu veux prêter à fonds perdu, tu as trouvé la bonne adresse.

— Pourquoi ? dit Raoul, accentuant son air niais.

— Qué *favouille*[1], çui-là ! Parce qu'il perd tout ce qu'il veut, ce type ! Il leur doit je sais pas combien, mais ça fait un paquet.

Mine de rien, en jouant les andouilles, Raoul Signoret avait amené la fille à se détendre et à répondre. Désormais elle ne faisait plus de difficultés pour parler de « M. Armand ».

— Il y a longtemps qu'il vient jouer ici ?

— Au moins deux ou trois ans, peut-être plus. Le jeu, c'est son vice, à ce type. Il vient pas souvent pour les filles. Mais pour taper le carton dans une partie intéressée, il vendrait père et mère. Ils l'ont bien vu venir, les autres.

Elle eut un geste vague désignant les caïds qui tenaient la maison.

— Ils le tiennent, maintenant. Ils vont le faire casquer. Il faudra qu'il les trouve, les sous, sinon...

Elle laissa sa phrase en suspens.

— Ça veut dire que moi, les miens, je vais pouvoir me brosser pour les récupérer ? demanda Raoul pour compléter son image d'entourloupé.

1. Petit crabe méditerranéen mais aussi, au figuré, individu stupide.

La fille ricana.

— Ça m'étonnerait que tu les revoies. Ça t'apprendra à te méfier.

Elle n'avait pas l'air mécontent de faire la leçon. Pour une fois...

Raoul passa à la contre-offensive. Quittant son air niais et changeant de voix, il dit en fixant la prostituée :

— Tu vois que tu réponds quand on te parle poliment.

La fille eut un frisson. Elle voyait un peu tard venir le piège.

— Moi, j'ai rien dit.

— Si, si, dit Raoul en quittant le bord du lit. Tu m'as bien renseigné sur M. Armand. Si tes — comment dire ? — « employeurs » l'apprenaient, ça pourrait t'attirer des ennuis.

Le teint de la fille gagna un cran vers le jaune topaze. Elle préparait une crise de foie.

— Tu vas pas me faire... Mais qui tu es, toi, à la fin ?

— T'inquiète, qui je suis. Je ne suis pas une balance, heureusement pour toi. Ce que tu m'as dit restera entre nous. On n'en saura rien « en bas ». Mais tu vois, tu m'as un peu énervé. J'avais presque envie de te faire croire que j'étais de la Mondaine.

Debout devant cet étrange client, la fille dansait d'un pied sur l'autre.

Raoul se lassa de ce jeu cruel.

— Allez, ça va comme ça. Mais un conseil : quand tu vois un type qui paraît être dans la mouscaille, évite de lui faire la morale. Tu n'es pas la mieux placée pour ça.

Elle baissa la tête et regarda par en dessous le client quitter la chambre. Elle se méfierait désormais des pratiques qui ne veulent pas ôter leur veston.

En bas, dans la salle de jeu, les parties continuaient. A la table du chemin de fer, l'abbé Richaud avait disparu, remplacé par un autre *ponte*.

Où allait-il trouver l'argent qu'il devait à ces malfrats ? Et s'il ne réglait pas sa dette, qu'adviendrait-il de lui ?

Raoul Signoret traversa la salle sous l'œil soupçonneux du tenancier qui l'avait interpellé tout à l'heure. L'homme n'était pas convaincu de l'innocence de ce client venu dans un tripot avouer qu'il ne savait pas jouer aux cartes. Le journaliste du *Petit Provençal* était fiché. Mieux qu'à l'Evêché. Ces messieurs sont physionomistes, il n'avait pas intérêt à traîner dans le coin. Quant à la fille en jaune, il y avait gros à parier qu'elle allait subir un nouvel interrogatoire, au cas où elle aurait quelque renseignement à fournir sur son étrange client.

Raoul remonta la rue Radeau d'un pas rapide et émergea dans la rue Caisserie, frontière nord du quartier réservé, qu'il apprécia comme on retrouve l'air libre après une période de confinement. Il n'était pas à plus de deux cents mètres de son domicile.

Les jolis bras conjugaux (et néanmoins amoureux) de Cécile Signoret l'y attendaient pour lui faire un collier de tendresse. Dans la chambre contiguë, dormait — comme on dort à cet âge — une petite princesse de six mois prénommée Adèle, qui ressemblait à sa jolie maman et faisait la fierté de son jeune papa. Ce que firent à partir de ce moment-là ses parents ne regarde qu'eux.

Disons simplement que Raoul oublia comme par enchantement les fatigues et les soucis d'une journée particulièrement chargée.

10

Où l'on apprend qu'un curé que l'on croyait simplement en fugue a bel et bien été assassiné d'atroce façon.

— Mon cher neveu, nous y voilà ! Le procureur de la République s'est enfin décidé à nous confier l'affaire aux dépens de nos amis pandores. C'est qu'il y a mort d'homme à présent. Chose trop grave pour demeurer un instant de plus entre les mains maladroites des gendarmes de Mazargues.

Le commissaire principal Eugène Baruteau contemplait son neveu avec l'air de celui qui n'est pas fâché de dévoiler une nouvelle importante à un blasé professionnel.

Les deux hommes étaient attablés au premier étage du Grand Café turc, au 33, de la rue Cannebière [1], selon une habitude prise quand l'oncle et le neveu avaient des informations à échanger au sujet d'une enquête en cours. Ils s'y retrouvaient relativement à l'abri de la nombreuse clientèle attablée au rez-de-chaussée, qui emplissait la salle à toute heure du jour. Ici, sur la mezzanine circulaire entourant la large ouverture pratiquée dans le plafond de la salle du bas, où émergeait le qua-

1. Ancienne orthographe du nom de la célèbre artère.

druple cadran de l'horloge qui donnait simultanément l'heure en chiffres romains, arabes, turcs et chinois, l'oncle et le neveu se sentaient chez eux. Raoul Signoret avait hâte de raconter à Eugène Baruteau ses dernières découvertes à propos des fréquentations du vicaire Richaud, mais ce que venait de lui confier le policier faisait passer ces révélations au second plan.

— Mort d'homme, dites-vous ?

Le policier sourit.

— J'étais sûr que la nouvelle ne te laisserait pas indifférent.

— Qui est mort ? demanda le journaliste.

— Tu ne devines pas ? répliqua Baruteau.

L'oncle ne détestait pas laisser mariner son neveu. Raoul réfléchit deux secondes, puis hasarda :

— Le curé Barral ?

— Tu l'as dit, bouffi.

— Non...

— Si.

— Qui l'a tué ?

Le commissaire eut un mouvement de recul du buste.

— Ooooh, monsieur le reporter, doucement ! Nous n'en sommes pas là. Le curé Barral est mort tout ce qu'il y a de plus assassiné, cela est indubitable, mais je ne sais pas encore qui a fait le coup.

Un garçon du Café turc, déguisé en zouave d'opérette avec son pantalon rouge bouffant et son gilet bleu, venait de poser sur la table les deux bocks commandés, surmontés d'une couronne de mousse, et les consommateurs suspendirent leur conversation en attendant que — sa monnaie empochée — le serveur s'éloigne.

— Encore un que les Boches ne boiront pas ! dit à son habitude Eugène Baruteau en barbouillant de mousse sa forte moustache.

Depuis l'annexion de l'Alsace-Lorraine, il refusait de consommer une bière brassée ailleurs qu'à Marseille, chez Velten, rue Bernard-du-Bois, près de la gare Saint-Charles.

Raoul leva son bock et imita son oncle.

— Je les chambre, nos braves pandores, dit le policier en tirant de sa poche un mouchoir blanc avec lequel il s'appliqua à redonner à la brosse piquante qui ornait sa lèvre supérieure, sa couleur d'origine. Mais ils ont fait du bon boulot. Un boulot de fourmi qui a payé. Ils connaissent tout le monde à Mazargues et ça aide, dans une enquête. Chacun devient un informateur. Les gens sont plus spontanément portés à collaborer avec eux qu'avec nous, qui arrivons de l'étranger.

— Racontez, mon oncle, supplia Raoul.

Le commissaire posa ses coudes sur le bois ciré de la table et commença :

— Tu sais que, depuis un certain samedi matin, plus personne n'avait revu le brave curé Barral.

Raoul acquiesça en fermant brièvement les paupières.

— Comme notre curé avait l'habitude d'herboriser dans le massif des Calanques, ce jour-là, personne ne s'est affolé. Personne, sauf sa bonne, Marguerite Chabert. L'abbé Barral partait en général de bonne heure, avant qu'elle n'arrive à la cure. Mais quand elle ne l'a pas vu revenir vers midi elle a commencé à s'inquiéter. Pourtant, ce n'est que dans l'après-midi qu'elle s'est vraiment affolée. Elle est allée prévenir les gendarmes quand elle a vu le soleil décliner et le soir tomber. Les pandores lui ont conseillé de ne pas diffuser la nouvelle pour l'instant. Il se pouvait que l'abbé, retardé ou occupé ailleurs qu'on ne croyait, rejoigne son presbytère dans la soirée. S'il n'en était rien, on organiserait une battue le lendemain matin.

— Je suis au courant par un ami pêcheur, dit Raoul. Et j'ai moi-même participé en sa compagnie à une seconde battue, le lendemain, lundi. Nous avons croisé des tas de Mazarguais qui recherchaient leur curé. Tout le monde est rentré bredouille.

— Et pour cause ! s'exclama Baruteau. On était allé le chercher bien loin, ce malheureux curé de Mazargues. En fait, il n'avait pas quitté son presbytère.

— C'est là qu'il a été assassiné ? Comment se fait-il alors que la bonne...

Baruteau calma son neveu d'un geste.

— Attends, attends ! Ne va pas plus vite que la musique. La bonne était malade, ce jour-là.

Le commissaire prit une large inspiration qui fit siffler ses bronches encrassées par l'emphysème et poursuivit :

— C'est seulement le mardi matin, quand ils se persuadèrent que l'abbé Barral n'était pas immobilisé par un accident dans ses chères calanques, que gendarmes et voisins entreprirent de visiter la cure de fond en comble, ce qui avait été négligé jusqu'alors. En tournant autour du puits, Marguerite Chabert aperçut un morceau de bois qui dépassait de la margelle. *Elle jura ne pas l'avoir vu l'avant-veille,* elle en était sûre. C'était l'extrémité d'une grande perche, assez longue pour que l'autre bout atteigne le niveau de l'eau. Tous s'approchèrent et, en se penchant, ils se rendirent compte que le fond du puits avait été quasiment obstrué par des bûches provenant d'un dépôt situé dans une remise du jardin. A l'aide du seau suspendu à sa chaîne, ils commencèrent à retirer quelques bûches, tandis que le brigadier allait chercher chez un voisin une araignée, sorte de griffe à trois crochets dont se servent les pêcheurs pour accrocher leur barque sur les fonds rocheux. C'est comme une petite ancre, fixée à une longue et solide chaîne. Avec cet engin, le gendarme explora le fond du puits qui n'est qu'à quatre mètres cinquante du niveau du sol. Bientôt, il sentit au poids que l'araignée avait accroché quelque chose. Il tira, perçut une sorte de déchirement, et ramena un morceau de soutane !

— C'était le pauvre curé de Mazargues, ne put s'empêcher de commenter Raoul.

— Comment as-tu deviné ? le taquina Baruteau. Décidément, ces jeunes journalistes d'aujourd'hui, ça comprend tout. Bravo ! mon vieux Sherlock.

— *Elementary, my dear Eugène.*

— Le pauvre curé Barral était là, en effet, reprit le commissaire. On le ramena non sans peine à la surface et l'assistance horrifiée le découvrit, le crâne fendu, le visage à demi écrasé, les avant-bras brisés. Ce qui laisserait supposer qu'il a été balancé dans le puits la tête la première.

— Vivant ! s'exclama le journaliste.

— Je ne pense pas, dit Baruteau. L'assassin paraît s'être acharné sur lui *bien avant* de le précipiter dans le puits, précise le rapport d'autopsie. Il semblerait que son crâne ait été violemment frappé contre quelque chose en ciment ou en briques. Peut-être la margelle du puits, bien qu'on n'ait pas relevé de traces probantes. A-t-on « fait le ménage » après le forfait ? C'est possible. La présence de cette longue perche, que le tueur ou les tueurs n'ont pas pris la précaution de retirer, tendrait à prouver qu'elle aura servi à maintenir le corps sous l'eau quand il y a été précipité.

— Eh bien, dis donc ! ponctua Raoul. Qui pouvait en vouloir à ce point à l'abbé Barral ?

— Pour l'instant, comme on dit, aucune piste n'est négligée.

— Je suis pourtant persuadé que vous en privilégiez quelques-unes, objecta Raoul.

— On ne peut rien te cacher.

— Attendez, ne me dites rien, demanda le neveu en mettant sa main sur ses yeux comme pour un numéro de voyance extra-lucide. Je vois des lettres formant un mot. Ça commence par un R et ça finit par un d...

Il détacha les syllabes :

— L'ab-bé Ri-chaud.

— Quelle perspicacité ! s'exclama le commissaire, faussement admiratif. Mais comment fais-tu pour être si intelligent ?

— C'est de famille, d'oncle à neveu, répliqua le journaliste, et les deux complices s'esclaffèrent.

— Cela dit, reprit le policier, ne sautons pas trop vite à la conclusion en mettant tout sur la même tête. C'est comme ça qu'on fabrique des erreurs judiciaires. Richaud, avec sa magouille miraculeuse, sa tête de chien de quartier[1] et sa croisade antirépublicaine, ferait un coupable idéal. Mais j'ai besoin d'étayer ma convic-

1. Adjudant (argot militaire).

tion. Ne mettons pas la charrue avant les bœufs. Il me faut en savoir un peu plus sur lui, sur son passé, avant de l'envoyer à l'abbaye de Monte-à-Regret[1]. D'autant plus qu'il semblerait que l'assassin ait dérobé toutes les économies du curé. Cinq mille francs qu'il tenait serrés — l'imprudent — entre deux piles de draps comme un rentier ordinaire. Et ça, ce vol, n'importe qui peut l'avoir commis, s'être fait surprendre par l'abbé Barral et avoir voulu faire disparaître un témoin. Suppose que ce soit un Mazarguais qui ait fait le coup. Le curé les connaissait tous et pouvait dénoncer à coup sûr son voleur. Voilà peut-être pourquoi il est mort. D'ailleurs, tout prouve que le meurtre a été improvisé. Exécuté avec les moyens du bord, si tu veux. Avec ce qui tombait sous la main de l'assassin.

— Ça ne désigne pas Richaud, remarqua Raoul, mais ça ne l'innocente pas non plus.

— D'accord, admit Baruteau. Mais je préfère le raisonnement inverse. Richaud n'est pas plus coupable qu'un autre. J'inclus même le trimardeur passant par-là, par hasard, qui voit la porte ouverte et, croyant le curé absent, fait main basse sur le magot. Si c'est lui, Richaud, l'assassin et le voleur, il faudra établir pourquoi ce ne peut être que lui et pas un autre. Voilà comment je procède, moi.

— Pourtant, objecta Raoul, vos petits camarades opèrent souvent en sens contraire. Ils commencent par fabriquer un coupable qu'ils chargent au maximum et ils vérifient ensuite leurs hypothèses. Quitte à les « solliciter » un peu, si je peux dire.

— Oui, mais avec moi, répliqua Baruteau, tu as

1. La guillotine.

affaire à la fine fleur des enquêteurs. Une espèce rare : le policier psychologue, respectueux de la présomption d'innocence et des lois de la République. C'est nouveau.

— Je salue l'avènement de cette phalange d'élite, dit Raoul en esquissant de manière bouffonne une révérence avec un chapeau imaginaire.

L'oncle et le neveu échangèrent un nouveau coup d'œil complice.

— Moi qui suis au contraire de l'espèce vile du journaliste véreux et corrompu, reprit Raoul, je m'en vais vous faire part de nouvelles qui ne manqueront pas d'orienter votre enquête dans le sens que je souhaite : la confusion de l'indigne vicaire. Cette brebis galeuse de l'Eglise de France qui entache l'honneur et la réputation de l'immense troupeau des bons pères, humbles serviteurs de la foi et incomparables modèles moraux. Et cette nouvelle à laquelle vous êtes suspendu, la voici tombant de mes lèvres : l'abbé Richaud fréquente assidûment un cercle de jeu clandestin situé dans certain quartier dont je ne puis sans frémir évoquer le nom et l'abominable réputation. Je l'y ai vu se faire plumer de la belle façon.

— Qu'allais-tu faire encore dans ces lieux de perdition [1], demanda le policier faussement outré. Ma parole, tu y prends goût !

Raoul détailla le jeu de piste qui, de la rue du Lavoir à Mazargues, à la rue Radeau au Vieux-Port, l'avait conduit sur les traces d'un homme qui s'était révélé être le vicaire Richaud en civil, perdant de grosses

1. Voir *L'Enigme de La Blancarde.*

sommes dans une maison de jeu, en compagnie de tenanciers louches.

— Ce prêtre dévoyé avait un besoin aussi urgent qu'important d'argent frais pour rembourser ses dettes. Cela ne suffirait-il pas à l'avoir poussé, comme on dit dans les romans où l'on écrit bien, « à de fâcheuses extrémités » ? demanda le journaliste.

— Cette hypothèse n'est certes pas à négliger, répliqua Eugène Baruteau sur le même ton bouffon. Nous la vérifierions *illico*, sauf si un empêchement majeur, que j'espère momentané, nous voyait dans l'impossibilité d'y procéder, mon cher neveu. Nous n'avons pas la moindre idée de l'endroit où peut se trouver actuellement ledit Richaud, qui n'est pas reparu à son domicile, probablement depuis la soirée où tu l'aperçus gaspiller ses petites économies dans des jeux d'argent en compagnie d'individus rien moins que recommandables.

Il se pencha vers Raoul pour juger de l'effet produit par ses derniers mots :

— Si jamais tu avais sa nouvelle adresse, à cette crapule ensoutanée, je serais volontiers preneur.

Sur ces mots, le commissaire vida solennellement le fond de son bock.

11

Où l'on fait connaissance avec certain colonel-baron reconverti dans l'industrie, dont la personnalité intrigue fort notre héros.

« Un curé assassiné, un autre porté disparu, le tout en moins d'une semaine, voilà qui fait beaucoup pour une seule paroisse », songeait Raoul Signoret tout en pédalant vigoureusement vers Mazargues. L'effort physique a ceci d'agréable que, s'il mobilise le corps, il laisse l'esprit parfaitement libre et clair. Combien d'articles le journaliste n'avait-il pas écrits dans sa tête tout en faisant tourner les bielles de sa bécane ? Ainsi, en attaquant la montée qui traverse le village de Sainte-Anne et annonce les faubourgs mazarguais, pensait-il à la coïncidence entre l'assassinat de l'abbé Barral et la disparition de l'abbé Richaud, dont la double vie ne faisait plus aucun doute. Cela suffisait-il pour faire du vicaire un assassin ? Après la péripétie tragi-comique du faux miracle de la chapelle des Carmes, les deux hommes s'étaient-ils affrontés au point que l'un, perdant le sens commun, en vienne à supprimer son accusateur ? Ou bien, plus simplement, le second avait-il volontairement disparu après le scandale public qui n'avait pas manqué de lui valoir les foudres de ses supérieurs ? Ou encore, songeait Raoul, n'avait-il pas plus simplement « pris le maquis » pour échapper au paiement de sa dette auprès de ceux qui l'avaient ruiné au jeu ? Au point où on en était, toutes les hypothèses étaient valables. La vérité était sans doute au bout de l'une d'elles.

Après coup, une phrase tombée de la bouche du vicaire au moment où ses créanciers le mettaient au supplice était revenue en mémoire au journaliste. « Mais les cinq mille francs que je vous ai donnés avant-hier ? » avait dit l'abbé Richaud à ses bourreaux avant que ceux-ci n'objectent que c'était insuffisant pour apurer sa dette. Qu'avait précisé l'oncle Eugène lors du rendez-vous au Café turc ? Qu'on avait précisément dérobé cinq mille francs au curé Barral, qui tenait la somme « serrée entre deux piles de draps comme un rentier ordinaire ».

Il y avait là un rapprochement à faire et Raoul Signoret se promettait d'en parler au policier. Tant pis si l'oncle reprochait au neveu de sauter trop rapidement à la conclusion.

Ainsi réfléchissait le journaliste pédaleur en arrivant au carrefour du Lancier. Il s'apprêtait à assister aux obsèques solennelles du curé Barral, prévues à 10 heures dans la nef de Saint-Roch. Le reporter était en retard d'une bonne demi-heure sur l'heure de l'office. Il alla ranger sa bicyclette dans la remise du *Roucaou* et se hâta vers l'église paroissiale.

Celle-ci était remplie de l'assistance des grands jours : une foule endimanchée, bien qu'on fût jeudi. L'office était déjà très avancé, mais loin d'être achevé. Une puissante odeur d'encens mêlée à celle des gerbes de lys placées dans de hauts vases métalliques vous prenait à la gorge dès l'entrée. Le gratin mazarguais — aristocrates et bourgeois, en grande tenue de deuil, qui avaient leurs places réservées par des plaques de cuivre à leur nom sur les dossiers des prie-Dieu — occupait les premiers rangs, tandis que les rentiers, commerçants, paysans, pêcheurs et artisans s'entassaient sur les travées les plus éloignées de l'autel. Beaucoup n'avaient pas trouvé place assise et se tenaient debout le long des déambulatoires et dans le fond de la nef, près de la porte à double battant. C'est là que Raoul repéra *Lou Roucaou* et sa femme, Félicité, ainsi que le pharmacien Gaudissart qui, apercevant le journaliste, lui fit un petit signe l'invitant à les rejoindre.

Autour du catafalque placé devant l'autel se tenait la hiérarchie épiscopale au complet, entourant Mgr Louis Robert, évêque de Marseille, revêtu d'une chasuble violette et coiffé d'une mitre assortie. En chaire, un prêtre, que Raoul Signoret n'avait jamais vu, prononçait une interminable oraison funèbre vantant les mérites du défunt. Grand, maigre, portant une barbe en pointe, il agitait des bras interminables dont l'envergure était encore amplifiée par les larges manches du surplis blanc. L'orateur détaillait les mérites innombrables de l'abbé Barral, « cet exemplaire serviteur de Dieu, dont les vertus seraient célébrées dans les siècles à venir comme un modèle de foi, d'humilité, de charité, de dévouement dans le sacerdoce, mort en martyr au service de sa paroisse ».

Des femmes pleuraient, le mouchoir sur la bouche, les hommes, chapeau à la main, étaient émus et les deux camps provisoirement réconciliés communiaient dans le chagrin que certaines paroissiennes, à l'exemple des sœurs Marsanges, manifestaient bruyamment avec force soupirs à fendre l'âme.

Gaudissart se pencha à l'oreille de Raoul :

— C'est le nouveau curé de Mazargues, l'abbé Marcel Bouterin. Après Sancho Pança, Don Quichotte ! ajouta le vieil athée en pouffant.

— Chuuuuut ! chuinta une paroissienne outrée qui jetait des regards furieux vers l'iconoclaste.

Le pharmacien haussa les épaules et continua de plus belle ses commentaires.

— Des nouvelles de notre ami Richaud ? Il faudra qu'on se voie un moment après la cérémonie.

Raoul Signoret, d'une mimique, avoua son manque d'informations. Ce n'était ni le moment ni le lieu de révéler ce qu'il avait découvert de la double vie du vicaire. En revanche, il se promettait de confesser tous les Mazarguais qui voudraient bien répondre à ses questions, afin de compléter le portrait de ce prêtre singulier, qui prêchait la croisade morale contre les ennemis supposés de l'Eglise et qui le soir, vêtu en bourgeois, allait s'encanailler dans des lieux mal famés.

La cérémonie funèbre s'achevait. Le catafalque contenant la dépouille de l'abbé Barral fut copieusement aspergé d'eau bénite et encensé de tous côtés. Les croque-morts le hissèrent sur leurs épaules et, précédés de tout le clergé présent, sortirent de Saint-Roch tandis que la chorale paroissiale, soutenue par les grandes orgues installées par le curé Chaulier, un prédécesseur de l'abbé Barral, entonnait le *In Paradisum* de la messe des morts.

Accompagné par le glas, le cortège funèbre descendit la Grand-Rue avant de bifurquer par le chemin poussiéreux serpentant entre deux murs de la traverse du Cimetière dont le nom indiquait clairement la fonction. Les Mazarguais qui n'avaient pu entrer dans l'église se signaient au passage du cercueil porté à dos d'hommes. Les membres du Cercle laïque eux-mêmes n'avaient pas voulu être en reste et, tête nue, regroupés devant leur local, ils saluaient un homme dont ils ne partageaient pas les idées mais dont ils appréciaient la générosité et l'esprit de tolérance.

Ainsi l'abbé Barral s'en alla-t-il pour son dernier voyage par les rues d'un village qui lui était cher. Il reposerait désormais auprès de ses paroissiens qu'il avait tant aimés. Il faisait un temps radieux, ce qui atténuait la peine des Mazarguais.

Le chagrin, l'émotion, comme tant d'autres prétextes, donnent soif et c'est à grand-peine que Gaston Gaudissart, Raoul Signoret et *Lou Roucaou* — tandis que Félicité partait « faire à manger pour ses petits » — trouvèrent une table libre dans l'estaminet qui faisait l'angle de la place de l'église avec la Grand-Rue. Nombre de Mazarguais avaient assisté à la cérémonie funèbre par devoir et ils s'étaient éclipsés vers l'établissement à peine celle-ci achevée, tandis que leurs épouses suivaient le cortège jusqu'au cimetière. Si bien qu'on n'avait jamais vu autant de monde à la fois « habillé en dimanche » dans la salle enfumée et bruyante du troquet, seul magasin du village à n'avoir pas tiré ses volets de bois, au grand reproche des dames bien-pensantes qui fulminaient contre ce lieu de perdition installé devant le portail de Saint-Roch.

Lou Roucaou lui-même avait donné pour l'occasion « un coup de pied à l'armoire à glace [1] », et noué autour de son cou de taureau une cravate noire qu'il n'avait plus arborée depuis son mariage. Son costume noir le serrait aux entournures. Il devait remonter lui aussi au temps où il convolait en justes noces avec Félicité. Il ne pouvait plus boutonner la veste sur son imposant bedon et n'avait pu enfiler le pantalon que grâce à l'industrieuse épouse. A grands coups de ciseaux, celle-ci avait pratiqué à l'arrière de la ceinture une ouverture dont les bords étaient maintenus à la taille requise par un système d'épingles de nourrice dissimulées par les basques de la veste. Le pêcheur tirait périodiquement sur un col cassé qui lui sciait la peau. Il espérait visiblement le moment où il pourrait remettre son costume de travail en velours sans lequel il n'était plus lui-même.

Gaudissart prit la direction de la commande.

— Que buvez-vous ? demanda-t-il à ses deux convives en faisant signe à la serveuse.

— Picon-citron, dit Raoul.

— Et vous, *Roucaou* ?

Le pêcheur n'avait pas d'avis.

— Vermouth, ça vous va ? demanda le pharmacien.

— Vouei.

— Deux vermouths Sube, rouge, commanda Gaudissart de sa voix de crécelle.

Ce choix fit sourire Raoul. Sube et Cie était une maison marseillaise sise boulevard Périer. Le pharmacien,

1. Expression du parler marseillais signifiant qu'on s'est mis en frais de toilette.

comme l'oncle Eugène, manifestait-il son patriotisme par l'usage exclusif de boissons locales ? Il avait l'air en tout cas d'apprécier les courbes somptueuses du fessier de la serveuse dont il suivit un instant le mouvement pendulaire d'un œil rêveur.

— Qui a dit : « Je hais le mouvement qui déplace les lignes » ? demanda-t-il, l'œil égrillard, au journaliste.

— Baudelaire, je crois.

— Il n'y connaissait rien, ce type.

Le pharmacien ponctua son verdict d'un grincement alternatif, qui n'était pas sans évoquer la stridulation de la cigale, pour indiquer à ses vis-à-vis qu'il était au comble de l'hilarité.

Lou Roucaou avait décroché de la conversation et déboutonnait son col cassé avec un soupir de satisfaction.

— Pauvre Barral ! soupira Gaudissart. Je l'aimais bien, ce bonhomme. Ne serait-ce que parce qu'il était méprisé par les gros bourgeois mazarguais qui lui reprochaient son « socialisme ». Tu parles d'un socialiste ! C'était un bon curé de campagne. Pas bien futé, mais généreux et charitable au bon sens du terme. Pas de cette charité qui consiste à se préoccuper ostensiblement du sort des plus pauvres en les humiliant, comme certains qui leur donnent leurs souliers troués ou leurs vêtements usés jusqu'à la corde en faisant en sorte que ça se sache. Non, Barral était réellement préoccupé du sort des exploités. Il y a trois ans de cela, il s'était mis à dos un ancien colonel installé à Mazargues, reconverti dans l'industrie, qui exploitait les ouvriers de ses tuileries — des Kabyles, importés d'Algérie pour contrer les *Babis*[1] qui commencent à s'organiser — en payant cinquante centimes des journées de quatorze heures. Le curé l'avait publiquement dénoncé comme profiteur. L'autre était allé trouver l'évêque et avait demandé que Barral fût muté dans une autre paroisse pour lui apprendre à se mêler de ses affaires. Au prétexte que l'usine n'était pas située sur le territoire mazarguais mais du côté de Saint-Henri. Donc, cela ne regardait pas le curé de Saint-Roch !

— Si j'ai bien compris la situation locale, dit Raoul Signoret, le curé Barral s'était mis à dos une partie des riches paroissiens, et c'est vers eux que se tourne de préférence le vicaire ?

— Vous raisonnez bien, répliqua Gaudissart. Vous ne serez pas étonné d'apprendre que Richaud est devenu un familier de l'industriel en question. Il est reçu régulièrement à Fontclaire, sa très belle propriété, traverse de la Seigneurie. Le vicaire y a table ouverte. Les deux hommes se sont connus dans les rangs des partisans du général Boulanger. Vous vous souvenez sans doute du résultat des législatives de mars 1888 où Boulanger avait eu la mauvaise idée de se présenter à Marseille ?

— Il avait récolté une piquette mémorable, administrée par Félix Pyat, répondit Raoul Signoret. 40 000 voix contre 1 071 ! La barbiche blonde du brav'général était repartie en berne !

Le journaliste marqua une légère pause, tandis qu'un voile de tristesse altérait sa physionomie.

— Je m'en souviens d'autant mieux que ce fut l'occasion pour un partisan de Boulanger, un certain Blaz

1. Surnom donné aux immigrés italiens (péjoratif).

de Villas, d'assassiner le malheureux Louis Pierotti, secrétaire de rédaction de notre journal.

— Quelle horreur, oui, dit Gaudissart à mi-voix.

Le pharmacien se souvenait parfaitement de ce fait divers atroce [1].

— Bref, reprit-il, depuis qu'ils ont fait de la politique ensemble, le baron et le vicaire ne se quittent plus. On dit même que le Richaud est devenu le directeur de conscience de la jeune épouse de l'ex-culotte de peau reconvertie dans l'argile cuite. On ne la voit guère en public, car son mari semble la tenir bouclée. Les mauvaises langues chuchotent que le vicaire est plus qu'un guide spirituel pour ladite jeune dame. Vous savez comment sont les gens, ajouta le pharmacien avec un éclair de malice dans l'œil. Il faut qu'ils salissent tout...

Tout en observant, par la fenêtre donnant sur la place de l'église, la foule qui continuait à s'écouler lentement de Saint-Roch, le journaliste se pencha par-dessus la table de bois ciré vers le pharmacien qui revenait à son obsession du moment :

— Savez-vous, monsieur Gaudissart, que depuis la mascarade du faux miracle plus personne à Mazargues n'a revu le vicaire Richaud ?

Raoul faillit ajouter « sauf moi ». Il préféra remettre à plus tard d'éventuelles révélations et récolter au contraire le maximum d'informations.

— Je pense, poursuivit-il, qu'il a dû se faire taper

---

1. Mécontent d'un article anti-boulangiste, Blaz de Villas, redoutable escrimeur, provoqua le journaliste du *Petit Provençal* en duel et le tua sans lui laisser la moindre chance. Le combat eut lieu dans la pinède du domaine du Roi-d'Espagne, proche de Mazargues. On a donné au boulevard qui y mène le nom de Louis-Pierotti.

sur les doigts par sa hiérarchie et être muté *fissa*. Il est grillé. On a dû le prier d'aller faire retraite dans un couvent, si possible perdu au fin fond d'une cambrousse.

— Oh, c'est plus grave que ça, précisa le pharmacien. Un pareil scandale public, ça vaut *suspens ad divinis*.

« Nous n'allons pas échapper à un cours de droit canon », songea Raoul.

— C'est-à-dire ?

— Le prêtre est suspendu de ses fonctions. Il ne peut plus dire la messe, ni administrer les sacrements. C'est la dernière marche avant le retour à l'état laïc. C'est ce qui a dû arriver à Richaud, voilà pourquoi on ne l'a plus revu. On lui interdit ainsi d'avoir des contacts avec ses anciennes ouailles.

— Quelle science ! admira Raoul. Je vous croyais athée militant.

— L'un n'empêche pas l'autre, mon cher, ricana Gaudissart. Quand on prétend combattre un adversaire, il faut tout savoir de lui.

Raoul saisit la perche tendue par le mot « savoir ».

— A propos, que saviez-vous de Richaud, avant l'affaire du miracle ?

— Ce que tout le monde racontait ici. Sauf ses partisans, naturellement. Que c'était un *pistachié,* comme on dit chez nous. Pas vrai, *Roucaou* ?

Le pêcheur acquiesça d'un mouvement de tête.

— On a prêté au vicaire plusieurs liaisons peu compatibles avec la dignité supposée de son sacerdoce, poursuivit le pharmacien. Au début, il avait pris une bonne qui n'avait pas l'âge canonique [1], au prétexte que c'était une orpheline, dont le père, veuf, avait trouvé la mort dans un accident du travail dans l'usine de chaux du chemin de Morgiou. Richaud s'était fait sonner les cloches. Il avait dû engager une servante plus conforme à l'usage. Celle-là avait soixante-quinze ans. La demoiselle, remerciée du jour au lendemain, s'était vengée en racontant avec force détails à quoi le vicaire lui proposait d'occuper ses soirées en sa compagnie. Qu'elle eût elle-même le feu au cul — elle a multiplié depuis les liaisons extra-conjugales et s'est mise en ménage avec un ouvrier de sparterie qu'elle cocufie à tour de reins — ne change rien à la question. Je vous l'ai dit : on prête à Richaud des relations extra-sacerdotales avec la jeune et riche épouse de l'ex-colonel reconverti dans les affaires. Mais là, personne ne tient la chandelle. Ça se passe derrière des hauts murs surmontés de tessons de bouteilles pour décourager les monte-en-l'air, que surveillent gardiens et chiens. On profite seulement des on-dit. La seule chose sûre étant que Richaud est — était ? — accueilli à Fontclaire et pas seulement à l'occasion du traditionnel déjeuner dominical. Barral, lui, n'avait jamais été convié à franchir les grilles.

— Et du côté de sa vie, comment dire... non sentimentale ? demanda Raoul Signoret. Qu'y a-t-il à retenir du bonhomme ?

— Vous l'avez vu à l'œuvre, répondit Gaudissart. C'est quelqu'un de cassant, d'autoritaire. Il a quelque chose de borné qui m'a toujours repoussé. C'est certainement un violent. Il se contient parfois difficilement.

1. Quarante ans minimum.

Je ne suis pas le seul à penser cela. Quand la nouvelle de l'assassinat du malheureux Barral s'est répandue dans Mazargues, on en a entendu plus d'un affirmer spontanément : « C'est le vicaire qui a fait le coup ! » Il faut se méfier de ce type de réaction, bien sûr, mais ça en dit long sur l'opinion qu'une bonne partie des Mazarguais avaient de lui. Il est devenu spontanément le suspect numéro un, pour...

Le pharmacien s'interrompit brusquement et, pointant l'index vers la place, marmonna : « Quand on parle du loup... »

— Mon cher monsieur Signoret, reprit-il à voix plus haute en désignant quelqu'un du doigt sur la place, je vous présente le grand ami de Richaud : le colonel-baron Frédéric-Joël Humbren d'Atay, ex-officier supérieur de l'armée française, reconverti dans la tuilerie. Noblesse d'Empire, naturellement. On est sabreur de père en fils depuis Napoléon chez les Humbren. Mais fier de sa branche comme si elle remontait aux croisades. Vous remarquerez l'étonnante obliquité de sa bouche, qui lui a valu le pittoresque surnom de baron de *la Tronche-en-Biais*.

Le journaliste aperçut un homme en redingote noire. Il sortait de Saint-Roch et compensait sa petite taille par le port orgueilleux d'une tête osseuse dont les angles étaient renforcés par une coupe de cheveux poivre et sel à la bressane[1], dégageant des oreilles « face à la route ». Sa mâchoire de carnassier appelait la jugulaire. Raoul lui donna la cinquantaine bien tassée. Une moustache de belle taille, en forme d'accent circonflexe, achevait de donner à la physionomie du

1. En brosse dure.

colonel-baron un air sévère. Sa bouche de travers le renforçait. Un monocle était vissé à son orbite gauche et il grimaçait en permanence. Ce qui ne faisait qu'aggraver son prognathisme naturel. Le baron semblait en état de perpétuelle indignation. Il jetait sur l'humanité souffrante un regard sans compassion et saluait uniquement, d'une brève et sèche inclinaison du buste, les gens « de son monde ».

— Voilà l'oiseau, poursuivit Gaudissart, dont la comparaison zoologique amena dans l'esprit du journaliste la vision d'un manchot de terre Adélie se déplaçant avec une ridicule componction.

Le colonel-baron Humbren d'Atay était venu seul assister aux obsèques d'un curé qu'il méprisait — mais obligé par son rang d'y paraître —, car aucune épouse n'était accrochée à son bras. En revanche, il était suivi comme un chef de bande à distance respectueuse par deux hommes endimanchés, que le pharmacien désignerait bientôt comme le garde-chasse et le cocher de Fontclaire.

Gaudissart, décidément une mine de renseignements, complétait le portrait de l'homme qu'il venait de désigner au journaliste.

— Humbren d'Atay était un adjoint de Gallieni et à ce titre l'un des artisans de la conquête de Madagascar. Vous savez sans doute avec quelle délicatesse le général a conduit sa campagne. Elle lui a valu d'être surnommé *l'Ouragan.* Il a annexé l'île Rouge à l'Empire colonial français, déposé la reine Ranavalo et l'a expédiée à la Réunion sans lui laisser le temps de faire ses adieux à son peuple.

— On dit qu'elle va venir à Marseille[1] avant d'être définitivement exilée à Alger, précisa le journaliste.

— Je l'ignorais, avoua le pharmacien. Quoi qu'il en soit, le baron de *la Tronche-en-Biais* a dû faire montre d'un zèle particulier dans la « pacification », comme ils disent, car, après cette campagne particulièrement brutale de Gallieni qui se prend pour un proconsul, Humbren d'Atay a fait l'objet d'une enquête parlementaire. Il se serait comporté comme un satrape avec ces pauvres Malgaches. Au point qu'il y a eu des plaintes. Elles ont provoqué l'envoi d'une commission d'enquête sur place. Au moment où il allait se faire saquer, le baron a eu la bonne idée de récolter une blessure assez grave pour lui valoir réforme. Car le bonhomme est de l'école des officiers qui chargent à la tête de leurs troupes. Il faut lui reconnaître ce courage : il n'a pas fait la guerre dans un bureau de l'état-major, lui. Cette blessure lui a, pour ainsi dire, sauvé la mise. La République, au lieu de le casser, lui a refilé la Légion d'honneur et la médaille militaire avec palmes pour « conduite héroïque au feu », avant de s'en débarrasser. L'honneur était sauf.

Le pharmacien s'interrompit un bref instant, le temps que son œil s'allume.

— Il y a une chose moins glorieuse, ajouta-t-il, c'est l'endroit de la blessure.

Gaudissart se pencha vers Raoul.

— En plein dans les bijoux de famille !

Il précisa à l'attention du pêcheur, lâché depuis longtemps :

— Les couillons, comme vous dites, mon cher *Rou-*

1. En février-mars 1899.

caou. Le baron n'en a plus. Le Dr Bourelly, qui le tient du médecin traitant d'Humbren d'Atay, me l'a confié sous le sceau du secret.

Il émit le crincrin lui tenant lieu de rire et ajouta en pouffant :

— C'est peut-être pour ça que le baron de *la Tronche-en-Biais* arbore cette tête de nœud !

— Avec un *curriculum* pareil, remarqua Raoul Signoret qui riait de bon cœur, pas étonnant qu'il traite ses ouvriers comme des indigènes. Comment s'est-il reconverti dans la tuile ?

— Par son mariage, répondit l'office d'information Gaudissart. Il a épousé la fille du fondateur de la tuilerie, Adolphe Mouraille. Elle doit avoir trente ans de moins que lui. On dit qu'elle a une petite santé et des tendances à la mélancolie. J'ai l'impression que personne n'en voulait et que le père a été fort aise de la caser au colonel-baron, qui était veuf. Mais, je vous l'ai dit, on ne la voit pratiquement jamais. Vous vous rendez compte ? Vivre enfermée — la prison serait-elle confortable — en tête à tête avec cette ganache ? C'est pas ça qui va hâter sa guérison, à la pauvrette !

Un coche arrivait, conduit par l'un des deux hommes que le journaliste avait aperçus, suivant le baron. Celui-ci y grimpa et lança un ordre bref. L'équipage prit en direction de la traverse de la Seigneurie. Le garde-chasse s'en retourna à pied au domaine.

Soûlé par l'intarissable Gaudissart, Raoul Signoret se demandait pourquoi il avait prêté une oreille si attentive à ce que le pharmacien racontait sur Frédéric-Joël Humbren d'Atay. Apparemment, le personnage n'avait rien à voir avec ce qui avait amené le reporter du *Petit*

Provençal à enquêter dans le microcosme mazarguais. L'ex-officier avait beau provoquer l'antipathie au premier regard, Raoul n'était pas pour autant prêt à le voir en assassin du curé Barral !

Pourtant, quelque chose lui disait que ce hobereau plein de morgue avait son rôle à jouer dans cette tragédie. Lequel ? Il aurait été incapable de le dire. Mais une intuition, comme ça, sans fondement rationnel, le taraudait.

Ce sont parfois de telles idées qui vous conduisent inconsciemment sur le chemin de la vérité...

12

Où l'enquête diligentée par la Sûreté marseillaise permet de reconstituer l'itinéraire chaotique d'un prêtre singulier.

Le commissaire principal Eugène Baruteau avait beau être la terreur de tous les hors-la-loi que comptait la ville, il ne se comportait pas autrement, face à une enfant de six mois déjà sûre de son charme, que n'importe quel grand-père, fût-il intérimaire. Car Adèle Signoret n'était pour l'état-civil que sa petite-nièce, puisque fille légitime et première-née de son cher neveu Raoul, chroniqueur judiciaire et reporter tout terrain au *Petit Provençal*. On veut dire par là que le redoutable policier, dont un froncement de sourcils donnait des angoisses au criminel le plus endurci, était littéralement gâteux devant ce bébé. Présentement, il se tenait à quatre pattes sur le tapis du salon, dans l'appartement que Cécile et Raoul occupaient place de Lenche, et, les fesses plus hautes que la tête, il chantait d'une voix de fausset *« Ainsi font, font, font... »*. Le bras droit à hauteur du visage du bébé, le commissaire mimait de sa grosse pogne maladroite, qui avait flanqué plus d'une taloche à un suspect récalcitrant, l'improbable chorégraphie de marionnettes faisant *trois p'tits tours* avant de s'en aller. Adèle, assise dans son parc, riait de toute son absence de dents, mais semblait plus intéressée à vouloir saisir dans ses menottes les grosses moustaches noires du policier pour tirer dessus que préoccupée par le sort desdites marionnettes. Cécile, sa jeune mère, attendrie, contemplait la scène un sourire aux lèvres, tandis que Raoul, qui venait d'entrer dans l'appartement, s'avançait à pas de loup avec l'espoir de parvenir — sans être repéré — à enfourcher le dos de son oncle, afin de changer de répertoire et entonner un autre succès inusable. Celui-là évoquait un bidet souffrant d'aérocolie et décrivait les déplorables conséquences de cette affection sur l'élégance de son trot.

Le jeune père n'eut pas le temps de mettre son projet à exécution. Baruteau, par un réflexe policier sans doute, ayant senti une présence dans son dos s'était retourné brusquement, le visage congestionné, non par quelque scrupule d'être surpris dans une attitude si peu compatible avec la dignité de sa fonction, mais à cause de sa position qui ne facilitait pas la circulation sanguine chez un homme de forte corpulence souffrant d'emphysème.

— Quel dommage que les bandes de Saint-Mauront et de Saint-Jean [1] n'aient pas pu assister au spectacle ! s'écria le neveu. Elles auraient été ravies de voir la terreur de l'Evêché retomber en enfance !

Le commissaire se releva le souffle court et répliqua :

1. Deux quartiers de Marseille où des bandes antagonistes s'affrontaient fréquemment, à l'époque, dans des rixes sanglantes pour établir leur contrôle sur la prostitution et les trafics.

— Tu l'ignores sans doute, mon Raoul, mais chaque fois que j'interroge un de leurs membres, je commence toujours par lui chanter *« Ainsi font, font, font... »*. Les consignes du préfet de police sont très strictes à ce sujet. C'est ça la police moderne, qu'est-ce que tu crois ?

Pour ne pas être en reste, Raoul entra dans le jeu.

— Je croyais que les paroles étaient *« Ainsi gnons, gnons, gnons... »*

— Ceux qui colportent ces horreurs, assura Baruteau, ne cherchent qu'à salir notre image, je t'assure.

Le policier avait pris Raoul Signoret dans ses bras pour l'embrasser paternellement. Adèle, le museau levé, semblait déçue de voir les moustaches convoitées s'éloigner. Mais apercevoir son papa lui rendit le sourire. Sans même avoir ôté sa veste, Raoul avait à son tour plongé sur le tapis et modulait des *gouzis-gouzis !* aussi bêtifiants que ceux dont il se moquait à l'instant.

Baruteau, avec un clin d'œil à sa nièce, se contenta de commenter :

— Ça lui prend plus tôt que moi. Et il n'a pas l'excuse de l'âge, lui.

Cette réunion familiale faisait partie des rites. Chaque fois que tante *Thérésou* abandonnait son commissaire de mari pour aller passer quelques jours auprès de sa sœur, à Bandol, le policier, prétextant son « veuvage », se faisait inviter par ses neveu et nièce puisque la place de Lenche, voisine de l'Evêché, était sur le chemin de la maison.

C'était le cas ce soir-là, d'autant plus que le policier savait pouvoir passionner son neveu avec ce qu'il avait à lui dire à propos de l'enquête concernant l'ex-vicaire Charles Richaud.

Cécile avait récupéré sa fille saine et sauve et s'employait à la gaver de bouillie avant de l'expédier au lit dans la petite chambre contiguë. L'oncle et le neveu en profitèrent pour sacrifier au rite de l'apéritif.

Puis, Cécile revenue, devant un potage de légumes dans lequel le policier — en l'absence de *Thérésou* qui lui faisait la chasse — adorait tremper de larges soupes [1] de pain rassis au point d'obtenir une bouillie pâteuse où la cuillère tenait droit et qu'il engloutissait avec un air d'extase, Eugène Baruteau attaqua :

— Tu sais qu'il n'y a pas eu moyen jusqu'ici de mettre la main sur ton Richaud ? A croire qu'il s'est envolé. Il est vrai, ajouta-t-il avec un clin d'œil à Cécile, que nous avons affaire à un spécialiste du miracle.

— Vous l'avez bien cherché ? le taquina Raoul.

— Jusques et y compris dans les lieux de débauche que tu fréquentes habituellement. Ton ami Corrado Migliacci, alias *Coco*, m'a juré qu'il n'avait pas revu son débiteur.

— Coco ?

— C'est le gentleman qui s'est offusqué l'autre soir de voir entrer dans un tripot un type qui avouait n'avoir jamais vu de sa vie une quinte flush [2] : toi, Raoul Signoret, et qui t'a viré. Une ordure, Coco, comme les autres de son espèce. Mais il n'oserait pas me bluffer.

---

1. Rappelons qu'à l'origine le mot soupe désigne le pain que l'on trempe et non le potage lui-même. D'où l'expression « trempé comme une soupe ».

2. Au poker, cinq cartes consécutives d'une même couleur.

Il sait trop qu'il doit à ma mansuétude naturelle de pouvoir poursuivre ses petits trafics.

— Autrement dit, c'est un indic.

— Faut-il te rappeler, neveu borné, qu'on ne fait pas de bonne police sans de bons indics ? Quoi qu'il en soit, si Coco savait où se terre Richaud, il s'empresserait de me le faire savoir. D'autant plus vite qu'il a un intérêt personnel à remettre la main sur un type qui lui doit des milliers de francs-or, si j'ai bien suivi.

— Vous en savez un peu plus sur lui ?

— Sur Coco ? Je sais tout.

— Mais non, mon oncle, ne me faites pas passer pour plus bête que je ne suis : sur Charles Richaud, ci-devant vicaire de Mazargues.

Baruteau avala une pleine cuillère à soupe de son potage-mortier et expliqua :

— A ma demande, nos collègues de Digne ont enquêté auprès de l'évêché de Gap. Pour faire court et élégant, je dirai que, pour un curé, Richaud a un *curriculum* chargé comme un mur de pissotière publique. C'est un fils de paysans gavots[1] qui se sont saignés aux quatre veines pour « donner de l'instruction » à leur seul rejeton mâle — les trois autres enfants sont des filles —, qui pour les remercier s'est fait chasser du petit séminaire. Une sombre affaire de vol, semblerait-il. Je n'ai pas de détails. Ce n'est que sur promesse d'une meilleure conduite et sur les supplications des parents, appuyés par le curé de Beauvezer, que Richaud, après une mise à l'épreuve, a été admis au grand séminaire de Marseille.

— Beauvezer ? interrogea Raoul.

1. Surnom des Bas-Alpins.

— C'est un patelin au-dessus de Saint-André-les-Alpes, dans la haute vallée du Verdon, où vit la famille de Richaud. Pourquoi ?

— Cette coïncidence n'est pas banale, répondit Raoul, songeur.

— Parle clairement, ordonna Eugène Baruteau, après avoir torché avec soin son assiette à soupe et l'avoir retournée pour accueillir le fromage annoncé par Cécile.

— Avez-vous entendu parler du curé Gaufridy ? interrogea Raoul.

— Non, avoua le policier. Encore un champion de trente-et-quarante ?

— Je n'en sais rien, dit le journaliste, car j'étais un peu jeune à l'époque. Cela se passait sous Henri IV. Gaufridy avait été nommé directeur de conscience de l'héritière d'une riche famille marseillaise : Magdeleine de Demandolx de La Palud, quinze ans. La donzelle, qui était sans doute un peu hystérique, s'éprit de son rustique curé. Les deux amants se firent pincer et Magdeleine accusa son séducteur de l'avoir envoûtée en la faisant participer à des sabbats organisés à la Grotte-Rolland, auxquels tous deux se rendaient par la voie des airs, à cheval sur des balais de sorcières. Elle affirmait être possédée du démon par le truchement de la semence de Gaufridy, son succube.

— Qu'est-ce que tu me racontes là ? pouffa le policier.

— Une histoire à laquelle les autorités ecclésiastiques de ce temps firent suffisamment semblant de croire pour envoyer le pauvre Gaufridy sur le bûcher, après l'avoir torturé abominablement[1]. L'Eglise était débarrassée de l'encombrant curé et l'honneur des Demandolx était sauf.

— Quelle science ! s'extasia Baruteau. Mais pourquoi me parles-tu de ça ?

— A cause d'un détail qui me revient. Louis Gaufridy, curé de l'église des Accoules, à l'ombre du clocher de laquelle vous dégustez votre tomme de chèvre, était natif de Beauvezer !

— Ça alors ! plaisanta le policier, c'est peut-être une spécialité de ce village d'expédier vers Marseille ses curés-*pistachiés*. Car pour en revenir à Richaud, il a été d'abord nommé vicaire de la collégiale Saint-Laurent à Salon-de-Provence, où, au début, il s'est signalé par une ferveur exaltée qui lui a permis de capter la confiance d'un certain nombre de dames pieuses, séduites par son dévouement et peut-être aussi par son physique. Mais la lune de miel fut de courte durée. Un beau jour, le vicaire de Saint-Laurent dut quitter brusquement la paroisse. En dépit de la discrétion légendaire des enquêtes ecclésiastiques, les braves dames qui avaient imprudemment confié leurs économies à Richaud au profit de l'œuvre du Rosaire, appelée Confrérie des Enfants de Marie, apprirent avec stupeur que leur argent avait servi aux prodigalités du vicaire qu'on avait aperçu dans des lieux de débauche et que, non content de détourner l'obole de ses paroissiennes, le prêtre indélicat n'avait pas craint de voler son propre curé, puis tenté par deux fois de mettre le

1. Louis Gaufridy, après avoir été promené dans les rues d'Aix en chemise, pieds nus, une corde au cou et un flambeau ardent à la main, subit une « ordination à l'envers » qui consistait à racler jusqu'à l'os la peau des mains qui avait reçu le saint chrême lors de l'ordination.

feu au presbytère dans l'espoir de toucher les primes d'assurance.

— Et c'est ce délicieux jeune homme qu'on a expédié à Mazargues ? s'étonna Raoul.

— Pas tout de suite, quand même, précisa Baruteau. Ses supérieurs ont comme on dit « rendu à la vie laïque » le porteur d'un dossier qui s'alourdissait, prétextant à juste titre qu'il n'avait pas la vocation. Mais je ne sais pour quelle raison obscure, ils ont un peu trop tôt pratiqué le « pardon des péchés », réintégrant Richaud. Car nous y voilà : il y a sept ans, on l'a expédié à Mazargues, vicaire de l'estimable Barral.

— Peut-être ont-ils pensé que l'influence de l'aîné amènerait la brebis galeuse à revoir ses leçons de morale du catéchisme ? suggéra Raoul.

— Dans ce cas, c'est raté, dit le policier. Cette indulgence apparaît aujourd'hui bien coupable. Il aurait fallu virer Richaud sans billet de retour.

— C'est-à-dire ?

— Si j'en crois les premiers rapports de mes inspecteurs, ça a repris de plus belle, ici. L'affaire du faux miracle n'est que la partie émergée de la vie cachée de Charles Richaud. A Mazargues, comme à Salon, il a commencé à conquérir les âmes pieuses par ses sermons pleins de ferveur religieuse et puis il a poursuivi en les essorant. Une riche paroissienne lui a confié toutes ses économies, la supérieure d'un couvent l'a chargé de distribuer entre diverses œuvres charitables quelque seize mille francs et il a tout gardé pour lui. Ou plutôt, il a tout gaspillé. Possédé par le démon du jeu, Richaud joue comme un pied et perd tout ce qu'il veut.

— Eh bien ! dites-moi, soupira Raoul Signoret, comment on les fait, les curés, de nos jours !

— Pas tous, mon neveu, pas tous, heureusement, tempéra Baruteau.

— Et dire, poursuivit Raoul songeur, que le dimanche, après le salut, le vicaire faisait des conférences aux villageoises leur rappelant leurs devoirs d'épouses et de mères. Et puis le soir, à la nuit tombée, il jetait sa soutane aux orties, endossait un complet, coiffait un chapeau mou et, cigarette aux lèvres, s'en allait en fiacre passer la nuit dans des bouges à claquer les économies de ses paroissiennes. Deux heures après avoir enseigné leurs prières du soir aux petits enfants.

— Eh oui, soupira Baruteau. Mais ça coûte cher la grande vie, que veux-tu ! Quand on a mis le doigt, on y passe le bras.

— C'est sans doute ce qui aura poussé Richaud à puiser dans les économies de son « patron », suggéra Raoul.

— Pour l'instant, nous ne savons pas si c'est lui qui a soulagé Barral de ses cinq mille francs. Mais mon collègue commissaire de Mazargues nous a dit que, deux jours avant sa mort, le curé est venu signaler le vol. Son armoire à linge avait été forcée. Pasquali, ledit commissaire, l'a pressé de lui faire part de ses soupçons, mais le brave curé a refusé de porter plainte, ce qui prouve qu'il savait d'où venait le coup. Il s'est contenté de dire : « Je connais le voleur, mais je ne veux pas le dénoncer. Je lui dirai moi-même ce que je pense de sa conduite. » C'est dans le procès-verbal. Et tu sais dans quelles conditions l'abbé Barral a fini.

— Vous y venez enfin, mon oncle, remarqua Raoul.

Je vous l'avais dit que ça ne pouvait être que cette fripouille ensoutanée.

— Tu me l'avais dit, rectifia Baruteau, à un moment où tu ne pouvais pas encore prouver que Richaud était le coupable. C'est ça que je ne voulais pas avaler tout de suite. Il me fallait des indices, des témoignages.

— Et vous les avez ?

Cécile apporta sur la table une douzaine de bananes débarquées la veille sur les quais de la Joliette, venant de Côte-d'Ivoire. Le neveu et l'oncle en prirent chacun une, commencèrent à les éplucher et reprirent leur conversation.

— On a un peu cuisiné la brave Marguerite Chabert, la « veuve » de Barral, comme disent les mauvaises langues. La servante nous a dit des choses intéressantes qui apportent de l'eau à ton moulin. Ce jour-là, elle avait eu comme elle dit « les fièvres ». Barral l'avait renvoyée chez elle en lui ordonnant de se reposer et de ne revenir que lorsqu'elle serait remise. Mais tu connais les vieux serviteurs. Elle était inquiète à l'idée que son curé ne sache pas s'y prendre pour faire réchauffer son repas du soir. Se sentant un peu mieux, elle est retournée à la cure en fin de soirée. Elle n'y entrait pas par le jardin, mais par la porte arrière du presbytère, qui ouvre sur la rue du Lavoir et donne directement dans la maison, dont elle a la clé. Marguerite Chabert a trouvé l'appartement au premier étage, vide. L'abbé Barral, laissant sur sa table mouchoir et tabatière à côté d'un livre qu'il parcourait, était sorti tête nue et sans sa douillette, ce qui prouve qu'il n'avait pas l'intention d'aller loin. La pauvre femme, qui ne s'est pas remise de la découverte du corps martyrisé de son curé, a fini par nous confier qu'elle avait aperçu depuis la fenêtre qui donne sur le jardin, au moment où, le repas du soir de Barral mis à réchauffer sur le poêle, elle s'apprêtait à retourner chez elle, le curé en compagnie du vicaire, qui marchaient de long en large près de la resserre de bûches, alors que la nuit venait. Ils avaient l'air de discuter assez violemment. « On aurait dit qu'ils s'engueulaient », a dit exactement Marguerite. Le curé dont la patience était à bout demandait probablement des comptes à son adjoint. Peut-être l'a-t-il même menacé de tout déballer, à la fois à leur hiérarchie et à la police, puisqu'il avait déjà fait la démarche de déposer en main courante [1]. L'autre se sera affolé et, sachant quel dossier pesait déjà sur lui, il aura décidé de supprimer à la fois un témoin et un accusateur. Une voisine, la veuve Pinelli, s'est souvenue un peu tardivement avoir entendu des cris, ce soir-là. C'était sans doute le pauvre Barral qui appelait au secours tandis que Richaud lui fracassait la tête à coups de bûches avant de le noyer.

— Ça me paraît évident, dit Raoul. On a la victime et les témoins. Il ne manque plus que le coupable. Ça serait intéressant de lui mettre la main dessus, à cette ordure, ajouta-t-il inutilement, un peu perturbé par ces révélations étonnantes.

— Quel raisonnement imparable ! le chambra le commissaire. Tu sais que tu ferais un bon flic, toi ? Si tu as la nouvelle adresse de Richaud, surtout ne manque pas de me la faire savoir !

— Arrêtez de vous payer ma tête, mon oncle ! Un

1. La main courante recueille le simple récit d'un événement, sans dépôt de plainte.

peu de charité chrétienne, que diable ! plaisanta le jeune homme.

Après avoir refusé le café que lui proposait Cécile, Eugène Baruteau prit congé de ses hôtes, non sans avoir lancé à son neveu une nouvelle pique :

— Tu pourrais peut-être essayer de savoir où se planque le vicaire auprès de Coco Migliacci. Mais auparavant apprends au moins à jouer à la belote, tu te feras moins remarquer !

La porte palière claqua sur un éclat de rire homérique.

13

Où l'on apprend une stupéfiante nouvelle : un homme privé des moyens ordinaires de la procréation vient pourtant d'être père !

— Signoret, il y a quelqu'un qui vous demande en bas, dans le hall.

Auguste Escarguel, préposé à la rubrique « Faits et Méfaits » du *Petit Provençal,* avait une fois de plus gagné la course à qui décrocherait le téléphone le premier et, tout en contemplant, émerveillé, le pavillon d'ébonite noire d'où lui parvenait en direct la rumeur du monde, il se faisait un plaisir de prévenir son jeune confrère de l'arrivée impromptue d'un visiteur le réclamant, tel que venait de le lui annoncer le planton du rez-de-chaussée.

— Il a donné son nom ?

— Je ne pense pas. Mostacchi me l'aurait dit. Il paraît que c'est urgent et confidentiel.

Raoul Signoret ne paraissait pas ravi. Il regarda machinalement sa montre de gousset et se demanda ce que signifiait cette irruption dans la quiétude d'un début d'après-midi, à l'heure creuse où la vie d'un journal semble encore en veilleuse avant le coup de feu qui, vers 17 heures, donne le départ de la course à l'édition du lendemain. Ces visites imprévues étaient en général le fait d'importuns vous faisant perdre votre temps à parler de « choses très importantes », qui, en général, n'intéressaient qu'eux-mêmes. Raoul descendit à la rencontre du visiteur. Il serait plus facile à éconduire depuis le hall du journal, donnant sur la rue de la Darse, que dans la salle de rédaction située au deuxième étage de l'immeuble abritant le siège du *Petit Provençal,* au numéro 75.

Quand il arriva au rez-de-chaussée le reporter eut la surprise d'y trouver Gaston Gaudissart, le bon vieux Gégé, le pharmacien de Mazargues, excité comme une puce. Il avait son canotier à la main, dont il s'éventait de temps à autre bien que la température ne l'exigeât point, et à l'arrivée du journaliste il s'écria de sa voix haut perchée :

— Ah ! Vous êtes là !

— Ça vaut mieux pour vous, plaisanta Raoul. Vous n'aurez pas fait le voyage pour rien.

Qu'était-il advenu de si important dans l'ombre du clocher de Saint-Roch pour que le potard bavard ait entrepris cette expédition depuis son lointain village, sans être certain de trouver l'oiseau au nid ? Raoul n'allait pas tarder à le savoir, mais avant que le pharmacien ne se soit lancé dans une de ses interminables explications, il le prit par le bras et, tout en le conduisant vers la sortie, il lui glissa :

— Je suis sûr que ce que vous avez à me dire exige une certaine confidentialité. Ce que nous n'obtiendrons jamais dans une salle de rédaction. Accompagnez-moi plutôt au café Puget. Les joueurs de billard nous laisseront sans doute un petit coin tranquille pour causer à notre aise.

L'établissement était à un jet de pierre du journal, au cœur d'un quartier plein de bruit et de fureur où se côtoyaient bouquetières, omnibus, grisettes, galantins, garçons de course et cochers. Il montrait sa modeste devanture qu'avaient fréquenté jadis bien des esprits ardents et des tribuns en vareuse, lorsque le café Puget, alors dirigé par le sieur de Bittencourt, sosie de Toussaint Louverture dont il partageait la couleur de peau, était devenu un café politique où la démocratie ouvrière refaisait chaque soir un monde qui en avait bien besoin.

Le temps des débats et des meetings était révolu, mais le café Puget possédait au premier étage une académie de billard très renommée. Le gros des consommateurs appartenait à la classe des portefaix, aux voix de stentors et aux robustes épaules, qui semblaient avoir troqué leur ancienne ardeur politique contre la passion du jeu de dominos, comme en témoignait le marbre des tables égratigné par les petits rectangles d'os que les joueurs faisaient claquer entre deux gorgées de bière ou de café.

L'établissement, en raison de la spécificité de sa clientèle à laquelle se joignaient volontiers les journalistes des quotidiens proches, avait obtenu de la préfecture la rare autorisation d'ouvrir ses portes à 4 heures du matin, ce qui lui valait d'offrir à ses clients tôt levés (ou tard couchés) les journaux du jour à peine tombés des rotatives, dont le papier exhalait l'odeur enivrante de l'encre fraîche. C'est dire qu'au milieu de l'après-midi, quand Raoul Signoret et Gaston Gaudissart pénétrèrent dans le café Puget, on y fumait déjà depuis onze heures de rang, ce qui ne manqua pas d'agresser les bronches délicates du pharmacien, habitué à la pureté de cet air mazarguais dont Mme de Grignan chantait les vertus à sa mère, Mme de Sévigné.

Le journaliste dirigea son invité vers un coin retiré de la salle où ils seraient tranquilles pour parler sans craindre les oreilles indiscrètes. Le brouhaha ambiant créait une sorte de halo sonore protecteur des conversations privées.

Raoul Signoret et le pharmacien s'affalèrent sur une banquette de moleskine et, tandis que le garçon attentif prenait les commandes — deux cafés dont un léger pour Gaudissart —, ils commencèrent par des banalités en attendant d'être seuls.

— On ne vous voit plus à Mazargues, déplora le pharmacien. Il fallait donc que, tel Lagardère, je vinsse à vous, puisque vous ne veniez plus à moi.

— A vrai dire, répondit Raoul Signoret, sachant flatter son vis-à-vis, à part le plaisir de votre conversation, l'enquête ronronne un peu sur le plan de l'intérêt journalistique et je ne peux exiger de mon rédacteur en chef qu'il me paie pour passer une journée à la campagne, si je ne ramène pas de quoi remplir les colonnes du lendemain.

Gaudissart eut un clin d'œil ravi.

— Eh bien, cher ami, je crois vous apporter de quoi remplir une page à vous tout seul !

— Vous me faites bouillir. Accouchez donc, je vous prie.

Après avoir avalé une gorgée de café, s'être raclé le

gosier comme l'orateur qui s'apprête à monter à la tribune, pris un air de conspirateur et regardé à droite et à gauche si aucun espion ne se tenait à proximité, le pharmacien se pencha par-dessus la table de marbre vers Raoul et dit en roulant des yeux tragiques :

— Mon cher, nous étions enceinte, tout le monde ignorait l'incroyable nouvelle et nous venons d'accoucher !

— Diable ! dit Raoul taquin. C'est un message codé ?

Gaudissart secoua la tête négativement.

— C'est une fille. Prénommée Louise. Trois kilos deux cents.

Le pharmacien avait l'air légèrement stupide du stigmatisé en extase. Raoul, stupéfait, se demandait sérieusement si Gégé avait toute sa tête. Car traverser une grande partie du territoire communal pour venir tenir ces propos sibyllins en plein après-midi, quand on est propriétaire d'une officine pharmaceutique, témoigne soit qu'on a brusquement perdu la tête à la suite d'un choc physique ou affectif brutal, soit qu'on a abusé de boissons alcoolisées au banquet du syndicat des pharmaciens des Bouches-du-Rhône, soit, enfin, qu'on a ingéré par mégarde une de ces innombrables substances stupéfiantes dont votre laboratoire regorge et qui entrent dans la composition des pommades, onguents, sirops, calmants que vous fabriquez à l'attention de vos clients.

— Pourriez-vous me dire...

Gaudissart coupa la question par un rire saccadé.

— Vous me dites : « Accouchez donc, je vous

prie », et moi je vous annonce illico une naissance. C'est drôle, non ?

— En effet, mais...

— Et vous ne me demandez pas qui est né ?

— J'allais le faire.

Le pharmacien se pencha encore plus. Raoul craignit un instant que « son nez trempât dans sa tasse », tel celui de *Cyrano de Bergerac* du Marseillais Edmond Rostand, créé l'année précédente avec un immense succès qui avait rempli de fierté sa ville natale. Gaudissart saisit dans sa main osseuse l'avant-bras de Raoul et dit dans un souffle :

— Tenez-vous bien : la baronne Humbren d'Atay vient d'avoir une fille ! Par conséquent, le baron aussi !

Sur l'instant, troublé par le manège de son interlocuteur, le journaliste ne réalisa pas le caractère étonnant de la nouvelle.

— Et alors ?

— Et alors ! ? s'étrangla le pharmacien. Faut-il vous rappeler que l'époux de la baronne, ci-devant Mouraille, le colonel-baron Humbren d'Atay, est privé des moyens ordinaires donnés à l'homme par le Créateur en vue de la procréation ? Autrement dit qu'il n'a plus de roubignoles depuis qu'une balle malgache les a emportées ?

— Sapristi ! dit sobrement Raoul.

Gaudissart était ravi de son effet :

— Ça vous la coupe, hein ? Euh, pardon, excusez-moi je ne sais plus ce que je dis. L'émotion sans doute. C'est au baron que ça l'a coupée.

Il avait saisi l'autre bras du journaliste et devenait familier :

— Eh oui, mon petit vieux ! Réveillez-vous. Pour devenir père, Humbren d'Atay a forcément eu recours à de la main-d'œuvre étrangère. La nouvelle valait le voyage, non ?

— En effet, répondit Raoul, et je vous remercie de l'avoir entrepris pour moi. Un autre café ?

— Dans l'état où je suis, dit Gaudissart, croyez-vous que ce soit bien raisonnable ?

— Bah, vous vous concocterez une tisane renforcée, ce soir.

— Léger, alors.

Le journaliste fit signe au garçon, les deux doigts en V, de renouveler les consommations.

— Mais dites-moi, cher monsieur Gaudissart, d'où tenez-vous la nouvelle ?

Le potard se rengorgea :

— Vous savez, cher ami, nous autres, pharmaciens, sommes un peu comme des confesseurs laïques. On vient dans notre officine parler de choses si intimes qu'on est en totale confiance. Je n'ai nul besoin de questionner, on m'apporte toutes chaudes les dernières nouvelles.

— Savez-vous comment le baron de *la Tronche-en-Biais* prend la chose ? questionna Raoul. S'il est — comment dire ? — « complice de l'affaire », sachant qu'il avait besoin d'un coup de main pour avoir un héritier, ou bien au contraire s'il a appris fortuitement la nouvelle et en fait une tragédie ?

— Ça ! dit Gaudissart, mon savoir ne va pas jusque-là. Vous pensez bien que le baron n'est pas homme à informer la tourbe scélérate de ses états d'âme. S'il a appris fortuitement la nouvelle, comme vous dites, ce n'est pas avant-hier, jour de la naissance de Louise, mais quelque temps auparavant. Je vous rappelle que la gestation, chez les mammifères supérieurs, dure un certain nombre de mois au cours desquels la silhouette de la femelle subit une modification visible à l'œil nu. Notamment un ventre en proue de caravelle qui ne cesse de prendre de l'ampleur et ne laisse que peu de doute sur son état. Donc, le baron savait. C'est à mon avis pourquoi il nous cachait son épouse dont — j'ai fait le compte — la dernière apparition publique remonterait au mois d'octobre dernier. Nous sommes début mai... Je ne vous fais pas un dessin.

— Inutile, dit Raoul.

— Quant à savoir si la nouvelle remplit de joie le baron, reprit Gaudissart, je n'en sais rien. Mais ça m'étonnerait, étant donné qu'Humbren d'Atay a voulu la cacher au maximum. S'il n'était pas survenu un incident comme il s'en produit tant, c'est à dire une naissance prématurée, sans doute n'aurions-nous jamais rien su. Le baron avait les moyens d'expédier son épouse vers un établissement aussi discret que luxueux, d'attendre qu'elle ait mis son enfant au monde et de la récupérer quand elle aurait retrouvé cette silhouette de limande qui la caractérise. Quant au bébé, les nourrices ne sont pas faites pour les chiens.

— En effet, dit Raoul, songeur. Vous dites que la baronne a pris tout le monde de vitesse ?

— Sans doute, répondit le pharmacien. Ça s'est passé, comme souvent, en pleine nuit et le baron s'est affolé. Il a fait prévenir le Dr Bourelly, dont il n'est pas habituellement le patient parce qu'il doit le considérer comme un médecin de campagne indigne de lui, qui ne fréquente que des professeurs de médecine, et ce dernier, qui n'était pas bien sûr de son fait, a fait venir Angèle Donnadieu, la sage-femme, qui en a vu d'autres. Ils ont mené la délivrance à bien, mais évidemment ça faisait déjà avec le cocher, qui est allé réveiller le docteur, au moins trois personnes au courant. Pour l'incognito, il faudrait repasser.

— Le « téléphone arabe », comme dirait Humbren d'Atay, a porté la nouvelle jusque dans votre officine, conclut Raoul.

— Exactement. Mais je n'ai rien demandé. On m'a tout porté à domicile.

— Je vous crois sur parole, sourit le journaliste.

Gaudissart n'insista pas.

— Résumons-nous, dit Raoul Signoret. Voilà un homme privé de ses facultés procréatrices qui devient père comme vous et moi.

— Oh, moi, précisa Gaudissart, j'aime trop les enfants pour leur infliger un père tel que moi.

« Tiens, songea Raoul Signoret, au fond, y a-t-il — ou y a-t-il eu ? — une Mme Gaudissart ? Veuf ou célibataire, le potard ? » Le journaliste ne s'était jamais posé la question et jugea le moment inopportun pour le faire. Mais le soupir du pharmacien à propos des enfants valait qu'on y revienne à l'occasion. En attendant, il ne voulait considérer son vis-à-vis que comme un informateur d'élite.

— Le baron de *la Tronche-en-Biais* est placé devant une alternative, comme vous le suggériez au début de cette conversation, reprit le reporter. Ou bien il a demandé de l'aide en espérant que la chose resterait secrète... ou bien la baronne l'a fait cocu. Dans les deux cas, il y a forcément un deuxième homme. Un complice ou un traître, c'est selon. Vous n'avez pas une idée ?

Gaudissart fit une moue dépitée.

— Non. Tout ce dont je suis sûr, c'est que ce n'est pas moi ! Ce n'est plus de mon âge.

Le pharmacien émit son crissement habituel pour souligner son astuce.

Tandis qu'il contemplait son vis-à-vis occupé à recueillir du bout de sa petite cuillère un reliquat de sucre fondu qui s'accrochait au fond de la tasse, Raoul Signoret fut frappé par une idée subite qu'il tenta en vain de repousser sur l'instant, mais qui s'incrusta dans sa tête avec obstination. Etait-ce l'évocation, la veille, en compagnie de son oncle, du destin de l'infortuné Louis Gaufridy, le curé des Accoules accusé par Magdeleine de Demandolx dont il avait charge d'âme de l'avoir possédée avec l'aide du démon, qui fit surgir par comparaison dans son esprit l'image de Charles Richaud, le vicaire dévoyé de Mazargues ? Toujours est-il que, presque malgré lui, l'idée que ce prêtre sans scrupules n'ait pas été étranger à l'événement inouï advenu derrière les hauts murs de Fontclaire s'imposa.

Et si le fournisseur de semence, appelons-le ainsi, n'était autre que l'abbé Charles Richaud ? N'était-il pas, lui aussi, à l'égal de Gaufridy, le directeur de conscience de la jeune baronne ? Ne venait-il pas, comme le curé des Accoules à Fontobscure, la propriété des Demandolx, pour de longs tête-à-tête avec une personne fragile psychologiquement ? L'opinion mazarguaise n'insinuait-elle pas que les relations entre Agathe Humbren d'Atay et le vicaire allaient plus loin que celles qui s'instaurent généralement entre une « personne du sexe » et un prêtre ? Richaud n'était-il pas un invité permanent à Fontclaire ? La baronne, affectée de mélancolie chronique, disait-on, ne faisait-elle pas souvent appel à la présence réconfortante de ce prêtre beau parleur (et bel homme) ? Le baron, fréquemment occupé à ses affaires de tuileries qui l'amenaient à voyager dans l'Europe entière pour couvrir les toits du monde avec l'argile de Saint-Henri, ne laissait-il pas longuement le champ libre à l'épanouissement d'une relation amoureuse entre un prédateur ensoutané et une âme délaissée qui ne demandait qu'un peu de sollicitude et d'intérêt ?

— Eh bien, mon jeune ami, vous voilà bien songeur, tout d'un coup !

L'interjection de Gaudissart tira le journaliste de sa rêverie.

— Il faut dire que cette révélation m'a abasourdi.

— Je vous l'avais dit, triompha Gaudissart. Ça valait le voyage ! A voir votre tête, je ne le regrette pas.

— Merci de tout cœur, dit Raoul Signoret. J'en ferai bon usage.

— Ah, oui ? s'étonna le pharmacien, et comment ?

— Je me comprends, répliqua le reporter. Je voulais dire qu'une enquête s'enrichit de mille informations qui, en apparence, semblent n'avoir aucun lien et qui, un beau jour, forment la pelote dont il suffit de tirer le fil avec précaution pour voir surgir la vérité.

— L'image est belle, dit Gaudissart. Je ne vais pas abuser de vos instants. Si de votre côté, par ce cher

Eugène... Vous ai-je dit que nous étions à l'école ensemble ?

Raoul Signoret, terrorisé à l'idée de voir le pharmacien ouvrir le chapitre souvenirs d'enfance, le coupa :

— Bien sûr ! C'est lui qui m'a envoyé chez vous lors de l'affaire du faux miracle.

— Ah, oui, j'avais oublié. A moi aussi, cette histoire tourne la tête. Si donc, par Eugène, vous aviez du nouveau...

— Naturellement. Echange de bons procédés, mon cher informateur.

Gaudissart sourit.

— Ah ! Si je n'avais pas aimé les tisanes à la folie, j'aurais volontiers fait votre métier.

— Il n'est jamais trop tard, plaisanta Raoul. Vous me semblez doué. Si un jour vous fermiez boutique, je vous présenterais à mon patron.

Les deux hommes se levèrent ensemble et Gaudissart prit congé avec force démonstrations d'amitié. C'était lui le fournisseur, mais il était reconnaissant au client d'avoir accepté avec plaisir la marchandise.

— Un dernier mot, dit le pharmacien en quittant le journaliste. Mme Donnadieu, la sage-femme, m'a dit que le colonel-baron cherchait une nourrice de confiance pour sa fille. Si ça vous tente, vous pouvez toujours postuler...

En retournant vers le journal, Raoul Signoret réfléchissait au moyen d'approcher l'univers clos de Fontclaire. Plus ça allait et plus il se persuadait que derrière les hauts murs de la belle propriété de la traverse de la

Seigneurie se cachaient bien des mystères et les réponses aux questions qui le taraudaient.

Il eut beau se creuser la cervelle, rien de raisonnable ne lui vint à l'esprit. Si bien qu'en rentrant au milieu de la nuit, chez lui, place de Lenche, il n'avait rien trouvé qui soit du domaine du réalisable.

Cécile, en dépit de l'heure tardive, l'attendait en lisant *L'Insurgé* de Jules Vallès, dernier volume de la trilogie romanesque de *Jacques Vingtras*, dont elle avait déjà apprécié *L'Enfant* et *Le Bachelier*.

— Comment va notre communard ? demanda Raoul en posant ses lèvres sur la bouche fraîche que lui tendait Cécile.

— Je crois qu'il va s'en sortir, lui répondit-elle, mais il a les troupes de Gallifet aux trousses et, en se retournant, il voit le ciel de Paris *« comme une grande blouse inondée de sang »*. Il n'a pas trop le moral.

— Moi non plus, avoua Raoul, bien que le ciel de Marseille ait été du plus beau bleu aujourd'hui. Figure-toi que j'aimerais bien aller faire un tour dans une propriété où il se passe des choses pas claires qu'il me serait agréable d'éclaircir et que je ne vois pas comment m'y prendre. Un bébé vient d'y naître dont j'aimerais bien connaître le père et à moins de me déguiser en nourrice...

Cécile regarda son mari avec un air mêlé de beaucoup de tendresse et d'un soupçon d'ironie, un air avec lequel n'importe quel homme amoureux normalement constitué aimerait qu'on le regarde, et dit :

— C'est pourtant simple. Je vais y aller, moi...

14[1]

Où le premier rapport secret de certaine « espionne » nous en apprend beaucoup sur les mentalités et habitudes des gens de Fontclaire.

Cécile Signoret
Alias Claire Joanni, agent secret

A M. Raoul Signoret
Chef du réseau « Lenche »
4, place de Lenche, Marseille,
2e arrondissement

Monsieur le chef de réseau et bien cher amour,

Me voici dans la place. Ça n'a pas été une mince affaire. L'examen de passage fut une épreuve périlleuse. L'examinateur s'est montré redoutable.

Contrairement à ce que j'espérais, ce n'est pas « Mme la baronne » qui a reçu la candidate au poste

1. La documentation de ce chapitre doit beaucoup à l'ouvrage de Christian Harrel-Courtès, *Quand les bourgeois étaient rois*, Ed. France-Empire, 1988.

de nourrice-infirmière, mais le baron de la Tronche-en-Biais en personne, tout droit sorti d'une comédie de Labiche. Cordial comme Deibler[1] *au matin d'une exécution capitale.*

« Vous avez des références ? Comment vous appelez-vous ?

— Claire, monsieur.

— Dites monsieur le baron.

— Claire Joanni, monsieur le baron.

— Joanni... C'est italien ça ?

— D'origine, oui.

— Quoi d'origine ?

— Je suis née en France.

— Qu'est-ce que ça veut dire ? On est italien ou pas. Si vos parents étaient originaires de Pékin vous seriez chinoise, bien que née marseillaise. Montrez-moi vos références. »

J'ai extirpé de mon petit sac de moleskine noire l'admirable faux que tu as fabriqué sur le papier à lettres de la maison Jacquemet et Cie, dérobé à maman[2] *lors de ma dernière visite filiale rue Paradis. Attestation où mon cher père, dont tu as imité le paraphe avec la maîtrise d'un faux-monnayeur, est censé vanter les mérites d'une infirmière d'élite qui s'est dévouée sans compter jusqu'à son dernier souffle auprès de la vieille mère du négociant, qui n'en finissait pas de rendre son âme à Dieu.*

1. Nom d'une famille de bourreaux, chargés de guillotiner les condamnés à mort.

2. Cécile est la fille de Léon Jacquemet, riche négociant du port de Marseille, qui n'a jamais apprécié le mariage de sa fille avec Raoul Signoret (Voir *L'Enigme de La Blancarde*).

Le colonel-baron m'a arraché le document des mains et s'est exclamé :

« Ah, vous avez servi chez les Jacquemet ? Un bon point pour vous. Je le connais, on ne la lui fait pas. J'aurai l'occasion de lui parler de vous, je le rencontre fréquemment à la chambre de commerce, où nous siégeons dans la même commission. »

J'ai remercié le ciel d'avoir eu la bonne idée de souffler à papa d'aller faire un tour à Dakar pour une affaire d'oléagineux dont il ne sera pas de retour avant un mois et demi. D'ici là, j'espère avoir donné mon congé au baron, une fois ma mission d'espionnage accomplie. Car je ne me vois pas, même pour l'amour de toi, moisir dans l'atmosphère méphitique qui règne à Fontclaire (j'y reviendrai).

« Votre certificat est bon, a repris le cerbère, mais on ne me la fait pas non plus, ils sont souvent de complaisance. Quelles relations personnelles (il a insisté sur le mot) aviez-vous avec M. Jacquemet ? Je le connais, le chaspeur[1], il ne déteste pas laisser traîner ses pattes sur la croupe des jeunes pouliches. » J'en dirai deux mots à l'occasion à maman.

Je me suis mordu la langue pour ne pas lui confier que je n'étais pas tentée par l'inceste, après lui avoir mis ma main dans la figure. Mais mon sens du devoir a été le plus fort.

« Mais, monsieur le baron...

— Laissons cela, ma fille, je me comprends. Etes-vous catholique ?

— Oui, monsieur le baron.

— Vous avez fait votre première communion ? »

1. Tripoteur.

Pour changer les couches fienteuses d'un nourrisson, c'est indispensable, monsieur le baron. (Non. Ça je me suis contentée de le penser.)

« Etes-vous mariée ?

— Non, monsieur le baron.

— Saperlotte ! A votre âge ? Vieille fille ?

— Pas exactement, monsieur le baron.

— Quessaveudirça ? J'espère que vous ne vivez pas en concubinage !

— Je suis fiancée, monsieur le baron, mais nous n'avons pas encore pu nous marier, faute de moyens. C'est pour cette raison que je cherche du travail...

— Fiancée... On sait ce que ça veut dire de nos jours ! Je parierais que vous avez un enfant.

— Une petite Adèle de six mois, oui, monsieur le baron.

— Manquait plus que ça ! Concubine et fille-mère ! Et vous voudriez vous occuper de Madame et de Mademoiselle ?

— Adèle ne vit pas avec moi, monsieur le baron. Elle est placée en nourrice. Je compte régulariser tout cela au plus tôt. Me prendre au service de Mme la baronne, ce serait me donner une partie des moyens qui me manquent, en même temps que faire acte de charité... »

J'étais émouvante au possible. Les deux orphelines à moi seule. Lui, ça ne l'a pas touché.

« Holà ! doucement, mademoiselle ! Vous ne pensez tout de même pas que je vais vous faire une rente ! Un franc cinquante par jour, nourrie, logée, c'est à prendre ou à laisser.

— Je prends, monsieur le baron, si c'est un effet de votre bonté.

— Vous avez de la chance d'avoir été bien notée par Jacquemet. Mais ça ne m'empêchera pas de vous avoir à l'œil. Notamment sur le plan de la moralité et de l'attitude envers les autres domestiques. Vous pratiquez, j'espère ?

— Bien sûr, monsieur le baron.

— Bien. Chez nous les domestiques vont à la messe dominicale de 7 heures. Vous prendrez donc votre service auprès de Mme la baronne une heure plus tard, ce jour-là.

— Cela signifie-t-il que monsieur le baron m'engage ?

— A l'essai, ma fille, à l'essai. C'est uniquement parce que vous avez bon genre, pour une Italienne. Quelles sont vos compétences sur le plan médical ?

— J'ai commencé mes études d'infirmière en vue de l'obtention du diplôme d'Etat. J'ai dû les interrompre à mi-parcours, mais je compte les achever.

— Où ça, vos études ?

— A l'hôpital public, monsieur le baron.

— M'étonne pas ! Les religieuses n'étaient pas à la hauteur, paraît-il. Après l'école sans Dieu, l'hôpital sans Dieu. Pauvre France ! »

J'ai eu droit au sermon habituel sur les infirmières vénales et sans morale qui vont dépouiller les mourants avant de leur fermer les yeux et qui coûtent une fortune à la Gueuse (c'est ainsi que le colonel-baron désigne la République), alors que les religieuses ne coûtaient pas un sou et ne comptaient pas leurs heures. (Je connais le refrain, papa me le chantait à toute occasion quand il a appris que je voulais devenir infirmière[1]*.)*

« Avez-vous un uniforme ?

— Un uniforme, monsieur le baron ?

— Bien, oui, sacrebleu ! Vous êtes idiote ou je ne me fais pas comprendre ? Une tenue, quoi, un sarrau blanc, je ne sais pas comment on appelle ça.

— J'ai ma tenue d'élève infirmière. Avec le voile et la cape.

— Parfait, ça ira. Vous la mettrez pour votre service.

— Bien, monsieur le baron.

— Vous avez une idée de ce qui vous attend, ici ?

— Oui, monsieur le baron, le Dr Bourelly, par l'intermédiaire de Mme Donnadieu, la sage-femme qui a mis Mademoiselle au monde, m'a dit ce que vous attendez de moi. Je dois assister Mme la baronne dans les soins et l'élevage de votre fille nouvelle-née et m'occuper personnellement de son alimentation, puisque Mme la baronne n'allaite pas, de sa toilette, de la régularité de ses repas et de son repos, y compris la nuit, l'état de santé de Mme la baronne ne lui permettant pas de veiller. Je coucherai pour cela dans une chambre contiguë à celle de l'enfant.

— Bien. Ça ne va pas vous tuer, ça, n'est-ce pas ? Je trouve que pour un franc cinquante par jour vous n'aurez pas grand-chose à faire. Vous disposerez de votre dimanche après-midi, à condition d'être de retour à Fontclaire à 18 heures pour vous occuper du bébé. Quant à vos repas, vous les prendrez

1. Voir *L'Enigme de La Blancarde.*

— sauf exception de service auprès de Mme la baronne — avec le reste du personnel. Vous verrez Berthe, l'intendante cuisinière, c'est elle qui règne sur les basses-offices. Attention à mon garde-chasse, Anatole, c'est un lascar. Il est bien entendu que j'interdis toute relation sentimentale avec le personnel mâle de Fontclaire. C'est un motif de renvoi immédiat. Quand pouvez-vous prendre votre service ?

— Quand monsieur le baron voudra bien.

— Eh bien, disons demain matin. Soyez là à 8 heures. »

Voilà, mon cher amour et chef vénéré, comment les choses se sont déroulées. Je n'ai pas changé une virgule au monologue ahurissant que m'a valu mon examen de passage. Ça ne saurait s'inventer. Quand j'habitais chez mes parents, je n'avais jamais pensé que maman devait se comporter de la sorte quand elle engageait une femme de chambre ou une cuisinière. Chez nous, elles valsaient fréquemment, car Mme ma mère est d'une rare intransigeance. J'en ai vu plus d'une nous quitter en pleurant, sans imaginer, petite égoïste et sotte fille de riches que j'étais, qu'elles avaient dû auparavant subir une de ces scènes humiliantes telle que celle que je te rapporte. Mais moi, je gardais le moral, car je n'avais en tête que ma mission secrète. Au contraire, cette étude ethnologique chez les primates supérieurs m'amuse comme une petite folle.

J'en viens donc à mes premières investigations.

Mme la baronne est une sorte de grande plante molle et pâle. Le moindre souffle d'air l'agite et pourrait la renverser. Elle a sur le visage un air constant de profonde mélancolie. Ses traits sont réguliers et elle serait presque jolie si la tristesse ne gravait sur sa face une sorte de résignation de bête de somme. Les coins de sa bouche sont en accent circonflexe et un pli soucieux barre en permanence son front. Elle garde au niveau de la taille des traces visibles de sa grossesse récente, ce qui donne (pour le moment) un peu de consistance à sa ligne générale qui confine à la maigreur pathologique. Elle semble vivre de l'air du temps et ne touche presque pas à la nourriture qu'on lui apporte dans son appartement. Je ne sais pas où mange le colonel-baron, ni avec qui, pas avec elle, en tout cas. La baronne demeure la plupart du temps affalée sur un canapé, revêtue d'un déshabillé qui renforce sa silhouette désolée. Elle porte ses cheveux longs et, si elle n'était brune, elle aurait le profil d'un lévrier afghan. Elle parle le moins possible, d'un timbre doux, et donne ses ordres d'une voix lasse et résignée. Pour le peu qu'elle communique avec moi, j'ai cru comprendre qu'elle me savait gré de prendre des initiatives vis-à-vis du bébé dont je m'occupe seule et dont elle semble se désintéresser. J'ai bien essayé de la faire participer à la toilette et aux repas. Peine perdue. Quant à la jeune Louise Humbren d'Atay, c'est une grosse mémère qui semble avoir pris à sa maman le peu d'énergie qui lui restait. Elle se gave et puis elle dort. Un bébé facile. Si je ne savais pas que le colonel-baron n'est pour rien dans sa fabrication, j'écrirais qu'elle me rappelle son cher papa : elle a la même mâchoire carrée ! Etonnant, non ?

Mais, j'y songe : ne m'as-tu pas dit que tu connaissais dans les environs de Fontclaire quelqu'un d'autre qui possède cette mâchoire de carnassier et qui aurait pu la léguer à Mademoiselle, ou suis-je victime de mon imagination d'espionne ? Si ce qu'on dit est vrai des relations adultères de Mme la baronne avec son ex-directeur de conscience, il y aurait dans cette particularité physique comme une confirmation des ragots qui circulent. A suivre...

Je prends peu à peu ma place parmi le personnel — « les domestiques », comme dit élégamment le colonel-baron — et la redoutable Berthe, une fois rassurée sur ma docilité, n'a pas l'air de me considérer comme une intruse. Les repas pris en commun sont une source précieuse d'information. Quand j'étais une bourgeoise de la rue Paradis, jamais je n'aurais imaginé que les patrons fassent l'objet d'une telle surveillance de la part des gens de maison qui les servent. Ils savent tout, espionnent tout, fouillent partout, notent les faits et gestes de leurs maîtres, sondent les cœurs et les reins et ne se privent pas de partager leurs informations. Une virtuose en la matière, c'est Angèle, la lingère blanchisseuse. Telle Madame Irma, voyante extralucide, elle lit dans le linge sale comme dans une boule de cristal. « Je l'ai su avant tout le monde, que Madame était enceinte », clamait-elle avant-hier avec son bel accent marseillais. « Pardi, c'est pas compliqué, Madame avait plus ses époques[1]*, puisqu'il n'y avait plus de serviettes hygiéniques ! » Comme elle sert aussi chez d'autres maîtres, les*

1. Ses règles.

basses-offices de Fontclaire sont au courant de toutes les fausses-couches, infidélités, coliques, fredaines, constipations et coucheries des grands bourgeois mazarguais.

Angèle a prononcé hier une phrase pleine de sous-entendus que les membres du personnel présents ont eu l'air de saisir (pas moi) à propos « de l'Autre, qu'on a installé dans la ferme au fond du parc et qui n'en sort pas de toute la journée ». Avec un clin d'œil elle a ajouté : « Si ça lui fait plaisir à Coco Joli d'installer le coucou dans son nid, grand bien lui fasse. » Je ne sais pas ce que ça signifie. Les seuls mots intelligibles dans cette phrase sibylline sont « Coco Joli ». C'est le surnom par lequel Angèle désigne le baron de la Tronche-en-Biais. Je trouve que ça lui va très bien...

Sous prétexte de promener Mademoiselle dans le parc, à bord de son landau anglais haut comme un carrosse, je me promets d'aller faire un tour dès demain du côté de « la ferme au fond du parc », pour tenter d'en savoir plus sur cet « Autre » qu'on y aurait installé. Savoir s'il n'aurait pas porté naguère tonsure et soutane noire ?

Ne manquez pas le prochain épisode de « Claire, l'espionne aux yeux de velours », notre passionnant feuilleton.

Un dernier mot en te quittant (momentanément). Anatole-le-lascar et garde-chasse annoncé — c'est l'ancienne ordonnance du colonel, il se croit donc maître par délégation du personnel — est persuadé que son irrésistible charme opère sur moi ses irrésistibles effets. C'est le type parfait du coq de vil-

lage, au bréchet avantageux et à l'œil vide. Il a un discours tout prêt. Quand je lui ai dit, pour m'en débarrasser, « que j'étais fiancée », il m'a répondu : « C'est pas grave. Avec moi tu l'oublieras vite. D'ailleurs, tu n'as pas l'air heureux. Tu attends le grand amour. » (Lui, sans doute.) Comme je lui demandais s'il ne me prenait pas pour Madame Bovary, je ne sais pas ce qu'il a compris, il m'a répondu : « J'aime pas les Anglaises ! » Il m'a donné rendez-vous dimanche après-midi à 3 heures sur la place de l'église, bien que je l'aie assuré que je n'y serais pas. J'avais l'intention de t'y envoyer à ma place, histoire de rire. Qu'en penses-tu ? A moins que tu ne juges indispensable à ma mission de lui céder, afin d'obtenir quelques confidences supplémentaires sur l'oreiller. C'est toi le chef, c'est toi qui décides.

Je confie ce premier rapport aux mains gercées d'Angèle en espérant qu'elle n'ouvrira pas l'enveloppe avant de la mettre à la poste de Mazargues. Je me suis renseignée : la lingère voyante ne sait pas lire.

Je t'aime, mon chef de réseau préféré. Mille baisers très tendres.

C.

Raoul Signoret, tour à tour ému, amusé, intrigué mais toujours inquiet, avait lu et relu cette longue lettre-rapport. La première que Cécile lui adressait depuis qu'elle avait décidé d'aller jouer les espionnes à Fontclaire. Le journaliste avait tout tenté pour dissuader sa femme de ce projet déraisonnable. Peine perdue.

Pour une fois, Raoul était d'accord avec son beau-père : Cécile était une *testarde*. Lorsqu'elle avait une idée en tête, elle n'en démordait plus. Aucun appel au bon sens, aucune mise en garde n'avait fléchi la volonté de la jeune femme. Raoul avait senti qu'il capitulait quand, à bout d'arguments, Cécile lui avait dit : « Je te demande de céder pour l'amour de moi. Voilà six mois que je n'ai rien fait d'autre que m'occuper d'Adèle. C'est sûrement une charge merveilleuse, qui donne un sens à ma vie. Pour elle, j'ai interrompu sans regrets mon travail à l'hôpital afin de lui consacrer mon temps. Mais je voudrais, pour quelques jours seulement, me sentir bonne à autre chose qu'à nourrir notre fille et veiller sur son sommeil. Me confier cette mission me donnerait le sentiment de reprendre ma place dans le monde, dont je vis retranchée depuis la naissance du bébé. Fais ça pour moi, Raoul. Laisse-moi me mêler un peu à ta vie. Je n'en abuserai pas et, qui sait, peut-être te serai-je utile ? »

A partir de cet instant Raoul Signoret se trouva dans la peau du coupable. Il avait le beau rôle, lui. Cécile venait de le lui faire comprendre. L'arrivée d'Adèle, si elle avait changé l'existence du reporter, n'avait en rien affecté sa vie professionnelle. Comme avant, il était chaque jour en partance pour faire des rencontres, mener des enquêtes, écrire ses articles, échanger des idées, refaire le monde. Celui de Cécile était réduit au petit appartement de la place de Lenche, son rôle à celui de nourrice. Elle ne percevait plus la rumeur du temps qu'à travers ce que Raoul lui rapportait le soir, en rentrant. Il convint que ce n'était pas juste.

Voilà ce qui le fit céder.

Le reste ne fut plus qu'une question d'organisation. Le bébé ? Cécile connaissait une grand-mère qui ne demanderait pas mieux d'avoir sa petite-fille « rien qu'à elle » pendant une semaine ou deux. Mme Signoret mère ne lui donna pas tort. Le prétexte ? Un petit séjour chez une amie dans les Basses-Alpes, près de Saint-André, chez qui Cécile irait « s'aérer » après six mois d'un confinement qui lui avait donné « petite mine ». Mme Signoret mère en convenait.

« L'espionne » avait tout prévu, avait réponse à tout. Raoul capitula. A une condition : à la moindre alerte, l'expérience serait interrompue. Tous deux allèrent donc trouver Gaudissart, mis dans la confidence, ravi de jouer les entremetteurs. Ce dernier prit contact avec Mme Donnadieu, la sage-femme, par qui il savait les Humbren d'Atay à la recherche d'une aide-soignante capable de s'occuper de Mme la baronne et de sa fille. Il lui recommanda cette « nièce » d'une parfaite éducation et moralité, qui cherchait du travail pour pouvoir se marier.

C'est ainsi que Cécile Signoret — nom de code : *Claire Joanni* — se retrouva un matin face au colonel-baron et se montra assez habile pour déjouer ses préjugés et se faire engager à l'essai.

Bien entendu, rien du complot n'avait été confié à l'oncle Eugène qui n'eût pas manqué de crier à la folie et — qui sait ? — de mettre en travers l'autorité d'un chef-adjoint de la Sûreté marseillaise pour faire échouer un projet si déraisonnable.

Toujours inquiet d'avoir, en cédant, fourré sa femme dans la gueule du loup, Raoul Signoret ne pouvait pas s'empêcher d'être fier d'elle.

Pour calmer ses nerfs, après une ultime lecture d'un rapport d'agent secret qu'il connaissait par cœur, il se promit d'aller à la rencontre, le dimanche suivant à Mazargues, de certain coq de village un peu trop arrogant de la crête. Il lui ferait une démonstration de figures inédites de boxe française, apprises de son professeur Jules Bessède, champion de France 1878 de la spécialité.

15

Où le rapport d'enquête préliminaire de la police au procureur de la République nous permet de faire le point sur le dossier en cours.

République Française

MINISTÈRE DE L'INTÉRIEUR

Direction Générale
de la
Sûreté Nationale

Objet :
Enquête préliminaire
Affaire :
Homicide volontaire
sur BARRAL Joseph

<u>RAPPORT D'ENQUÊTE PRÉLIMINAIRE</u>

Eugène Baruteau
Commissaire principal
Chef adjoint de la Sûreté

En fonction au
Commissariat central
de Marseille

A M. le Procureur de la République
près la cour d'assises des Bouches-du-Rhône
Palais de justice d'Aix-en-Provence

Réf./ Votre saisine en date du 5 mai 1898

Par saisine visée en référence, vous avez saisi nos services de l'affaire d'homicide volontaire concernant l'abbé Barral Joseph, curé de la paroisse de Mazargues, décédé le 1er mai 1898.

J'ai l'honneur de vous rendre compte du résultat de l'enquête préliminaire diligentée conformément à vos instructions.

LES FAITS :

Le 4 mai dernier l'abbé Barral Joseph, curé de la paroisse de Mazargues dans le 9e arrondissement de Marseille, a été découvert assassiné dans le puits du jardin du presbytère. L'autopsie a établi que, avant d'être précipité dans l'eau, l'abbé Barral Joseph avait eu le crâne fracturé à la suite de chocs violents assenés à la tête et à la face. Le corps immergé du prêtre a été ensuite dissimulé à l'aide de bûches provenant d'une réserve située au fond du jardin du presbytère, dont on a retrouvé plusieurs exemplaires jetés dans le puits. En outre, la victime avait les avant-bras brisés, fractures qui sont probablement advenues lors de sa chute dans le puits.

D'autre part, la somme de cinq mille francs, que l'abbé Barral Joseph tenait enfermée dans l'armoire de sa chambre, lui a été dérobée sans effraction.

Les témoins interrogés, en premier lieu Mme Chabert Marguerite, servante de l'abbé Barral Joseph, ont fait part de relations dégradées entre le curé de Mazargues et son vicaire, l'abbé Richaud Charles. Des tensions avaient opposé les deux prêtres au point d'en arriver à l'affrontement verbal. Cette rivalité entre les deux ecclésiastiques n'avait pas manqué de diviser leurs paroissiens. On a saisi chez le vicaire de Mazargues une lettre émanant de l'évêché de Marseille en réponse à une lettre écrite par lui, demandant le déplacement de l'abbé Barral Joseph « pour le bien de la religion ». Le point culminant de l'antagonisme des deux prêtres semble avoir été atteint dernièrement lors d'une cérémonie organisée par l'abbé Richaud Charles dans la chapelle des Carmes, proche de l'église Saint-Roch, au cours de laquelle devait se produire un prétendu « miracle ». Un tableau représentant *la descente de croix* devait se mettre à saigner. Il est apparu que ledit miracle n'était qu'une supercherie grossière. Elle a valu à l'abbé Richaud Charles un blâme sévère de l'autorité épiscopale qui l'a suspendu de ses fonctions sacerdotales et a entraîné l'ouverture d'une information judiciaire pour trouble à l'ordre public.

Le soir du décès de l'abbé Barral, la servante Chabert Marguerite affirme avoir vu les deux hommes se disputer violemment dans le jardin du presbytère. Quatre jours plus tard, après la découverte du corps de l'abbé Barral Joseph, l'abbé Richaud Charles disparaissait et n'est pas reparu depuis, ni à son logement, rue du Lavoir à Mazargues, placé sur surveillance, ni à l'église paroissiale.

L'ENQUÊTE :

Enquête a été diligentée aussi bien auprès de l'autorité épiscopale qu'auprès de tous ceux qui ont eu affaire de près ou de loin avec l'abbé Richaud Charles, avant et pendant son séjour à Mazargues.

Les avis et opinions sont concordants pour faire de ce prêtre, qui a accumulé sur sa tête un grand nombre d'actions peu compatibles avec la dignité de sa fonction, un portrait accablant. Nous passerons sur les péchés de jeunesse qui lui valurent renvoi temporaire du séminaire, pour nous en tenir à des faits récents et avérés. Dans les deux paroisses où il a été en poste (Saint-Laurent à Salon-de-Provence et Saint-Roch à Mazargues), l'abbé Richaud Charles a été fortement soupçonné d'avoir détourné des sommes importantes aux dépens de riches paroissiennes ou de confrères à qui il empruntait à fonds perdu (voir annexe jointe avec la liste des escroqueries qui lui sont imputées). Les prétextes invoqués pour obtenir de la charité de ses paroissiens les sommes qu'il convoitait étaient divers : dons aux pauvres, construction d'école libre, réparations urgentes dans l'église. Le prêtre avait la réputation d'utiliser cet argent pour sacrifier à sa passion du jeu. Vêtu en civil, l'abbé Richaud Charles était un habitué des cercles de jeu, y compris clandestins où il avait ses habitudes. L'un de nos enquêteurs a formellement reconnu le vicaire de Mazargues parmi les joueurs d'un cercle de jeu bien connu du quartier réservé de Marseille.

Le curé actuel de la paroisse Saint-Laurent de Salon où fut en poste Richaud Charles, l'abbé Filosat Albert, a déclaré que son adjoint quittait le presbytère à toute heure, et des paroissiens l'avaient vu rôder près de maisons mal famées où il n'hésitait pas à pénétrer revêtu de ses vêtements ecclésiastiques dissimulés sous un grand manteau. Les pensionnaires de plusieurs maisons closes de Salon se souviennent de Richaud Charles comme d'un habitué. Une fois, il aurait été surpris par plusieurs de ses concitoyens de Salon dans une auberge accueillante des environs, en compagnie d'une fille dont les sources de revenus étaient connues de tous. Les témoins ont pris à partie le prêtre et l'ont poursuivi de leurs quolibets, l'obligeant à s'enfuir.

En outre, durant le temps où l'abbé Richaud Charles fut vicaire à Salon, les soupçons d'une escroquerie à l'assurance ont lourdement pesé sur lui, puisque à deux reprises, durant l'absence du curé titulaire, le feu fut mis au presbytère, et l'origine criminelle ne fait pas de doute. Un autre malfaiteur inconnu avait pénétré dans la sacristie pour y dérober, dans une armoire fracturée en l'absence du curé, alors que le vicaire était seul à la cure, 560 francs en pièces d'or de 40 centimes, ce qui avait fait de lui le suspect numéro 1, sans que les preuves de sa culpabilité soient établies. Le témoignage tardif de la bonne du curé de Saint-Laurent de Salon, après la mort de ce dernier qui lui avait fait jurer de ne jamais en parler à personne, a révélé que plusieurs des pièces d'or provenant du vol avaient été retrouvées dans la chambre de Richaud Charles. Mais pour éviter le scandale, le curé n'avait pas voulu porter plainte.

Ces faits ne se sont plus renouvelés à Salon depuis sept ans, date de la mutation du vicaire Richaud Charles à Mazargues.

En revanche, depuis que le vicaire Richaud Charles est en poste à Saint-Roch, nombre de faits similaires s'y sont produits : vols, emprunts de sommes importantes dont l'usage n'a pu être établi, mais que des rumeurs concordantes affirment qu'elles ont servi à l'abbé Richaud Charles à assouvir sa passion pour les jeux d'argent.

Pour une grande partie de l'opinion publique mazarguaise, il ne fait guère de doute que l'abbé Richaud Charles est l'assassin du curé Barral Joseph.

La perquisition du logement déserté du vicaire, rue du Lavoir à Mazargues, nous a permis de mettre la main sur un lot de photographies dont l'une d'entre elles a attiré l'attention de l'un de nos enquêteurs. Sur celle-ci figurait une jeune femme qu'un de nos inspecteurs a reconnu comme étant Chaumery Estelle, 33 ans, fleuriste à Saint-Tronc (10e arrdt. de Marseille), dont le portrait était paru dans la presse marseillaise après un vol important commis à son domicile et dans sa boutique, le 15 juillet 1888. La jeune femme, dépouillée de ses bijoux par son agresseur, avait été ligotée sur son lit, dans la chambre à coucher située au-dessus de son magasin qui avait été complètement dévalisé. La somme de 300 francs avait été soustraite du tiroir-caisse.

A l'époque, la commerçante avait fourni aux inspecteurs l'identité et un signalement de l'agresseur, qui n'était autre que sa « connaissance », mais il est apparu que l'homme qui l'a dépouillée lui avait donné un faux nom. Il n'avait pu être retrouvé. Chaumery Estelle ignorait tout de sa vie professionnelle et de son adresse.

Ce n'était pas le premier vol dont la fleuriste avait été victime, puisque six mois auparavant un malfaiteur avait pénétré chez elle à l'aide d'une fausse clef pour lui dérober la recette de la journée. Le coupable n'avait pas été retrouvé.

Comment la photographie de Chaumery Estelle — il s'agit d'un original, tiré sur papier, portant au dos le nom et l'adresse du photographe de la rue Saint-Ferréol qui l'a réalisé — est-elle venue en possession de l'abbé Richaud Charles ? Quelles relations existaient entre le prêtre et la victime ? C'est ce que nous aimerions pouvoir demander à celle-ci. Malheureusement, Chaumery Estelle a quitté Marseille et peut-être la France après avoir rencontré un homme dont on n'a pas su nous préciser l'identité et la nationalité. Nous avons appris par une cliente de la commerçante qu'elle avait à plusieurs reprises prêté des sommes d'argent à un homme « qui venait la voir régulièrement », mais personne ne mentionne que le visiteur fût revêtu d'une soutane. En revanche, certains assurent qu'il portait moustache, d'autres qu'il était glabre. S'il ne s'agit pas de deux individus distincts, l'homme en question pouvait user de postiches. On nous a précisé que le soir du vol, la fleuriste avait rendez-vous avec cet homme qui arrivait généralement en fiacre. La commerçante avait confié à une cliente : « Ce soir, il m'amène au restaurant. »

Un loueur de voitures de Mazargues, M. Enjouvin Barthélemy, a déclaré à nos enquêteurs que le vicaire prenait constamment des voitures et se faisait conduire, de jour et de nuit, dans toutes les directions, en ayant bien soin, quand il rentrait dans sa paroisse, de se faire arrêter au Rond-Point de Mazargues, à l'entrée du village. Un cocher qui avait chargé à plusieurs reprises le visiteur de Mlle Chaumery Estelle, à qui nous avons montré une photographie de l'abbé Richaud Charles, nous a dit être « à peu près sûr » qu'il s'agissait de l'homme qu'il avait plusieurs fois conduit de Mazargues à Saint-Tronc, bien qu'il coiffât en permanence un feutre porté penché sur les yeux. Le cocher a confirmé les dires de son employeur : « Il me demandait toujours d'arrêter avant d'arriver et il continuait à pied, comme s'il ne voulait pas que je sache où il allait. » Ces vagabondages nocturnes semblent avoir été connus de nombre de paroissiens dont certains ont précisé que le vicaire « avait souvent de grosses sommes d'argent sur lui ».

<u>LES CONCLUSIONS</u> :

Sans préjuger de l'enquête à venir, il appert, à la lumière des éléments fournis par l'enquête préliminaire, qu'il n'est pas impossible que le voleur de la fleuriste de Saint-Tronc et l'assassin du curé Barral Joseph soient le même homme. La disparition inexpliquée du vicaire Richaud Charles, après la découverte du corps du curé Barral Joseph, tendrait à prouver qu'il est mêlé au moins à la deuxième affaire et sa participation est fortement tenue suspecte par les témoins dans la première.

Quoi qu'il en soit, l'abbé Richaud Charles s'est donc

rendu coupable d'indélicatesses, d'escroqueries, d'abus de confiance, de vols et peut-être d'assassinat.

Il pourrait avoir lieu à ouverture d'une information judiciaire.

Le commissaire divisionnaire
Baruteau Eugène,
Directeur adjoint de la Sûreté

16

Où les confidences de Marguerite Chabert permettent d'y voir un peu plus clair sur les circonstances du crime.

Il fallut patience et ruse à Raoul Signoret pour apprivoiser — avec l'aide précieuse du *Roucaou* et de Félicité Dominichino — cette brave vieille femme qui refusait de lui ouvrir sa porte. Marguerite Chabert demeurait traumatisée par la vision atroce qui la hantait depuis le jour terrible où la dépouille massacrée de l'homme dont elle partageait le quotidien depuis dix-sept ans avait été retirée d'un puits sous ses yeux. L'ex-bonne du curé Barral avait perdu l'appétit, s'était repliée sur elle-même, à tous les sens du terme, si bien que cette femme naguère vigoureuse, au verbe fort et à la nature expansive n'était plus que l'ombre de ce qu'elle avait été. Elle passait son temps prostrée chez elle. Assise dans son fauteuil de rotin, dans la cuisine au rez-de-chaussée de sa maison de pêcheur, les rares visites qu'elle recevait était l'occasion de ruminer son chagrin, de ressasser des images morbides et de geindre après « son brave abbé Barral ». Si bien que les visiteurs, accablés, se faisaient de plus en plus rares. La pauvre femme ajoutait la solitude à sa peine.

Elle avait catégoriquement refusé de parler « avec un *estrangié* » de la tragédie qui avait ravagé sa vie, lorsque le journaliste du *Petit Provençal* était venu la solliciter. Raoul Signoret voulait en particulier faire parler Marguerite Chabert de l'abbé Richaud, qu'elle connaissait au moins aussi bien que le curé de Mazargues. Le reporter désirait compléter le portrait de ce prêtre égaré, que sa disparition désignait comme le suspect numéro un. Il savait bien qu'un jour où l'autre on mettrait la main sur l'ex-vicaire en fuite et engrangeait de quoi le portraiturer, au physique comme au moral, à l'attention de ses lecteurs.

Face au refus de l'ex-bonne du curé de Mazargues, le journaliste s'était tourné vers ses amis Dominichino. Il leur avait demandé d'attirer chez eux la vieille servante afin de faciliter une rencontre qui devrait paraître fortuite et que leur rassurante présence rendrait plus aisée. La poissonnière, dont le cœur généreux ne faisait pas défaut à Marguerite Chabert, était l'une de ses dernières visiteuses régulières. Elle parvint à convaincre sa vieille amie de venir partager une soupe de poisson que les filets du *Roucaou* avaient tiré le matin même des eaux claires de la calanque du Devenson, tapissées de prairies sous-marines où les étoiles de mer se prennent pour des coquelicots. Marguerite Chabert avait prévenu « qu'elle n'en goûterait qu'une cuillère pour faire plaisir au *Roucaou* ». Elle avait néanmoins accepté l'invitation, pour la première fois depuis « son deuil ».

Elle était donc là, installée à la table du pêcheur, dans la petite maison de la rue du Four-à-Pain [1], les

1. Aujourd'hui rue Sébastien-Marcaggi.

coudes sur la toile cirée à carreaux, face à une assiette de bouillon odorant dont elle humait le contenu, lorsque Raoul Signoret « qui passait par là » fit son entrée dans la cuisine au plafond bas. *Lou Roucaou* fut parfait :

— *Tè !* Monsieur Raoul ! Vous tombez bien. Félicité a fait une soupe de poisson, vous en prendrez bien une assiette ? Vous gênez pas. Y en a pour dix. La soupe de poisson, plus y en a, plus elle a du goût, forcément. Asseyez-vous avec nous. Vous connaissez Mme Chabert ?

On ne l'arrêtait plus, le brave *Roucaou*. Dans son désir de bien faire, il n'avait jamais autant parlé sans reprendre son souffle.

Le journaliste prit la main usée que lui tendait l'ex-bonne du curé Barral, tandis que Félicité mettait d'autorité une assiette de plus et déjà versait le bouillon fumant devant lui, qui s'assit à côté de Marguerite.

Le piège était refermé, il restait au reporter du *Petit Provençal* à le manier avec suffisamment de doigté pour qu'il n'ajoute pas aux souffrances de la vieille dame. En premier lieu : se faire oublier.

Les compliments d'usage fusèrent sur le parfum subtil de la soupe et la couleur d'or de son bouillon. *Lou Roucaou,* flatté, fut gagné par l'enthousiasme du journaliste.

— Ça mange que de l'herbe, ces poissons-là. Ça peut faire que du bon.

Le pêcheur se lança dans un cours de cuisine improvisé, conseillant de n'y jamais tremper de pain grillé, mais *séché.* Le premier, par sa saveur amère, gâchant la subtilité des parfums du poisson de roche.

Félicité dut ramener son époux aux réalités de leur « mission » en tendant une perche à Raoul. Elle questionna le journaliste, faussement ingénue :

— Dites-moi, monsieur le reporter, vous qui savez tout, on l'a retrouvé ce *brigandas* d'abbé Richaud ? Quand est-ce qu'on le fourre en prison ?

A ce nom, les yeux de Marguerite Chabert s'emplirent de larmes.

Jouant le même jeu, Raoul Signoret fit l'étonné.

— Pourquoi le traitez-vous de *brigandas* ? Vous le pensez coupable d'avoir...

Il n'eut pas le temps d'achever. Ce ne fut pourtant pas Félicité qui répondit à sa question, mais une petite voix brisée qui affirmait :

— C'est lui, oh, oui, c'est lui ! Je le sais, moi...

Marguerite Chabert, un mouchoir sur ses paupières rougies, agitait la tête de bas en haut pour renforcer son affirmation. Le poisson était ferré. Il fallait à présent amener le fil délicatement pour qu'il ne casse pas.

— Qu'est-ce qui vous fait dire ça, Marguerite ? demanda Félicité qui se prenait au jeu de l'enquêteur.

Raoul Signoret se gardait d'intervenir, conscient que son silence faciliterait les « aveux » de la vieille bonne.

— Vous savez pas, dit la veuve Chabert, que le jour où on a tué M. le curé, l'autre, le Richaud, là, qui avait passé la journée je sais pas où, il est rentré, il marchait de travers tellement il était *ganare*[1] ? Et c'était pas la première fois qu'il rentrait dans cet état !

— Ça veut pas dire pour ça qu'il ait tué l'abbé Barral, objecta la poissonnière.

— Qui voulez-vous que ce soit d'autre ? répliqua

1. Ivre.

Marguerite Chabert qui s'animait peu à peu. Je l'ai vu faire, moi, il fallait voir comment il lui parlait à M. le curé. L'abbé Barral lui avait demandé de donner leur leçon de chant aux enfants de chœur, Richaud l'a envoyé sur les roses en disant qu'il était trop fatigué. C'est des façons, ça, de répondre ? Après, tout fatigué qu'il était, il est allé faire de l'harmonium dans la salle paroissiale.

Félicité, qui jouait finement pour entraîner Marguerite sur la voie des confidences, continuait à feindre de douter de la culpabilité de l'ex-vicaire.

— Il y a une différence entre être un mal élevé et être *une* assassin.

— C'est vous qui le dites, Félicité, s'obstina Marguerite. Moi, le soir où on a assassiné ce pauvre M. le curé, je l'ai vu de près, le Richaud, et le lendemain aussi. Je sais qu'il est capable de tout. Ce que je sais surtout, c'est que je les ai vus tous les deux se disputer dans le jardin de la cure pendant un bon moment et que, un peu plus tard, l'abbé Barral avait disparu. Vous vous rappelez que j'avais été malade, ce jour-là ? J'avais *les fièvres*. M. le curé m'avait dit d'aller me reposer chez moi. Mais ça me tracassait de penser qu'il saurait pas se préparer tout seul son repas du soir. Quand je me suis sentie un peu mieux, je suis revenue à la cure. C'était vers 6 h 30. Je suis passée par-derrière, par la porte de la rue du Lavoir, comme je fais d'habitude, sans passer par le jardin. J'ai vu personne en haut. Ça m'a étonnée que l'abbé Barral y soit sorti à cette heure, surtout qu'il avait laissé son béret. Alors, j'ai jeté un coup d'œil dans le jardin par la fenêtre du couloir et je les ai vus, tous les deux, avec Richaud, qui faisaient des grands gestes et qui criaient. Ma foi, ça me regardait pas, je suis allée dans ma cuisine d'où on peut plus voir ce qui se passe dans le jardin. Je me suis dit : « M. Le curé va bien remonter, quand il aura fini d'enguirlander l'autre. » Ça m'a pris peut-être une demi-heure pour faire à manger. L'abbé Barral, il était toujours pas revenu, lui qui d'habitude se mettait à table à 7 heures tapantes. Alors, je suis descendue dans le jardin pour l'appeler que ça allait refroidir. J'ai vu Richaud tout seul, à côté du bûcher... Vous voulez me dire ce qu'il allait faire dans le bûcher à cette heure-là ?

Marguerite Chabert s'arrêta net, incapable d'en dire plus. Les larmes coulaient, suivant le cours sinueux de ses rides.

Elle ajouta, d'une voix aiguë, étranglée par le chagrin :

— Deux jours plus tard on retrouve le pauvre abbé Barral massacré à coups de bûches. Et vous me dites que c'est pas Richaud qui l'a tué ?

L'ex-bonne prit sa tête dans ses mains. Le silence se fit autour de la table où *Lou Roucaou*, pour se donner une contenance, venait de poser un compotier d'abricots au sirop. Après s'être mouchée bruyamment, la vieille servante reprit d'elle-même le cours de ses confidences :

— Quand je suis arrivée dans le jardin, Richaud était encore là, dans le noir. Tout seul. Il avait l'air tout énervé. Je me suis étonnée de ne pas voir M. le curé avec lui, il m'a dit : « Il est sorti ! » et il est parti presque en courant vers sa maison. Et dire que pendant ce temps ce pauvre M. le curé était au fond de son puits, en train de mourir. C'est pas des choses que le Bon Dieu devrait permettre, ça !

Les pleurs reprirent. Entre deux crises, la malheureuse continuait, comme si cette confession spontanée lui ôtait un poids :

— Et le lendemain matin, vous savez pas ce qu'il a fait Richaud ? Il a commencé à nous — comment je peux dire ça ? — à nous *habituer* à la mort de M. le curé. Quand je suis arrivée, il parlait sur la place de l'Eglise avec Mme Escoffier, l'épicière. Je leur ai dit bonjour. Lui, il disait : « L'abbé Barral, il est tout drôle depuis quelque temps. Il a des affaires de famille qui le tracassent. Ça m'étonnerait pas qu'il se soit suicidé. »

La vieille bonne eut un spasme, mais se reprit.

— Un curé, se suicider ! Comme si c'était possible ! Et ce saligaud de Richaud de dire à Mme Escoffier : « Si l'abbé Barral s'est détruit, comme je le crains, il faut éviter le scandale, à cause de la religion ! Nous le remonterons sur son lit sans rien dire à personne. » Vous croyez pas que non ? Le remonter ? Qui c'est qui lui avait dit qu'il fallait le remonter ? Et le remonter d'où ? Du puits, où il l'avait jeté ?

— Ça, dit Félicité, vous m'en bouchez un coin ! Je savais pas que Richaud avait eu un culot pareil. Vous l'avez dit à la police ?

— Qu'est-ce qu'il fallait que je lui dise, à la police ? répliqua Marguerite. Ça aurait pas fait revenir M. le curé.

— Tout de même, intervint Raoul Signoret, c'est un détail qui a son importance.

Marguerite Chabert parut se rendre compte à cet instant seulement de la présence du jeune homme. Elle s'agita.

— Allez-y vous, y dire, à la police ! C'est pas moi qui vous empêche.

— Ne vous fâchez pas, madame Chabert, dit doucement le reporter.

La vieille femme se mit à trembler.

— Et vous y direz aussi ça, à la police : pendant qu'on fouillait dans le puits et qu'on trouvait la perche, les bûches et enfin l'abbé Barral, tout *escagassé*[1], peuchère, avec sa pauvre figure écrasée, Richaud, ce bandit, il a fait toute une comédie. Vous devineriez pas ce qu'il a eu le culot de dire aux gendarmes. « J'ai vu hier soir l'abbé Barral auprès de ce puits. Il s'est suicidé. Mais pour ne pas salir sa mémoire, nous avons jeté sur lui des bûches, afin que l'on croie à un assassinat. Vous savez que notre sainte mère l'Eglise refuse l'enterrement religieux à ceux qui se sont donné la mort. » Ah ! sainte Mère de Dieu ! Quelle honte, quand j'y repense !

Marguerite Chabert avait repris sa tête dans ses mains et elle dodelinait, perdue dans son chagrin.

Raoul Signoret et les Dominichino respectèrent son silence et cessèrent de la mettre au supplice. *Lou Roucaou* parvint à lui faire accepter un petit verre de *liqueur jaune,* mixture douceâtre fabriquée par son épouse à partir de concentrés que lui vendaient les colporteurs. Puis, le pêcheur et sa femme lui proposèrent de la raccompagner chez elle, tandis que le reporter prenait congé le plus discrètement possible.

Tandis que *Lou Roucaou* réconfortait la vieille

1. Fracassé.

bonne, Raoul Signoret remercia la poissonnière qui l'avait suivi devant la maison basse.

— Vous m'avez été précieux, tous les deux. Bravo pour votre talent de journaliste, Félicité. Vous maniez *l'interview,* comme disent les Anglais, mieux qu'une professionnelle. Si un jour le cours du poisson de Méditerranée venait à s'effondrer vous n'auriez pas de peine à trouver de la place à la rédaction du *Petit Provençal.*

Félicité Dominichino fit entendre son rire sonore.

— Si *j'aurais* su lire, c'est un métier qui m'aurait plu. Dans le mien, de métier, ajouta-t-elle aussitôt, le plus important est de savoir compter, *qué* ?

La poissonnière rit de plus belle et embrassa « le beau blond » en le pressant sur son vaste poitrail avec l'affection d'une mère.

Raoul aurait pu être son fils, après tout. Il avait l'âge qu'aurait eu l'aîné de Félicité si la typhoïde ne l'avait pas emporté après avoir mangé des moules ramassées par son père. Emile allait avoir sept ans.

C'était depuis ce jour que la famille Dominichino, qui vivait pourtant de la mer, avait banni à tout jamais les *coqiages.*

*

— Fort intéressants tous ces détails, mon cher *indic*, dit Eugène Baruteau à Raoul Signoret qui était venu porter toute chaude à l'Evêché la confession spontanée de Marguerite Chabert.

Dans le bureau du chef adjoint de la Sûreté marseillaise, l'oncle policier et le neveu journaliste faisaient le point, comme ils en avaient pris l'habitude depuis l'Affaire Magnan[1] où leur complicité avait renforcé leur efficacité dans la résolution d'une énigme qui avait agité Marseille durant des années.

— Je ne suis pas contre le fait que tu marches sur mes plates-bandes, avouait le commissaire à son neveu, car il est certain que bien des témoins, même les plus innocents, effrayés par l'appareil policier s'embrouillent et n'osent pas dire tout ce qu'ils savent. Non par volonté de dissimuler la vérité aux inspecteurs, mais par une sorte de rétention inconsciente. Ce que vous a confié — à toi et à tes amis — la pauvre femme, complète le portrait du vicaire. Non seulement je suis à présent convaincu que Richaud a fait le coup, mais je remarque qu'il a tout tenté pour brouiller les pistes, ce qui dénote un cynisme peu commun. Par bonheur, le bonhomme est maladroit, on l'a vu lors de l'épisode du « faux miracle » et il s'enfonce lui-même. Bon sang, je paierais cher pour mettre la main dessus !

Raoul ne put s'empêcher de dire : « On s'en occupe... », et se mordit la langue pour se punir de son étourderie.

Car, bien sûr, le flic qui sommeillait chez l'oncle gâteau lança sa griffe.

— Qu'est-ce que ça veut dire, ça, « on s'en occupe » ?

Raoul se serait donné des gifles.

— Ça veut dire... qu'*on* enquête de son côté et que si *on* a des résultats, on ne manquera pas...

— 'tention, mon Raoul. Je t'aime bien, mais chacun son métier. Je te laisse t'amuser dans le bac à sable,

1. Voir *L'Enigme de La Blancarde.*

mais ne va pas mettre la main sur Richaud à ma place. Je risquerais d'être vexé. N'oublie pas qu'il y a un mandat d'amener sur le bonhomme.

Le reporter redevenait le petit garçon qu'Eugène Baruteau grondait quand il avait fait une bêtise. Il avait rougi et baissait la tête.

— Qui sont ceux que tu désignes par « on » ? poursuivit le policier.

— Personne, mentit Raoul, c'était une façon de parler.

L'image de Cécile se forma devant ses yeux. Quel idiot il avait été de céder au caprice dangereux de sa femme ! Non seulement il s'était montré influençable — elle avait de tels arguments ! —, mais qui sait s'il ne l'avait pas mise en danger ? Les informations contenues dans le « rapport d'espionne » qu'elle lui avait adressé depuis Fontclaire prenaient tout à coup un poids inquiétant. Il y avait un homme caché dans la ferme, au fond du parc du domaine. Les gens au service du colonel-baron Humbren d'Atay y avaient fait plus qu'allusion. Et si c'était l'ex-vicaire en cavale ? Il était dangereux, ce type, et l'avait amplement montré. C'était le moment d'y penser ! Un peu tard, non ?

La réflexion avait barré le front du journaliste d'un pli soucieux qui n'échappa pas au policier :

— Tu boudes ou tu as des soucis ?

La voix bourrue de Baruteau tira Raoul Signoret de sa réflexion.

— Ni l'un, ni l'autre. Je pensais à des choses qui n'ont rien à voir avec l'affaire.

— Bon, dit le commissaire. Alors, elles ne me regardent pas. Quant à « l'affaire », comme tu dis, nous sommes bien d'accord. Chacun chez soi, même si on se refile des tuyaux. Il y va de l'honneur de la police.

Le journaliste se rendait compte que, en dépit de la profonde affection que lui portait Eugène Baruteau, le flic, qui ne dormait chez l'oncle que d'un œil, n'avait pas pardonné au jeune reporter de lui avoir damé le pion naguère dans la résolution de l'énigme sur l'assassinat d'une riche rentière par son fils adoptif[1]. Raison de plus pour ne rien dire de l'imprudence qui lui avait fait envoyer Cécile « en mission ». Baruteau risquait de le prendre au tragique.

Pour dissiper le malaise, le reporter redevint humble quêteur d'informations auprès de la source qui détenait le pouvoir et la vérité. Il lui fallait oublier l'oncle Eugène au profit du chef adjoint de la Sûreté.

— Marguerite Chabert ne m'a donc pas vendu des salades pas fraîches ?

Baruteau sourit afin de montrer que le chapitre « reproches » était clos.

— Non. Elle ne nous apprend rien d'essentiel, mais elle complète bien ce que nous avions nous-mêmes ramassé. D'après l'autopsie, l'abbé Barral aurait été jeté dans son puits bien après avoir eu le crâne fracassé. Le légiste n'est pas foutu de me dire combien de temps après, mais il paraît qu'il y a des signes qui ne trompent pas. L'attentat a donc eu lieu en deux temps. D'abord le coup ou les coups sur la tête, ensuite la chute dans le puits. Marguerite Chabert, retournée à la cure, qui a vu son curé vivant s'engueulant avec le vicaire, n'a rien entendu : ça a dû être rapide, puisqu'une demi-heure plus tard, quand elle descend dans le jardin,

1. Voir *L'Enigme de La Blancarde*.

Richaud est seul et prétend que Barral est sorti. *Donc c'est pendant cette demi-heure qu'on l'a tué.* Où était le corps à ce moment-là ? Déjà dans le puits ? Sans doute pas, d'après le légiste. Mais la bonne n'a rien vu, ne s'est doutée de rien, sur le moment. Elle a simplement noté que Richaud avait l'air « tout énervé ». Pas de chance, parce que si elle était revenue un moment avant, elle aurait peut-être entendu Barral appeler au secours et — qui sait ? — assisté au crime.

— Elle ne serait peut-être plus là pour le décrire, nota le journaliste.

— Possible, admit le policier. Richaud a dû revenir faire un tour à la cure, durant la nuit, pour voir si rien n'avait été découvert. C'est peut-être à ce moment qu'il aura balancé Barral dans le puits et l'aura enfoncé sous l'eau à l'aide de la perche qu'on a retrouvée. En examinant les parois, on s'est rendu compte que le malheureux curé avait pu fort bien rester accroché à l'endroit où le diamètre du puits se rétrécit fortement, un peu au-dessus du niveau de l'eau.

Tout cela semblait se tenir. Raoul se leva, suivi de Baruteau qui le prit aux épaules.

— Tu m'en veux ?

Le journaliste savait parfaitement à quoi le policier faisait allusion.

— Pas de ça entre nous, répondit-il. Je comprends que je vous agace, parfois, avec mon côté mouche du coche.

Baruteau sourit, ému.

— C'est pas ça, mon Raoul. Tu parles, si je voudrais que tu résolves toutes les enquêtes à ma place ! Pendant ce temps, j'irais sur *Galinette* pêcher la girelle.

Mais il faut que tu comprennes que le monde est rempli de jaloux et de malfaisants. Mon patron a reçu plusieurs lettres anonymes nous concernant, toi et moi. Leurs auteurs sont à chercher parmi tes « chers confrères ». On m'y accuse de te favoriser à leurs dépens. Des minables ! N'empêche que leurs dénonciations courageuses ont trouvé une oreille complaisante chez le commissaire central, qui dîne volontiers chez les rédacteurs en chef des journaux marseillais, sans distinction de *couleur*, pourvu que la cuisine soit abondante et bonne. Il vaudrait donc mieux qu'on ne nous voie pas trop ensemble en public durant quelque temps. Si tu veux des tuyaux, viens à la maison ou je passe à l'occasion chez toi. Tiens, rentrons et, au passage, paye-moi l'apéritif place de Lenche. Je ferai la bise à Cécile et il y a quelque temps que je n'ai pas vu la *merveille.*

Le pouls de Raoul Signoret s'affola.

— C'est que... Elles ne sont pas là...

— Pas là ? Qu'est-ce que tu en as fait ?

— Cécile est chez une amie qui l'accueille quelques jours à Saint-André-les-Alpes. Elle avait besoin d'air pur et de verdure.

— Avec la petite ?

Il eût été simple de répondre oui, mais Raoul, troublé par son mensonge, s'enferra.

— Non, Adèle est chez sa grand-mère.

— Alors je vais passer chez ma sœur, un de ces jours, pour la voir.

Décidément, tout se compliquait. Raoul avala difficilement sa salive :

— Adèle n'est pas chez maman. Elle est chez mes beaux-parents.

— Chez les bourgeois de la rue Paradis ? s'exclama le policier. Ils vont lui donner des habitudes au-dessus de nos moyens. Ils vont nous la gâter !

Raoul s'efforça de sourire, mais n'obtint qu'une grimace pitoyable.

Baruteau l'observa longuement de son regard de fouineur professionnel. La gêne de son neveu, ses explications embrouillées, tout cela ne lui avait pas échappé.

— Raoul, tu ne me mens pas ?

— Non pourquoi, mon oncle, quelle idée ?

— Tu ne t'es pas disputé avec Cécile ?

— Pas du tout.

— Bon, alors, le reste ne me regarde pas.

Ils quittèrent ensemble le commissariat central.

Le policier ne dit plus un mot mais en pensa le double, tout au long du trajet qui conduit de l'Evêché à la place de Lenche.

L'absinthe qu'ils partagèrent n'avait pas son goût habituel.

17

Où un second rapport de certaine « espionne » à son chef de réseau révèle la présence à Fontclaire d'un étrange « prisonnier ».

Cécile Signoret
alias agent secret Claire Joanni

A M. Raoul Signoret
Chef du réseau « Lenche »
4, place de Lenche
2e arrondissement
Marseille

Chef vénéré et cher amour,

Je n'avais pas revu « Anatole-le-lascard », le garde-chasse si distingué de M. le baron de la Tronche-en-Biais, depuis son retour piteux dimanche soir, après sa rencontre (c'est le mot) avec un fou furieux (ce sont ses propres termes) qui lui a cherché querelle sans motif et lui a placé (je cite) « un coup de pied en vache en pleine poire ». J'ai reconnu là le « chassé frontal pleine face », brutale spécialité d'un certain Signoret Raoul, adepte forcené de l'art de la boxe française, mon époux préféré. Ainsi, tu m'as prise au mot et tu es allé à ma place au rendez-vous que m'avait fixé le garde-chasse de Fontclaire ! (Au fait, il se nomme Anatole Frisch, mais c'est sans importance. Je te fournis son identité pour que tu saches sur qui tu as cogné d'une semelle vengeresse.) Petit cachottier ! Et vilain jaloux ! Pourquoi ne m'as-tu rien dit de votre virulente collision, quand nous nous sommes retrouvés dans la salle de la Guinguette du Lancier ? Tu es arrivé avec l'air innocent du bon jeune homme, alors que tu venais de te conduire en apache. Et ce, si j'ai bien compris, en pleine rue ? Si ton rédacteur en chef savait ça !

Quand j'ai repris mon service auprès de l'héritière de M. le baron, dimanche soir, Anatole se laissait bassiner le visage à l'arnica par Berthe, l'intendante-cuisinière. Sa face d'ordinaire satisfaite, bouffie par la suffisance, avait doublé de volume et commençait à tourner à l'aubergine cuite. Tout en grimaçant, le garde-chasse racontait à Berthe l'incroyable mésaventure qui lui était advenue en début d'après-midi alors qu'il se rendait « à un rendez-vous galant » (avec moi, je suppose). Dans la traverse de la Seigneurie, déserte à cette heure dominicale, il avait croisé « un blanc-bec » (la description te correspond parfaitement) à qui il n'avait pas même jeté un coup d'œil, mais qui était revenu sur ses pas en lui demandant « s'il aurait le courage de répéter tout haut ce qu'il venait de dire entre ses dents à propos de son panama ».

« Je ne l'avais même pas regardé, je vous jure,

Berthe, répétait le garde-chasse comme un phonographe détraqué. Avant que je comprenne ce qui m'arrivait, le gommeux m'avait emplâtré d'un coup de savate en pleine tête qui m'a proprement assommé. Je n'ai pas eu le temps de réaliser, j'étais par terre ! Heureusement, il n'en a pas profité pour me prendre mes sous et ma montre qui me vient de mon pauvre père. Il a dû être dérangé. C'est égal : il n'avait rien d'un nervi. Il était bien habillé et tout. On aurait dit un "jeune gens". Oh ! mais je le retrouverai, faites-moi confiance ! Et là, ce sera une autre chanson ! »

Te voilà prévenu, Raoul Signoret. Quant à moi, si on m'avait dit que j'épousais un « jeune gens » aussi vindicatif et jaloux, j'aurais réfléchi à deux fois.

Cependant, il faut croire que ta fréquentation me pervertit, car j'ai été bien heureuse de me serrer dans les bras et de goûter les lèvres d'un voyou qui attaque les garde-chasse en pleine rue le dimanche après-midi. Ça me manquait, je dois l'avouer. Il me tarde de les retrouver en continu et non plus en pointillé dans la salle d'un estaminet. Je pense que ma mission est terminée — je vais t'expliquer pourquoi — mais ça n'a plus d'importance, maintenant que je sais à peu près ce que nous voulions savoir.

Il est temps que je passe au rapport, car Angèle, la lingère, Mercure femelle, ne va pas tarder à venir chercher sa lessive et je voudrais lui confier ce message secret.

Comme je te l'avais dit, j'ai pris prétexte de promener Mademoiselle par un après-midi de beau temps dans le parc de Fontclaire et je suis allée près de la ferme où se cache le mystérieux « l'Autre », auquel le personnel faisait allusion durant un repas pris en commun. Au passage, tu n'imagines pas la splendeur de ce parc. Les hauts murs gris qui entourent le domaine, surmontés de tessons de bouteilles acérés pour décourager les monte-en-l'air, cachent un jardin à la française que le baron attribue au jardinier du Grand Trianon, Louis Guérin. Les bosquets alternent avec les terrasses et au centre du parc se trouve un vaste bassin dessiné, paraît-il, sur les plans des bains d'Agrippa à Rome. On y voit, au milieu du plan d'eau, une conque soutenue par trois statues dont l'une, une femme, symbolise la jeunesse, une autre un homme d'âge mûr et la troisième un vieillard. Trois grenouilles de pierre crachent l'eau jusqu'à cinq mètres de haut. Mais le spectacle est réservé quelques minutes aux invités de marque. (Le baron est rapiat[1] *comme il n'est pas permis.) Une allée de cèdres monumentaux conduit à une chapelle en forme de croix latine à coupole ovoïde, qui n'est pas sans évoquer celle dont Puget a orné la Vieille-Charité (mais en mieux conservée). Je n'ai pas pu voir l'intérieur, elle est toujours fermée.*

Enfin, au fond du parc se trouve la fameuse ferme qu'on ne voit pas depuis la bastide à cause des platanes qui la masquent. C'est une bâtisse trapue dont le premier étage est constitué par un grenier à foin surplombé par une grosse poulie qui sert à monter les charges. Le rez-de-chaussée est composé d'un appartement de deux pièces encadrant la porte d'entrée, d'après ce que j'ai eu le temps d'en voir. Les

1. Avare, radin.

fenêtres sont équipées de gros barreaux. C'est en me penchant vers l'une d'elles, le temps que mes yeux s'habituent à la pénombre de ce que je pense être une cuisine rustique, que j'ai pu apercevoir un homme vêtu d'une veste de laine grise et d'un pantalon sombre, assis devant une table, qui lisait. Nos regards se sont croisés, et l'homme s'est dressé d'un bond, comme s'il avait été piqué par une guêpe. Il avait l'air surpris et paniqué que je l'aie vu. Il est passé rapidement dans l'autre pièce. J'ai eu le temps de noter un regard aux pupilles claires, un visage carré et des cheveux gris coupés court. Il ressemblerait beaucoup à celui que nous recherchons, tel que tu me l'as décrit. J'avoue que sa réaction m'a laissée pantoise. Il n'aurait pas bougé, ou bien serait venu me demander calmement ce que je voulais, j'aurais passé mon chemin sans me poser de questions. Mais là, j'ai lu une sorte de panique dans son regard. Comme s'il se sentait traqué ou affolé d'avoir été découvert. En tout cas, il n'a pas cherché à entrer en communication avec moi et a préféré s'éclipser.

Cela dit, je n'aurais sans doute pas eu le temps de faire grand-chose, car à peine me redressais-je qu'une voix forte me clouait sur place :

« Eh bien, petite espionne ! Pouvez-vous m'expliquer ce que vous faites ici ?

— Mais, monsieur le baron, je promène Mademoiselle sous les ombrages et...

— Vous n'avez rien à faire dans ce coin du parc. Fichez le camp immédiatement et considérez-vous d'ores et déjà comme congédiée ! Ça vous appren-

dra à demeurer à votre place. Le temps de vous trouver une remplaçante un peu moins curieuse et vous retournerez à vos études d'infirmière ! »

Humbren d'Atay, accompagné du garde-chasse dont le visage détuméfiait mais virait à la courge avancée, était rouge de fureur. Dressé sur ses ergots, il me fusillait du regard en avançant vers moi. Pour la forme, je me fis humble et suppliante :

« Je prie monsieur le baron de ne pas me tenir rigueur de... je ne pensais pas mal faire et...

— Vous n'aviez pas à quitter votre service, qui est d'être la nourrice sèche de Mademoiselle et l'assistante médicale de Madame. Je ne vous paie pas pour faire des promenades. Allez, décampez ! Nous reparlerons de tout ça ce soir. »

Je ne me le suis pas fait dire deux fois, mais à peine m'étais-je éloignée que j'ai entendu une clef tourner dans une serrure. Je me suis retournée et j'ai vu le baron et le garde-chasse s'engouffrer dans la maison et refermer derrière eux. C'est alors que j'ai réalisé. L'homme que j'avais vu assis dans la cuisine était enfermé. Le sac que portait Anatole, le garde-chasse, contenait probablement de quoi le ravitailler. Cet homme à l'air traqué est prisonnier, Raoul, ça ne fait guère de doute. Si c'est bien celui que nous recherchons, on peut se demander pourquoi il est réduit à cet état par le baron.

Un détail qui peut t'intéresser : j'ai repéré dans l'angle gauche du mur d'enceinte de Fontclaire, tout au fond du parc, un éboulement simplement barré par des ronces qui permet de s'introduire discrètement dans le domaine. Le cocher m'a dit que les braconniers ne s'en privaient pas, probablement de mèche avec le garde-chasse, qui ferme les yeux sans doute en échange de rémunérations occultes en espèces ou en marchandises qu'il revend. Tout ça au nez de son maître. La preuve : la nuit, il rentre les chiens, habituellement lâchés dans le parc durant la journée. Si tu veux te rendre compte par toi-même de l'identité du locataire de la ferme, il te sera aisé de passer par la brèche du mur à la nuit tombée.

Dans la situation où je me suis mise, mon séjour à Fontclaire s'achève. Je vais devoir faire mes paquets d'un jour à l'autre. Sur place, je ne peux plus servir à grand-chose. Tu devrais avertir ton oncle.

Un petit mot encore avant de conclure, car ce rapport sera sans doute le dernier : durant tout mon séjour (deux semaines, demain), pas une seule fois Humbren d'Atay n'est venu rendre visite à la baronne. La pauvre jeune femme a l'air inquiet et même craintif, comme si une menace pesait sur elle. Le baron ne semble pas la retenir enfermée à clef, elle, mais il doit lui interdire de sortir et, à part moi, elle ne voit personne, puisque je suis seule chargée de lui porter ses repas. La femme de chambre elle-même ne lui parle pas et la baronne sort de la pièce quand Léone la remet en ordre. Le baron a dû donner ses ordres et chacun file doux, y compris son épouse. Renseignements pris auprès de Berthe, la cuisinière, il en est ainsi depuis plusieurs mois et, d'après elle, ça correspondrait à l'annonce de la grossesse, bien que le baron n'ait jamais été auparavant un modèle de tendresse conjugale.

Voilà, mon cher amour. J'en ai terminé. Je me

réjouis de te retrouver bientôt dans notre petit nid de la place de Lenche. Je te remercie de m'avoir autorisé cette escapade. Elle m'a appris beaucoup de choses sur l'espèce à laquelle j'appartiens. Quand j'étais une jeune fille de bourgeois de la rue Paradis, protégée dans sa coquille dorée, je n'imaginais pas que ladite espèce fût à ce point diverse. L'expérience fut enrichissante. Je ne regrette rien, y compris les humiliations subies. Elles étaient une sorte de jeu faisant partie de ma mission. Mais je sais à présent que nombre de nos semblables y sont réduits quotidiennement. Ce constat me sera très utile dans mon métier. M'en souvenir me fera agir en conséquence et traiter les patients qui me seront confiés comme des frères humains et non comme des exploités.

Je t'aime. Tu le sais. Mais je pense que je ne te le dirai jamais trop.

C.

Raoul Signoret soupira d'aise en repliant la lettre dans son enveloppe. Cécile serait là d'un jour à l'autre ! Un signe d'elle et il sautait dans le premier fiacre pour la ramener chez eux auprès de la *Princesse* qui faisait ce qu'elle voulait d'une grand-mère en adoration. Mme Signoret mère devait être la seule pour qui le retour de Cécile n'était pas une urgence.

Raoul, lui, ne vivait que pour le moment où il prendrait sa femme dans ses bras.

Ouf ! Ce n'était plus qu'une question d'heures. Il n'y avait plus de souci à se faire.

Du moins, le croyait-il.

18

Où une vision d'abattoir révèle qu'il se passe décidément des choses bizarres derrière les hauts murs de Fontclaire.

— Je reconnais volontiers, commissaire, que sur l'instant je n'ai pas prêté attention à cette détonation. Mon garde-chasse est témoin, il n'est pas rare que quelque braconnier — ils abondent à Mazargues — lâche un coup sur une *passée* de grives ou de palombes, sans se soucier des arrêtés de M. le préfet des Bouches-du-Rhône fixant les dates d'ouverture et de fermeture de la chasse.

Anatole Frisch abonda dans le sens des propos de son maître :

— Même que des fois je prends du petit plomb sur ma casquette. Ils ont tous les culots, propriété privée ou pas.

Le garde-chasse, qui se tenait debout, avait revêtu l'uniforme de sa fonction : costume de velours marron et pantalon serré aux mollets par des *leggings* de cuir surmontant des chaussures cloutées. Il montra au policier la casquette plate qu'il avait à la main, comme si des plombs avaient dû rester accrochés au tissu.

— Nous n'en faisons pas une histoire, ajouta le

maître de maison. C'est une question de bon voisinage. Vous connaissez les gens du Midi.

Le regard d'Eugène Baruteau assis pesamment dans l'un des fauteuils du grand salon de Fontclaire passait de l'un à l'autre avec une froideur et une suspicion toute professionnelle. Le commissaire se demandait notamment pour quelle raison le garde-chasse arborait ce visage tuméfié. Il se promettait d'interroger Anatole Frisch sur ce point, mais ce n'était pas pour l'heure sa préoccupation principale.

Le baron Humbren d'Atay, installé du bout des fesses sur une *radassière* [1], avait beau affecter un détachement hautain, le commissaire principal, chef adjoint de la Sûreté marseillaise, ne s'était pas déplacé en personne pour se contenter d'un cours sur les mœurs cynégétiques des braconniers mazarguais. Un homme était mort à Fontclaire. Un homme qui n'appartenait ni à la famille du baron, ni à son personnel. Un homme qui n'avait d'autre raison de se trouver au domaine que pour s'y être caché afin d'échapper aux recherches de la police. Cela, le baron ne pouvait l'ignorer. Et ce n'était pas sa façon de le prendre à la légère qui allait empêcher le policier de lui faire savoir que, en soustrayant cet homme aux investigations des enquêteurs, il s'était rendu coupable du délit de complicité.

— Tout de même, monsieur le baron, objecta Eugène Baruteau, la double détonation d'un calibre douze à 10 heures du soir, ça fait un sacré boucan. Ça ne vous a pas intrigué plus que ça ?

Humbren d'Atay haussa les épaules.

— Ce n'était pas une affaire, vous dis-je. Anatole

1. Canapé provençal à trois places aux sièges paillés.

vous l'a confirmé. Les braconniers de nuit viennent souvent chez nous tirer le garenne. Ils passent par un angle du mur qui s'est effondré, au bout du parc. S'il avait fallu se déranger à chaque coup de fusil, nous aurions passé la nuit debout.

Le baron rit nerveusement. Anatole en parfait courtisan en remit. Le seul à ne pas rire était Baruteau.

— Quand le corps a-t-il été découvert ?

— Hier, en début d'après-midi.

— Pourquoi avoir attendu ce matin pour nous prévenir ?

Le baron se raidit. Il n'avait pas l'habitude d'être interrogé. A l'armée, comme à Fontclaire, c'était lui qui posait les questions.

— Eh bien, parce que... parce que... Je ne sais pas, moi ! Le temps d'être averti. J'étais absent, hier après-midi. Mes gens n'ont rien voulu entreprendre sans avoir reçu mes ordres... Je ne suis rentré à Fontclaire qu'à 7 heures du soir. J'ai demandé que la chose ne s'ébruite pas auprès des autres membres du personnel et surtout auprès de mon épouse qui a les nerfs fragiles. J'ai préféré attendre ce matin.

Baruteau regarda ironiquement le baron.

— Vous vouliez que la chose ne s'ébruite pas et vous avez attendu quelque dix-huit heures avant de prévenir la police. C'est à mon avis suffisant pour que tout Mazargues soit au courant. Sauf votre respect, monsieur le baron, vous n'êtes pas naïf au point de croire que celui qui a découvert le corps aura gardé la chose pour lui ? Au fait qui est-ce ?

Humbren d'Atay rougit de colère.

— Le jardinier qui fauchait la prairie près de la

ferme. J'ai tout à fait confiance en la discrétion de Gaston. Il est à mon service depuis...

Le regard du policier lui coupa le sifflet. Baruteau, pas dupe, n'en croyait pas un mot et le faisait muettement savoir au baron. Plusieurs domestiques de Fontclaire, interrogés, avaient déjà raconté nombre de détails intéressants aux inspecteurs de la Sûreté qui avaient précédé leur patron. Humbren d'Atay était humilié. Il ne supportait pas d'être traité de la sorte devant un subalterne.

— Anatole, voulez-vous nous laisser ?

— Pardon, pardon, objecta Baruteau. C'est moi qui décide. Restez avec nous, monsieur Frisch. Vous étiez bien en compagnie de monsieur le baron quand celui-ci est entré dans la pièce où se trouvait le corps ?

— Parfaitement, monsieur le commissaire. C'est moi qui ai ouvert.

— Pourquoi la porte d'entrée de la ferme était-elle bouclée ?

Humbren d'Atay voulut intervenir :

— C'est le jardinier qui avait fermé pour que personne n'entre et ne voie...

— C'est à M. Frisch que je pose la question, monsieur le baron. Si vous voulez bien ne pas l'interrompre.

Comme s'il était seul avec le garde-chasse, Baruteau enchaîna :

— Voyons monsieur Frisch, Gaston Reboul, le jardinier de Fontclaire, nous a déclaré qu'il ne possédait pas la clef de la ferme. C'est vous seul et M. le baron qui l'aviez. Donc il n'a pu ni ouvrir ni fermer. Il a seulement aperçu le mort depuis la fenêtre du rez-de-chaussée et il est venu vous prévenir de ce qu'il avait découvert. Exact ?

— Exact, monsieur le commissaire.

Le garde-chasse jeta un regard inquiet au baron qui le fusilla du regard.

— Et vous, qu'avez-vous fait ?

— Je suis venu constater sur place ce que m'avait dit Gaston, qu'il y avait un macchab... un mort dans la cuisine de la ferme et, quand j'ai vu l'état dans lequel il était, j'ai fermé les volets...

— Vous êtes entré ?

— Oh, que non ! J'ai beau avoir été militaire — j'ai été l'ordonnance de M. le baron en Afrique et à Madagascar — c'était trop affreux. J'ai perdu l'habitude. J'ai simplement poussé les croisées depuis l'extérieur et j'ai dit à Gaston de fermer sa gueu... de ne rien dire, jusqu'à ce que M. le baron soit de retour. Tout l'après-midi, on a surveillé le coin, pour que personne ne s'approche de la ferme.

— Personne n'est venu ?

— La petite infirmière s'est approchée en promenant Mademoiselle, mais on l'a fait courir.

— Oh, celle-là ! grinça le baron.

— Quoi, celle-là ? demanda Baruteau.

— Curieuse comme une pie borgne. Je la fous dehors, d'ailleurs, ajouta Humbren d'Atay comme si la nouvelle avait son importance.

Il était furieux d'assister à l'interrogatoire d'un homme à son service sans pouvoir intervenir.

— Elle est au courant, l'infirmière ? demanda le policier.

— Pas plus que nous autres, répondit le garde-chasse.

— Je la verrai, elle aussi, dit Baruteau qui ne savait pas à qui il faisait allusion.

Par Raoul, le policier avait été averti de la présence de cet étrange « détenu » de Fontclaire. Son neveu lui avait raconté tenir l'information d'une indiscrétion de cette jeune femme, chargée de veiller sur la santé et l'alimentation de la baronne et de sa fille, mais il s'était bien gardé de lui révéler qu'il s'agissait de Cécile !

Eugène Baruteau se redressa sur son siège.

— Bien ! Revenons à cette histoire de clef. Si vous deux seuls la possédiez et si la porte d'entrée, d'après le jardinier, était fermée, j'en déduis que l'homme, à l'intérieur, ne pouvait pas sortir. Autrement dit, qu'on l'y avait enfermé. Objection ?

— Il possédait lui-même une clef, n'est-ce pas Anatole ? dit rapidement le baron au garde-chasse. Il pouvait sortir quand bon lui semblait. C'est parce que la porte était fermée de l'intérieur que mon garde-chasse a dû se servir de la sienne. Enfin, de la mienne, si vous préférez.

— Nous vérifierons, dit calmement Baruteau qui déplia sa lourde carcasse. Bon ! Vous m'accompagnez à la ferme. Vous n'aviez rien touché avant l'arrivée des inspecteurs ?

— Non, affirma le baron, mais avec un air si gêné que le commissaire fut persuadé du contraire.

Les trois hommes traversèrent le parc sur toute sa longueur. Baruteau ne put s'empêcher d'admirer son ordonnancement. Comme ils arrivaient au début de l'allée de platanes qui conduisait au bâtiment de la ferme, Humbren d'Atay se figea sur place, ivre de rage.

— Elle est encore à nous espionner, celle-là ! Vous allez ficher le camp, oui ? ou faut-il que je vous botte les fesses ? cria-t-il.

D'un doigt tremblant d'indignation, le baron désignait la silhouette encapée de sombre d'une jeune infirmière avec son voile blanc sur la tête, qui poussait un landau anglais aux roues d'un diamètre impressionnant.

— Calmez-vous, monsieur le baron, plaisanta Baruteau, vous allez vers le coup de sang.

— Je vous l'avais dit, commissaire, cette merdeuse nous espionne en permanence, éructa Humbren d'Atay qui ne se contenait plus.

Les trois hommes se dirigèrent vers la silhouette au bout de l'allée.

— C'est l'infirmière dont vous me parliez ?

— Oui, répondit le baron comme on profère une insulte. Mais plus pour longtemps, je vous le promets.

Le commissaire héla la jeune femme en s'approchant.

— Mademoiselle, j'aurais quelques questions à vous poser si vous le vou...

Le mot resta accroché à sa lèvre ouverte de stupéfaction. Cécile ! Qu'est-ce qu'elle foutait là ? Pas possible, c'était un mauvais rêve. Il allait se réveiller ! Baruteau prit un mouchoir pour s'éponger le front et se donner une contenance. Cécile elle-même demeurait stupéfaite et interdite.

Anatole Frisch et le baron, surpris par la scène, échangeaient des regards interrogateurs.

La jeune femme fut la première à se ressaisir.

— Je suis à votre disposition, monsieur.

Elle reprit sa marche sur des jambes flageolantes, soucieuse avant tout de mettre une certaine distance entre l'oncle Eugène et elle.

— Monsieur est commissaire de police ! cria Humbren d'Atay dans le dos de Cécile qui s'éloignait. Tenez-vous à sa disposition. Quant à nous deux, je vous verrai après !

La jeune femme ne répondit pas.

Baruteau était décontenancé.

— Je suis désolé, grommela-t-il en reprenant un air sévère. J'ai eu comme un éblouissement. Un peu de fatigue, sans doute.

Il était furieux contre lui-même. Et aussi contre Cécile. Cette rencontre l'avait déstabilisé.

Le commissaire reprit sa marche vers la ferme, suivi des deux autres, et ne desserra plus les dents jusqu'à l'arrivée sur la terrasse de terre battue où s'affairaient des inspecteurs qui entraient et sortaient du bâtiment en une noria précipitée.

Oui, il allait avoir quelques questions à poser à « l'infirmière ». Mais certainement pas celles auxquelles s'attendait M. le baron !

Baruteau entra dans la cuisine de la ferme en coup de vent, se heurtant à un inspecteur qui sortait. Le temps que ses yeux s'habituent à la pénombre et il se figea d'horreur. Son métier l'avait habitué aux visions macabres, mais là, le spectacle dépassait tout ce qu'il avait vu jusqu'ici.

Sur une chaise de paille, au milieu de la pièce au

plafond bas, se tenait en position assise, appuyé au plateau de la table contre lequel son buste s'était affaissé, le corps d'un homme, ou ce qu'il en restait, dont une jambe de pantalon était remontée jusqu'au genou, dévoilant un mollet et un pied nus. Deux orteils de ce pied dénudé — le plus gros et le suivant —, passés dans le pontet d'un fusil de chasse à canon double dont le mort serrait entre ses mains tétanisées la longuesse [1] et la crosse, étaient restés en place, chacun sur l'une des deux queues de détente de l'arme. L'extrémité de celle-ci se trouvait encore à la hauteur de ce qui avait été la tête de l'homme. En utilisant ses doigts de pied comme il l'aurait fait de l'index et du majeur de sa main droite, l'homme avait provoqué la mise à feu des deux cartouches en même temps, qui lui avaient fait sauter la majeure partie de la tête. Des fragments pulvérisés de sa face et des os frontaux et pariétaux, auxquels s'accrochaient encore des lambeaux de chair hachée, étaient éparpillés sur le sol autour du cadavre et une orbite énucléée semblait observer l'arrivant d'un regard noir. Le plafond de bois qui soutenait la grange au premier étage était criblé de plombs, de minuscules fragments d'os et de cervelle humaine pulvérisée. La partie arrière de la tête, encore reliée aux épaules par un lambeau de muscles et de peau, n'étant plus soutenue par rien, avait basculé sur la nuque et formait une sorte de capuchon sanglant de chairs en bouillie.

Devant cette vision d'abattoir, Eugène Baruteau se sentit défaillir et une violente nausée l'obligea à faire demi-tour. Il sortit en courant et alla vomir dans un taillis. Il se rendit compte, malgré son malaise, qu'il

1. Partie en bois qui se trouve *sous* le canon.

n'était pas le premier. Le commissaire prit de larges inspirations et s'appliqua à calmer les battements de son cœur. Ce n'était pas le moment de tourner de l'œil devant ses subordonnés et les suspects qui demeuraient immobiles devant la porte de la ferme, attendant son retour. Le baron lui-même se faisait discret.

Baruteau prit sur lui et, d'un pas qu'il aurait souhaité plus décidé, retourna vers la ferme.

— Entrez avec moi, glissa-t-il à Humbren d'Atay et au garde-chasse.

Le spectacle de boucherie n'avait rien perdu de son horreur, mais, au moins, l'effet de surprise avait disparu. Le commissaire évita de fixer un point précis et parcourut la pièce d'un regard volontairement flou. Ses hommes étaient là, faisant leur devoir, mais personne ne parlait, comme si l'horreur avait figé les esprits. Les gens de l'identité procédaient à des relevés d'empreintes, tandis que deux inspecteurs prenaient des notes en examinant les fragments disséminés de l'homme qui s'était fait sauter la tête de si atroce façon. Un photographe de la Sûreté, équipé d'un gros appareil à soufflet monté sur trépied, à demi dissimulé sous son voile noir, fixait cette scène d'épouvante. « Voilà un cliché qui sera en bonne place dans notre musée des horreurs », songea le commissaire qui avait retrouvé son courage. Le baron et Anatole, qui pourtant avaient dû en connaître sur les champs de bataille de l'Empire colonial français, étaient pâles à faire peur et ne pipaient mot, statufiés près de l'entrée.

Baruteau se tourna vers eux.

— A qui appartient le fusil ?

— A moi, dit Humbren d'Atay.

L'arme était un fusil Darne, calibre 12 à culasse pivotante. Le fin du fin en matière de fusil de chasse, sorti récemment des ateliers de la firme à Saint-Etienne.

— Il l'aura dérobé pendant mon absence, ajouta le baron en désignant les restes humains. Les cartouches étaient dans le meuble râtelier. Je vous dis qu'il allait où il voulait.

Baruteau eut un mouvement d'humeur.

— Chaque chose en son temps. Nous aborderons cette question plus tard, si vous le voulez bien. Laissez-moi simplement vous dire que pour un type qui allait où il voulait, comme vous dites, personne parmi votre personnel ne l'a jamais aperçu en dehors de la ferme. Les seuls qui ont découvert sa présence sont ceux qui sont venus fouiner ici. Alors, arrêtez, je vous prie.

Le baron baissa la tête, furieux de s'être fait moucher. Sa main droite qui frappait sèchement sur sa cuisse trahissait son état nerveux.

— Suivez-moi, dit le commissaire en prenant la porte.

Il en avait assez vu. Le rapport d'autopsie lui dirait ce qu'il ignorait encore. Il donna des ordres pour accélérer les résultats au maximum.

— Je veux des nouvelles verbalement, dès demain. Pour le rapport écrit, on a le temps.

Eugène Baruteau retrouva l'air libre comme une caresse au réveil apaise un cauchemar. Toujours suivi du baron et de son garde-chasse, qui marchaient docilement à deux pas derrière, il gagna un banc de pierre à l'ombre d'un cèdre de l'allée centrale du parc et s'y assit, invitant le baron à faire de même. Après ce qu'il venait de voir, le commissaire ne se sentait pas de poursuivre l'interrogatoire dans le confinement d'un salon, fût-il luxueux.

— Monsieur Frisch, vous pouvez nous laisser maintenant, dit-il à Anatole. Je désire m'entretenir avec M. le baron en tête à tête. Ne vous absentez pas de Fontclaire sans mon autorisation. J'aurai sans doute encore besoin de vous.

Le garde-chasse quêta du regard l'approbation du baron.

— Faites ce que M. le commissaire vous dit, Anatole.

L'homme salua militairement son maître et s'éloigna, faisant crisser les graviers de l'allée sous ses semelles cloutées.

Baruteau resta quelques instants silencieux, comme s'il réfléchissait, puis, sans crier gare, demanda :

— Depuis quand l'abbé Richaud était-il à Fontclaire ?

— Il est venu me trouver le lendemain de la découverte du corps de Barral.

Le policier n'en fut pas étonné. Les inspecteurs dépêchés ce jour-là pour interroger le vicaire avaient trouvé vide la maison de la rue du Lavoir.

— Que vous a-t-il demandé ?

— De l'héberger.

— De l'héberger ou de le cacher ?

Humbren d'Atay eut un haut-le-corps.

— De l'héberger, je dis bien. C'était un homme à bout. Il m'a dit : « Tout le monde croit que c'est moi qui ai tué l'abbé Barral. Ils se liguent tous pour me faire accuser. C'est un complot des francs-maçons et des socialistes pour se débarrasser de moi. Mais je suis innocent, monsieur le baron. Innocent. Comment pourrait-on croire qu'un prêtre fasse une chose pareille à un autre prêtre ! » Il s'est mis à pleurer et m'a supplié : « Sauvez-moi, monsieur le baron ! Je n'ai pas tué l'abbé Barral ! Sans votre aide, je suis perdu ! »

— Et vous l'avez cru ?

Humbren d'Atay prit un air offusqué.

— Cru qu'il était innocent ? Naturellement, je l'ai cru. Je connais... enfin, je connaissais bien l'abbé Richaud. Un homme de foi comme on en fait peu, tout entier tourné vers son sacerdoce, très dévoué à la paroisse et au service des âmes qui lui étaient confiées. Il était incapable d'une mauvaise action. A plus forte raison d'un crime. Ça ne tient pas debout ! Il avait raison, le malheureux. On voulait l'abattre. Et nous savons bien qui.

Eugène Baruteau se demanda un instant si le baron le prenait pour un demeuré, ou bien s'il ignorait tout des escroqueries et autres entourloupes dont l'« homme de foi » s'était rendu coupable tout au long de sa vie de prêtre. La réponse était évidente. Ce qui mit le policier de fort méchante humeur.

— Vous estimez donc que l'affaire du faux miracle, pour ne parler que de ça, montée de toutes pièces par l'abbé Richaud, est digne d'un homme de foi qui se dévoue sans compter à la paroisse ?

Humbren d'Atay accusa le coup.

— Je ne dis pas, ça, c'était une maladresse. Un enfantillage, si vous voulez. Richaud ne croyait pas faire mal. Nous en avions parlé ensemble. Je l'avais un peu grondé. Là encore, il n'avait pensé qu'au bien de la paroisse. Il s'était dit naïvement que, si Mazargues devenait un lieu de pèlerinage, on pourrait récolter de l'argent pour bâtir une église encore plus belle. Et puis, il voulait ouvrir deux écoles, l'une pour les filles, l'autre pour les garçons, afin de contrebalancer l'influence des laïcards qui nous font tant de mal et pourrissent la jeunesse avec leurs écoles sans Dieu. Il était ainsi, l'abbé Richaud. Il avait l'âme d'un prosélyte et la foi des premiers chrétiens. Il était comme un enfant qui croit sans se poser de questions. D'ailleurs, cette grosse bêtise du « faux miracle », comme vous dites, prouve bien qu'il était sans calcul. Des esprits forts se sont dépêchés de le lui saboter, son miracle.

Eugène Baruteau secoua la tête.

— Monsieur le baron, pardonnez la pauvreté de la rime, mais ne me prenez pas pour un couillon.

Stupéfait, le colonel perça sous le hobereau.

— Mais, nom de Dieu ! je ne vous permets pas...

Le policier ne se laissa pas impressionner.

— Pardon ? Mais vous n'avez rien à me permettre ou non. Je vous rappelle que j'enquête sur la mort plus que suspecte d'un homme recherché par la police et que l'on retrouve haché comme un *bifteck* dans la maison où vous le cachiez. *A priori*, que cela vous convienne ou non, vous êtes pour moi, ni plus ni moins, comme tous les gens de Fontclaire, un témoin que j'interroge, et un témoin, vous savez, monsieur le baron, ça peut très bien devenir un suspect.

— Je voudrais bien voir ça ! s'exclama Humbren d'Atay qui n'avait pas l'habitude d'être contesté.

— Nous allons le voir ensemble, justement, répliqua calmement le policier. Revenons-en donc à l'ex-abbé

Charles Richaud, ci-devant vicaire de Mazargues, dont d'après vous le procès en canonisation ne devrait pas tarder à être instruit.

— Oooh, je vous en prie, ça n'est pas drôle, grommela le baron.

— Oh, que non, ça ne l'est pas ! s'exclama le policier. Voilà enfin une parole sensée ! Ne me dites pas que vous ignoriez que votre saint homme était un voleur, un escroc qui a dépouillé nombre de paroissiennes en or massif en les embobinant dans des histoires du calibre du « faux miracle ».

— Mais il ne gardait rien pour lui ! objecta Humbren d'Atay.

Baruteau s'esclaffa.

— Ça ! Je ne vous le fais pas dire ! Il claquait tout dans les bordels et les tripots. Sans doute pour le salut des âmes des tenanciers et des putains dont il voulait améliorer le sort, me direz-vous.

Le baron ne disait rien car il boudait, furibard de s'être fait rouler dans la farine par ce gros flic qui ne paraissait pas très futé, mais qui se montrait habile à engluer les gens dans sa toile.

Sentant qu'il avait ébranlé son interlocuteur, Baruteau ne cherchait plus à tourner autour du pot.

— Monsieur le baron, mon petit doigt me dit que ça ne s'est pas passé comme vous l'affirmez avec Richaud. J'ai la nette impression qu'il n'était pas votre hôte, mais votre prisonnier.

— Mon prisonnier ? reprit Humbren d'Atay en écho. Elle est bonne, commissaire. Et puis quoi ? Prisonnier ? Pour quoi faire, je vous prie ?

— Pour lui faire avouer quelque chose dont vous vous doutiez. Pour en être sûr.

Le baron blêmit.

— Et quoi donc, je vous prie ?

Le policier planta son regard noir dans les yeux d'Humbren d'Atay qui se dérobèrent.

— Monsieur le baron, il est un secret de polichinelle qui circule dans Mazargues, comme quoi vous soupçonneriez l'ex-vicaire de Mazargues d'être le père naturel de votre fille.

Humbren d'Atay serra les mâchoires et lâcha :

— Pure calomnie.

Il paraissait prêt à dire autre chose, mais s'en tint là en fixant le bout de ses bottines. Baruteau ne voulut pas le lâcher. Il ajouta presque à voix basse :

— Vous le teniez ici enfermé parce que vous aviez un compte personnel à régler avec ce prêtre dévoyé. Je me trompe ?

— Absolument, répliqua le baron qui s'était repris. Je ne vois pas de quoi vous voulez parler. J'ai agi en chrétien. Je suis venu au secours d'un homme qui était dans l'affliction, sans le juger ni lui demander compte de ses actes. Richaud était un homme aux abois, injustement soupçonné de...

Baruteau posa sa grosse patte sur l'avant-bras du baron et dit à mi-voix :

— On ne va pas s'éterniser sur ce refrain, monsieur le baron. Trouvez autre chose. Montrez-moi que vous êtes...

Il chercha le mot. Humbren d'Atay, piqué au vif, termina la phrase :

— Que je suis quoi ? Un homme ? Je l'ai montré

sur bien des champs de bataille que j'en suis un. Je n'ai pas de leçon de courage à recevoir d'un, d'un...

A son tour Baruteau acheva pour son vis-à-vis :

— Dites-le : d'un bourre, d'un condé, d'un flic, d'un hareng saur, d'un perdreau, d'un poulet, d'un roussin, j'en oublie, vous avez le choix.

— Je ne suis pas homme à me dérober devant mes responsabilités, acheva le baron.

— Ça tombe bien, ironisa le commissaire, car il va falloir les prendre. Vous voilà complice d'un homme suspecté de meurtre qui, grâce à vous, s'était soustrait jusqu'ici aux recherches de la police. Les raisons que vous avancez pour justifier votre attitude ne me convainquent pas. Jusqu'à preuve du contraire, j'ai la fâcheuse impression que vous avez séquestré l'abbé Richaud. Qu'on le retrouve mort...

— ... Suicidé, le coupa Humbren d'Atay.

Baruteau reprit sur le même ton :

— Qu'on le retrouve mort chez vous n'arrange pas vos affaires, permettez-moi de vous le dire. J'attends les premiers résultats de l'autopsie. D'ici là, comme à votre garde-chasse, je vous demanderai de ne pas quitter Fontclaire, même pour vous rendre à votre usine. Vous restez à la disposition de la police. Au cas où vous passeriez outre, je me verrais dans la désagréable obligation de vous faire coffrer pour vous garder sous la main. Donnez-moi votre parole de soldat que vous ne vous déroberez pas.

— Je ne la donne pas, dit le baron d'une voix glaciale, à qui ne la mérite pas.

Baruteau ne releva pas. Il se dressa brusquement :

— Comme vous voulez. Ce sera tout pour l'instant.

Humbren d'Atay l'avait imité. Sa modeste taille le faisait paraître minuscule à côté du policier.

Le commissaire reprit l'allée vers la ferme. Il n'avait pas fait trois pas qu'il se retourna vers le baron qui regagnait la bastide de son pas nerveux.

— Sans vous désobliger, monsieur le baron, cria-t-il vers la silhouette qui s'éloignait dans le parc ensoleillé, faites-moi donc envoyer la petite infirmière. J'ai deux mots à lui dire aussi, à celle-là.

19

Où l'on révise un principe immuable en médecine légale : un cadavre ne saigne pas.

— Mais enfin, Bon Dieu de Dieu ! qu'est-ce qui vous a pris, à Cécile et à toi ? Vous n'êtes plus des enfants que je sache ! Vous en avez même fabriqué un !

En quelques coups de gueule bien ajustés Eugène Baruteau venait de rajeunir son neveu de plus de vingt ans, le ramenant au temps où, prématurément orphelin de père [1], Raoul se faisait « passer un savon » par son oncle pour s'être fait prendre les doigts dans un pot de confiture de la tante *Thérésou*.

Le reporter, assis face au policier dans le salon de l'appartement que ce dernier occupait rue de Bruys, dans le quartier de la Plaine, baissait la tête et attendait la fin de l'orage. Mais loin de calmer Baruteau, cette absence de réaction semblait prolonger la semonce, le commissaire puisant en lui de nouvelles ressources colériques, comme lorsqu'il interrogeait un suspect peu coopérant.

— Enfin, je ne comprends pas ça, moi, poursuivait-il comme s'il répliquait à un argument. C'est de l'en-

1. Voir *L'Enigme de La Blancarde.*

fantillage. J'ai comme l'impression qu'une enquête c'est pour vous une sorte de grand jeu scout. Et Cécile que je croyais plus posée, plus raisonnable que toi, non ? J'avais l'air de quoi, moi, devant l'autre fin de race et son garde-chasse, en la découvrant au bout d'une allée, déguisée en nourrice, tandis qu'on pataugeait dans la viande froide à quelques mètres de là ? Je ne savais plus quoi faire, ni dire. Il s'en est rendu compte, le baron de *la Tronche-en-Biais*. Heureusement, je m'en fous. C'est moi, en pareille circonstance, qui demande aux gens de s'expliquer. Mais franchement ! A quoi ça rime ce que vous avez fait ?

Tante *Thérésou,* qui savait quand il le fallait se montrer discrète, s'affairait à tailler les rosiers de son jardin pour laisser les deux hommes en tête à tête. Bien que sachant à quoi s'en tenir sur les raisons de l'entrevue entre son époux et son neveu, elle passait et repassait l'air absorbé devant la porte-fenêtre fermée du salon, suivie des yeux par Raoul que la semonce commençait à exaspérer et qui attendait impatiemment qu'elle se termine.

Voyant que son oncle reprenait souffle avant de se lancer dans une prochaine tirade, en dépit de son emphysème chronique, le reporter décida d'intervenir.

— Ça rime, mon cher oncle que j'aime malgré ses « gros yeux », que grâce à notre enfantillage vous avez été prévenus de la présence de l'abbé Richaud à Fontclaire, alors que vos inspecteurs d'élite piétinaient dans la semoule depuis des jours et le cherchaient partout où il ne se trouvait pas. Certes, nous n'avons pas pu prévenir la fin aussi violente que prématurée du regretté vicaire, mais au moins la Sûreté marseillaise n'a pas eu l'air de débarquer de la lune et savait, avant d'avoir découvert le suicide, de quoi et de qui il retournait. Cela dit, si l'honneur de la police est froissé, je vous fais mes excuses les plus plates, ce n'était pas, je vous le jure, le but de la manœuvre.

Raoul avait marqué un point, mais Baruteau ne voulait pas s'avouer vaincu.

— Je veux bien croire que ce n'était pas prémédité pour nous faire la leçon. Je ne vous crois pas, ta femme et toi, assez retors pour ça.

— Autrement dit, nous sommes plus bêtes que méchants, surtout moi, le coupa Raoul.

— On peut dire ça comme ça. Mais pourquoi, au moins, ne pas m'avoir prévenu ?

Raoul, qui sentait l'atmosphère s'alléger, rit franchement.

— Vous me voyez vous demandant l'autorisation de monter cette supercherie ? Et surtout, vous *vous* voyez me l'accordant, monsieur le sous-chef de la Sûreté ?

Baruteau dut admettre la pertinence de la réponse.

— Tu n'as pas tort sur ce point. Il y a si longtemps que j'ai envie de te faire goûter au confort incomparable des geôles de l'Evêché ! Je t'y aurais bouclé volontiers le temps que te passe cette idée saugrenue.

— Objection, Votre Honneur, comme on dit chez Sherlock Holmes, l'idée n'est pas de moi, mais de Cécile.

— Elle est bonne, celle-là ! Qui porte la culotte dans le ménage ?

— Pas plus l'un que l'autre, répliqua Raoul vexé. Nous décidons tout ensemble.

— Mouais... Tu ne me lèveras pas de l'idée qu'elle t'a bien embobiné.

— Disons plutôt qu'elle a su me convaincre. Même en rasant ma moustache, j'aurais pu difficilement passer pour une jeune et jolie infirmière auprès de *la Tronche-en-Biais*. Cécile voulait m'aider à avancer dans cette histoire compliquée et elle avait des moyens que je n'avais pas. La preuve, elle a entortillé cette vieille ganache qui l'a engagée malgré ses préventions.

— Il est en train de la foutre dehors.

— Ça n'a plus d'importance, je pense.

— Non, admit le commissaire. N'empêche qu'elle était, que tu le veuilles ou non, en danger.

— En danger ? s'étonna Raoul. Que risquait-elle, même démasquée ?

— Je me comprends, grogna Baruteau. Une mère de famille n'avait pas à prendre de tels risques !

— Des risques ? Comme vous y allez !

— Oui, des risques. Je ne vais pas te faire de confidences maintenant, mais s'introduire par ruse à Fontclaire pouvait valoir à Cécile de graves ennuis. Pas seulement judiciaires.

— Mon oncle, vous en avez trop dit.

— Oh, là, doucement ! Tu ne me tireras pas les vers du nez, beau masque !

— Cependant...

— Rien du tout, je te dis. Tu ne t'es que trop mêlé de cette affaire. Je devrais dire de *mes* affaires. Chacun son métier, les vaches seront bien gardées. Plus un mot.

Au mot vache, Raoul ne put retenir un sourire.

— Tiens, buvons plutôt un coup, proposa le policier, pour te montrer que je ne t'en veux plus, mais restons-en là.

— Vous préférez faire de moi un neveu éthylique plutôt qu'un journaliste informé, dit Raoul, faussement attristé.

— Pour ce que tu en fais, de mes informations ! répliqua le commissaire. Tu en profites pour essayer de me doubler !

— Me prêter une âme si noire, mon oncle !

— Oui, oui, beau merle, siffle toujours ! Un peu de vin de noix ? Si ta tante nous voit boire de l'absinthe au foyer conjugal, c'est à moi qu'elle va faire les « gros yeux ».

— Va pour le vin de noix, dit Raoul résigné.

L'essentiel pour lui était d'avoir un prétexte à poursuivre la conversation.

— Pourquoi avez-vous parlé de danger, tout à l'heure ?

— *Li sian maï*[1] *!* Je ne sais pas ce que j'ai fait au Bon Dieu pour avoir un neveu aussi *pégon*[2] ! Tu n'as pas encore compris qu'une enquête criminelle ça n'a rien à voir avec un jeu pour les minots ? Tu les as vus, ceux de Fontclaire ? La baronne, elle est malade de la tête. Le baron, c'est une espèce d'excité qui fut naguère viré de l'armée pour avoir traité les Malgaches comme du bétail d'abattoir. Le garde-chasse était avec lui à Madagascar et lui cirait les bottes quand il avait trop marché dans le sang. Quant à l'autre, là, le curé voleur, il s'est fait sauter la tête avec deux cartouches de che-

1. Expression qui dénote fréquemment l'exaspération. Littéralement : « on y est encore ! » dans le sens où le français dit « ça recommence ! ».

2. Si collant !

vrotine. Enfin, c'est ce qu'on croit... Tu trouves ça ordinaire ? Tu la vois ta petite femme, au milieu de tous ces fondus ? Tu penses qu'elle ne risquait rien à aller les *espincher*[1] ? Et si Richaud, qu'elle est venue débusquer dans sa cuisine, au lieu de se faire éclater sa tête à lui, s'était mis à tirer sur elle ? Et si Frisch l'avait alignée en prétextant l'avoir confondue avec un braconnier ? Qui c'est qui aurait l'air malin, maintenant ? Tu voudrais que j'envisage calmement que mon neveu, qui est comme le fils que je n'ai pas eu, soit pour le restant de ses jours le plus malheureux des hommes ? Qu'une petite princesse de six mois, qui a la vie devant elle et droit à tout le bonheur du monde, n'ait tout à coup plus de maman ?

La gorge de Raoul se serra. Il était bien placé pour savoir que, sous ses airs d'ogre en furie, Eugène Baruteau cachait un cœur d'or et que le *savon* que son oncle venait de lui passer n'était que l'expression pudique de son amour, aujourd'hui étendu à Cécile et à leur fille, Adèle.

Il éprouva soudain une onde de tendresse pour ce gros flic bourru qui faisait trembler subordonnés et suspects et qui, là, à sa manière, venait de lui dire combien il l'aimait. Il se leva et vint l'embrasser. Baruteau rosit comme une jeune fille.

— Vous avez raison. J'ai agi comme un *fada*. Je vous demande pardon.

Baruteau, ému, répondit simplement :

— C'est déjà fait.

Les deux hommes trinquèrent à leur réconciliation.

---

1. Espionner.

— Elle est encore à Fontclaire, Cécile ? demanda le policier, l'air préoccupé.

— Je pense. Elle devait m'avertir dès que le baron l'aurait remerciée. Pourquoi ?

— Il me tarde qu'elle ne soit plus au milieu, lâcha le policier.

Raoul ne manqua pas de relever :

— Au milieu de qui, de quoi ?

Baruteau parut gêné.

— Hmm ! Je veux dire, chez *la Tronche-en-Biais*. Les plaisanteries les plus courtes sont les meilleures. On ne sait pas quelle peut être la réaction de ces gens-là.

Une bribe de phrase prononcée par son oncle un instant auparavant revint en mémoire à Raoul Signoret. Il ne put s'empêcher de demander :

— Pourquoi, en parlant du suicide de Richaud, tout à l'heure, avez-vous ajouté : « Enfin, c'est ce qu'on croit ? »

Baruteau tenta une esquive.

— Moi, j'ai dit : « C'est ce qu'on croit ? »

— Oui, vous, parlant à ma personne.

— Tu auras mal entendu.

Raoul regarda son oncle droit dans les yeux.

— Allez ! Jouons pas au chat et à la souris. Pas nous deux. Vous savez quelque chose que j'ignore.

— Ça ! s'écria le policier, excusez-moi, Môssieur le grand reporter. C'est la moindre des choses, que je sache ce que tu ne sais pas, petit morveux ! Non, mais quel culot ! Ecoutez-moi ça ?

Raoul planta sa banderille au milieu de la tirade.

— Richaud ne s'est pas suicidé ?

Baruteau pesta contre lui-même. Ce diable de Raoul lisait en lui à livre ouvert.

— Bon ça va, je me rends, mais jure-moi sur la tête de Cécile et de ta fille que tu garderas ce que je vais te confier pour toi. Je peux te promettre que si tu passais outre, cette fois, *ouh !* je sais pas ce que je te ferais !

— Je le jure sur la tête de Cécile et d'Adèle, promit Raoul en étendant la main droite. Si je ne crache pas par terre, c'est par respect pour le plancher ciré de tante *Thérésou.*

— Bon. Je te fais confiance, dit une fois encore Baruteau en grognant.

Il prit dans sa poche une pastille de réglisse qui devait en principe l'aider à oublier sa bonne vieille pipe irlandaise en bruyère flammée, mais qui ne réussissait qu'à la lui faire regretter. Il lâcha soudainement :

— Richaud ne s'est probablement pas suicidé. « On » l'a suicidé.

— Qui ça ? demanda Raoul qui s'était redressé et demeurait le visage tendu vers le policier.

— Oh, je n'en sais rien, répondit ce dernier. Forcément quelqu'un de Fontclaire et forcément quelqu'un qui avait la clef de la ferme. Ça restreint le champ des investigations, comme on dit chez nous.

— Comment pouvez-vous penser que...

Baruteau ne laissa pas aller son neveu au bout de la question.

— Nous avons quelque raison de penser que la boucherie qu'on nous a préparée dans la cuisine n'était qu'une mise en scène macabre. On a voulu nous faire croire que le curé traqué avait mis fin à ses jours, mais on a oublié plusieurs détails qui ont leur importance.

Le policier, qui savait son neveu suspendu à la suite, prit un plaisir sadique à interrompre ses confidences. Il prit son verre et avala posément une gorgée de vin de noix. En regardant Raoul, il ne put s'empêcher de sourire de la bonne farce.

— Après ce que vous m'avez fait, ta femme et toi, j'ai presque envie de ne plus rien te dire.

Raoul sourit à son tour :

— Villiers de L'Isle-Adam a écrit une nouvelle sur ce thème : *La torture par l'espérance,* ça s'intitule.

— Bon, alors, je vais y mettre fin, dit Baruteau, bon prince. Mais tu me jures...

Raoul ne dit rien, mais étendit de nouveau la main droite et fit semblant de cracher.

— Celui, celle ou ceux qui ont fait ça, poursuivit le commissaire, ignoraient un principe qui relève de la physique pure et simple : un cadavre ne saigne pas.

Raoul regardait son oncle l'air stupéfait.

— Ne fais pas cette tête de *bogue*[1], je t'explique : plus de pompe, plus de circulation. Plus de cœur, plus de pulsations qui expédient le sang dans les vaisseaux à travers tout le corps. Le sang coagule donc là où il est, il ne coule plus. D'accord ?

Raoul fit signe qu'il suivait.

— Par conséquent j'en reviens à ma première constatation : un cadavre ne saigne pas. Et d'un.

« *Deuxio* : un type qui se fait sauter la tête avec deux cartouches de 12, il devrait nous foutre du sang jusqu'au plafond, on devrait le retrouver au milieu

1. Poisson de fond, à l'air particulièrement stupide.

d'une mare d'hémoglobine et ses vêtements devraient en être inondés. Rien de tout ça avec notre Richaud. Les morceaux de bidoche répandus ne saignaient pas plus que les pièces de bœuf sur l'étal du boucher.

« *Troisio*, essaye donc un jour, non pas de te suicider, je te l'interdis, mais de tirer au fusil de chasse avec ton gros orteil et le suivant en lâchant tes deux coups *en même temps*. Tu n'y parviendras pas, car si le gros orteil possède une certaine force, il n'en va pas de même avec les quatre autres. Tu en feras l'expérience en marchant pieds nus dans du sable. Le gros orteil s'y enfoncera plus que les autres. Il aurait donc dû y avoir un décalage entre les deux départs de cartouches. Or, l'expert balistique est formel : elles ont été tirées en même temps.

« *Quarto*, j'achèverai cette brillante démonstration avec l'estocade : les mains du mort n'étaient pas crispées sur le fusil. Il aurait dû lui échapper avec le recul. Et toc ! Ensuite, les orteils nus du vicaire, retrouvés en place sur les détentes du fusil, n'y étaient pas agrippés, comme ils auraient dû l'être, mais *posés bien raides* sur ce que toi, ignare, nommes *gâchette* et qui s'appelle *queue de détente*. Cela veut dire que, quand on les a mis en place, ces orteils, pour nous faire croire que le curé était quadrumane, la rigidité cadavérique avait déjà opéré ses effets. Donc, quand Richaud a décidé de se suicider dans sa cuisine, il était déjà mort depuis des heures. Tu as compris, mon neveu, ou je recommence depuis le début ?

Raoul admira la démonstration. Mais Baruteau n'en avait pas terminé.

— Souviens-toi, mon Raoul, qu'on ne la refait pas

à ton vieil oncle. Dans la cloison de bois, à droite de la table de cuisine, on a repéré un trou rond. Une balle s'y était enfoncée, mais quelqu'un l'avait retirée à l'aide d'une lame de couteau ou de tout autre instrument, genre tournevis. Les bords du trou étaient déchiquetés. Il ne s'agissait plus de plomb, ici, mais bien d'une balle. D'une balle tirée par une arme de guerre. Un pistolet, sans doute, comme en possèdent les officiers ou leurs ordonnances. Tu vois où je veux en venir ?

— Je vous suis pas à pas, mon oncle.

— Comme tu es un garçon intelligent et doué pour la déduction, tu devineras ce qui devrait suivre.

— Vous iriez, incessamment sous peu, demander des comptes à un certain colonel-baron de *la Tronche-en-Biais*, ci-devant officier supérieur dans les troupes coloniales, reconverti dans la tuile d'argile, que je n'en serais pas étonné plus que ça.

— Tu l'as dit bouffi. Si le procureur de la République ne s'est pas endormi sur le rôti, je serai muni d'un mandat d'amener tout neuf, et demain, *dès l'aube, à l'heure où blanchit la campagne*... j'irai lui dire deux mots. Encore un peu de vin de noix ?

A cet instant, Thérèse Baruteau passa la tête par l'entrebâillement de la porte du salon :

— Quand vous aurez fini de faire semblant de vous *empailler* pour pouvoir boire en suisse, tous les deux ! Je prendrais bien un *chicoulon* [1] avec vous, si ça ne vous dérangeait pas.

---

1. Un fond de verre.

20

Où une dramatique prise d'otage,
durant laquelle nos héros frisent la mort,
s'achève d'une surprenante façon.

L'aube se levait sur Fontclaire. Avec elle, le chant des oiseaux s'enflait de mille modulations provenant de toutes les frondaisons du parc. La lumière montante en révélait l'harmonie. Une légère brume, en suspension au-dessus des bassins et des prairies qui le cernaient, donnait au domaine une touche romantique à laquelle était insensible le groupe d'hommes vêtus de sombre et coiffés de chapeaux melon, descendus de plusieurs fiacres noirs qui les avaient amenés depuis Marseille. Ils approchaient en silence de la grille d'entrée.

Le commissaire principal Eugène Baruteau dirigeait en personne la mise en place de ses hommes, arrivés par petits groupes dans la traverse de la Seigneurie, pour se positionner le plus discrètement possible selon un plan établi. Une partie des inspecteurs accompagneraient leur chef jusqu'à la grille, les autres se répartiraient de loin en loin au long du mur d'enceinte hérissé de tessons, pour surveiller que personne ne sorte par une des portes de bois ménagées dans l'épaisseur du mur, et pour écarter d'éventuels curieux ou passants.

Le chef adjoint de la Sûreté marseillaise jetait de temps à autre un bref coup d'œil à une grosse montre ronde accrochée à sa chaîne, extraite de sa poche de gilet.

5 h 55. Dans cinq minutes sonnerait l'heure légale à partir de laquelle il devient possible aux représentants de la loi de pénétrer chez un particulier, consentant ou non.

Eugène Baruteau prit dans sa veste le mandat d'amener visant le colonel-baron Frédéric-Joël Humbren d'Atay, signé par le procureur de la République de Marseille, et il en relut une dernière fois le texte qu'il savait pourtant par cœur. Cela suffit pour que la cinquième des minutes fatidiques s'écoule, signalée par le clocher de Saint-Roch de Mazargues, ponctuel comme un chef de gare, qui frappa ses six coups.

— On y va les enfants ! dit le commissaire aux inspecteurs qui l'entouraient.

Il hala vigoureusement la poignée de cuivre pendant au bout d'une chaîne contre le pilier droit de l'entrée de Fontclaire qui, par un système de renvoi fixé sur un axe mobile, agita une clochette. Dans le silence du matin elle égrena ses notes claires.

Une fenêtre s'ouvrit, dans la maison du gardien, sur la droite. Une tête de femme, coiffée d'un bonnet de dentelle à la marseillaise, les cordons flottants, apparut au premier étage. Elle s'enquit de l'identité des arrivants. Eugène Baruteau la renseigna. La brave femme poussa un cri d'effroi, tandis qu'elle reculait le buste.

— Je préviens mon mari, dit-elle en refermant la croisée.

Au bout de quelques instants, les policiers virent

apparaître, s'encadrant dans la porte vitrée du rez-de-chaussée, un petit homme aux jambes torses, tête nue et le crâne chauve, la bouche molle et le faciès chafouin, qui achevait d'enfiler une vieille veste de drap noir et prenait un air affolé en s'approchant de la grille.

— La police ? dit-il d'un air niais, comme s'il voulait avoir confirmation d'un événement inouï.

Baruteau, agitant le mandat d'amener sous le nez du bonhomme, déclina ses titres d'une voix assurée qu'il voulait impressionnante, et ajouta :

— Ouvrez-nous et allez prévenir votre maître.

Les mains du gardien s'agitèrent d'un tremblement incoercible. Il alla chercher au fond de la poche de sa veste un trousseau composé de deux grosses clefs. Il engagea le panneton dans une serrure de belle taille qui bouclait Fontclaire pour la nuit, fit jouer le pêne et tira vers lui pour ouvrir aux policiers. La grille émit un gémissement. Comme le gardien semblait ne pas vouloir lâcher les barreaux auxquels il restait accroché, le commissaire lui rappela d'un ton bourru de se hâter et d'aller prévenir le baron. Le bonhomme partit au trot de sa démarche chaloupée.

Au rez-de-chaussée de la bastide, des volets brusquement ouverts claquèrent en frappant sur la façade. Il ne fut pas possible aux policiers d'apercevoir celui ou celle qui venait de la sorte de signaler sa présence. L'intrusion des policiers dans le parc avait été repérée par le maître de Fontclaire ou l'un de ses proches. Baruteau laissa un inspecteur en faction devant la maison du gardien qui venait, sur ses courtes jambes, de disparaître à l'intérieur de la bastide. Les policiers commencèrent à progresser vers la terrasse dallée.

C'est alors qu'un coup de fusil de chasse claqua. Les oiseaux se turent. Un inspecteur, qui marchait à quelques mètres du commissaire, s'affaissa sur lui-même en grimaçant, tandis que du plomb pleuvait sur les chapeaux des autres, sifflant aux oreilles, déchiquetant les feuilles des buis et des boulingrins qui bordaient l'allée montant vers la bastide.

— Repliez-vous ! ordonna Baruteau en gagnant lui-même le tronc de platane le plus proche pour se mettre à l'abri.

Les autres l'imitèrent, qui plongeant derrière une haie, qui se jetant à terre pour ramper vers une murette, un banc de pierre. Le jeune inspecteur, à genoux par terre, était touché à la cuisse. Son pantalon criblé d'impacts, une tache de sang s'élargissait un peu au-dessous de l'aine droite.

Le commissaire, fou de rage et abasourdi, comprit : quelqu'un, à Fontclaire, avait perdu la tête au point d'agir sans plus de façons que les bandes de *Testasse* et de *François-le-Fou* dont les affrontements mettaient régulièrement les ruelles du Vieux-Marseille à feu et à sang [1]. On avait ouvert le feu sans sommations sur des policiers en mission ! Du jamais vu encore, chez un homme qui, pourtant, en avait subi de vertes et de pas mûres en trente-cinq ans de carrière.

En se tenant à l'abri, Baruteau vit, rassuré, le jeune policier blessé réussir à se traîner sous un buisson qui

1. Figures « historiques » du milieu marseillais de la Belle Epoque, Louis Ausset dit *Testasse* (Grosse Tête), chef de la bande de l'*As de Trèfle* du quartier de Saint-Mauront, et François Albertini dit *François-le-Fou,* chef des *San Janens* (ceux du quartier Saint-Jean), avaient tracé une frontière entre leurs territoires respectifs et s'affrontaient en combats sanglants au moindre incident, pour garder la suprématie sur la traite des femmes et les trafics.

le rendait invisible depuis la bastide. Celui-ci s'assit, ôta sa veste, et, avec une manche déchirée de sa chemise, improvisa un garrot. La sûreté de ses gestes indiquait que la blessure était sans gravité. Le commissaire sentit monter une colère homérique. Lui-même et ses hommes n'allaient pas passer la matinée planqués derrière les arbres à attendre de se faire déquiller par un fou furieux ! Il fallait passer à l'offensive. Foin des procédures réglementaires ! On avait voulu tuer un de ses inspecteurs. A présent, c'était une affaire entre lui et le tireur.

Baruteau héla un policier proche de lui.

— Mézières, filez donc jusqu'à la gendarmerie et demandez-leur du renfort. On sera pas de trop pour déloger ces *jobastres* [1]. Mais avant, dites à Constant, qui est à votre droite, de vous lancer le porte-voix et envoyez-le-moi.

Le commissaire passa un œil et observa la façade. Le coup était parti de la fenêtre ouverte un instant auparavant. Le tireur ne s'y montrait plus pour l'instant, mais le policier crut voir une silhouette sombre se déplacer dans la pièce. On entendit des éclats de voix en provenir, comme les échos d'une dispute opposant deux hommes.

Les policiers en profitèrent pour se rapprocher de leur chef en utilisant les couverts végétaux et les abris improvisés. Si bien qu'ils étaient à présent pour la plupart à portée de voix de Baruteau. Celui-ci leur transmit ses ordres. Il demandait deux volontaires pour une mission périlleuse. Il s'agissait dans un premier temps, après les sommations d'usage, en cas de non-réponse,

1. Esprits dérangés.

de commencer à tirer à intervalles rapprochés sur l'encadrement de la fenêtre ouverte, de façon que l'éventuel tireur ne puisse s'en approcher. Les deux inspecteurs volontaires mettraient ce temps à profit pour s'approcher de la bastide en faisant un détour, et pour aller se plaquer contre la façade de façon à être invisibles depuis l'intérieur. Il faudrait ensuite attendre que l'homme au fusil se manifeste, pour tenter de le neutraliser en le prenant par surprise. Le feu serait ouvert à la discrétion de chacun, sans attendre d'ordre. La légitime défense justifiait tout. C'était risqué, mais on n'avait guère le choix. Les policiers armèrent leurs *brownings.*

Deux jeunes inspecteurs, tous deux célibataires, se portèrent volontaires, au soulagement des pères de famille.

Le commissaire saisit le porte-voix et ordonna :

— Police ! Sortez un par un avec les mains en l'air. Première et dernière sommation avant l'assaut !

Un grand silence lui répondit, seulement troublé par le chant des oiseaux, qui avait repris après le coup de fusil.

Tandis que les deux volontaires progressaient selon une large courbe encadrant le bâtiment, en se tenant le plus longtemps possible à couvert, les autres, tour à tour, commencèrent à ouvrir le feu en le concentrant sur la fenêtre ouverte et son encadrement. Des éclats de pierre jaillissaient sous les impacts pour s'écraser sur les dalles de la terrasse.

Contrairement à ce qu'avait prévu Baruteau, l'homme au fusil — décidément un fou ! — ne sembla pas impressionné par les tirs des policiers. Son buste apparut soudain à l'appui de la fenêtre et il lâcha deux coups au hasard en direction des assaillants. Cela n'avait duré que deux ou trois secondes, mais le jeune policier le plus avancé, qui progressait par la droite, les mit à profit pour, un genou en terre, ajuster le tireur. Il eut la chance de l'atteindre en plein front. Une seule balle avait suffi. Baruteau vit la silhouette chanceler, lâcher le fusil encore fumant, s'agripper par réflexe à l'appui de la fenêtre et basculer sur la terrasse où son crâne, en heurtant la pierre, fit un bruit de calebasse. Le corps roula sur lui-même, face vers le ciel.

Le pouce levé à la manière des Romains, le commissaire félicita son adjoint. Ce dernier commençait à se replier, tandis que son partenaire de gauche en faisait autant. Baruteau prit, dans la poche intérieure de poitrine de sa veste, une petite paire de jumelles de théâtre qu'il emportait toujours quand il allait sur le terrain. Il fit la mise au point sur le visage du mort. Il n'eut aucun mal à l'identifier et le grognement qu'il poussa confirma son intuition. C'était bien le garde-chasse de Fontclaire qui avait ouvert le feu sur eux : Anatole Frisch, ci-devant ordonnance du colonel-baron. Naguère réputé, dans l'armée française en mission civilisatrice à Madagascar, pour « déquiller du Malgache » avec délectation. Un être remarqué pour sa violence et son absence d'états d'âme, comme le lui avait confié son neveu Raoul. Dans la tête de Baruteau, l'oraison funèbre du tueur fut brève. Frisch avait-il agi de son propre chef ou sur ordre ? Il serait étonnant que le baron ait pris une telle responsabilité, mais sait-on jamais ?

Le mieux serait donc de le lui demander.

Le commissaire saisit à nouveau le porte-voix.

— Monsieur Humbren d'Atay, c'est le commissaire Baruteau de la Sûreté qui vous parle ! Vous êtes en état d'arrestation. Je vous somme de sortir les bras levés et de vous rendre.

Aucune réaction ne se produisit du côté de la bastide. Plusieurs minutes s'écoulèrent. Les policiers, le visage tendu, le doigt sur la détente de leur arme, ne quittaient pas des yeux les ouvertures du bâtiment.

On entendit un remue-ménage du côté de l'entrée du parc. La femme du gardien, qui n'était pas reparue et que chacun avait un peu oubliée lors de la fusillade, ouvrait l'entrée du parc à plusieurs gendarmes accompagnés de l'inspecteur Mézières parti les chercher en renfort.

— Tiens, voilà les carabiniers d'Offenbach, sourit le commissaire.

Le chef de brigade, avançant penché en avant et revolver en main, vint rejoindre Baruteau à l'abri de son tronc de platane. Tous avaient entendu les échos de la fusillade et s'attendaient au pire. N'apercevoir qu'un seul corps étendu sur la terrasse les rassura presque.

— C'est Frisch ? demanda le brigadier qui connaissait la réponse.

Baruteau fit un bref récit des événements. L'attente reprit.

Le commissaire, exaspéré, allait lancer une nouvelle sommation quand le grincement d'une porte qu'on entrouvre fit se fixer tous les regards. L'un des battants de l'entrée principale de la bastide tournait sur lui-même, révélant un quadrilatère d'ombre où s'encadra bientôt une mince silhouette blanche. L'apparition avança lentement jusqu'au jour et ce que vit Baruteau lui glaça le sang. La tête lui tourna légèrement et il lui fallut toute sa volonté pour ne pas céder au malaise.

— Nom de Dieu..., gronda-t-il à mi-voix, les jumelles braquées sur la silhouette blanche.

Cécile, dans son sarrau blanc d'infirmière, marchait vers les policiers comme une somnambule. Elle était aussi pâle que son vêtement et avait le long canon d'un pistolet de guerre sur la tempe droite. Derrière elle, un homme plus petit qu'elle, tête nue, en uniforme de colonel d'infanterie coloniale, avait passé son bras gauche autour de la taille de la jeune femme et la tenait plaquée contre lui. Les présentations étaient inutiles.

La voix forte du colonel-baron Humbren d'Atay retentit dans l'air calme du matin, s'adressant aux policiers et gendarmes stupéfaits.

— A la moindre tentative de votre part, je brûle la cervelle de mademoiselle Joanni. Vous ne m'aurez pas vivant !

Derrière le couple, sortant de la bastide, venait d'apparaître le cocher du baron, visiblement fort ennuyé de se trouver là. Le maître de Fontclaire avait fait une légère pause et reprenait, dictant ses volontés :

— Emile, mon cocher, va atteler ma voiture. J'y prendrai place avec mademoiselle. Vous ferez ouvrir les grilles et vous ne chercherez pas à nous prendre en chasse. N'oubliez pas que je n'hésiterai pas une seconde à mettre ma menace à exécution, au cas où vous n'auriez pas bien compris ce que j'exige. Un

Humbren d'Atay n'acceptera jamais de connaître les cachots de la République. Tenez-vous-le pour dit !

Le silence retomba et le couple demeura figé sur la terrasse, tandis que le cocher prenait la direction de l'écurie. Le temps d'atteler allait prolonger d'autant ce face-à-face angoissant. Baruteau était vide d'idées, encore choqué par l'apparition de sa nièce Cécile aux mains de ce forcené. L'avait-il prise en otage parce qu'il avait découvert sa supercherie ou bien était-ce le fruit d'un hasard malchanceux ? Pourquoi n'avait-il pas viré la trop curieuse infirmière, comme il se l'était promis ? Pourquoi cette ganache sanglante n'avait-elle pas pris sa propre femme en bouclier, puisqu'il était au courant de son infortune ? Voilà un moyen de la punir ! La tête du commissaire bourdonnait de questions et de réflexions bien inutiles, à présent. L'urgence était de se sortir de ce piège sans que... Baruteau refusait d'y penser jusqu'au bout.

Tous les acteurs de l'incroyable scène étaient comme tétanisés. Personne ne parlait plus, les deux camps s'observaient, pétrifiés.

C'est alors que, dans ce tableau immobile, du coin de l'œil, le commissaire aperçut quelque chose qui bougeait, loin sur sa droite. Un homme venait vers eux, sur l'allée qui arrivait du fond du parc. Il marchait, bien visible et bien droit, sans se cacher le moins du monde, dans la lumière qui, en le frappant par-derrière, ne permettait de distinguer pour l'instant de lui que sa juvénile silhouette coiffée d'un feutre.

Baruteau pensa d'abord : il est fou ce type, il va se faire descendre.

Le jeune homme continuait à avancer d'un pas

ferme, comme s'il était en promenade. Le commissaire braqua ses jumelles sur l'apparition. Pour la seconde fois en quelques minutes, le sang parut refluer de sa tête pour gagner les extrémités de son corps. Il eut des fourmillements dans les mains et les pieds.

— Raoul..., dit-il dans un souffle.

Il compléta *in petto* : « manquait plus que lui... »

Le commissaire ferma un instant les yeux. La vision aurait disparu quand il les ouvrirait. Peine perdue. Raoul Signoret, son neveu chéri, avançait toujours, inconscient du danger. Par où était-il entré ? Que faisaient les andouilles qu'il avait mis en faction autour de Fontclaire ? Pourquoi ne l'avaient-ils pas intercepté ?

Le policier secoua la tête comme s'il cherchait à évacuer ses idées noires. Cécile en danger de mort, cela ne suffisait donc pas ? Il fallait donc que Raoul vienne se faire tuer sous ses yeux ? Le policier pensa à Adèle, le bébé de ces deux inconscients. Il se voyait retournant chez lui et annonçant à *Thérésou*... Il faillit jaillir de sa cachette pour faire diversion. A tuer quelqu'un, que le fou galonné tire sur lui, mais pas sur Raoul. Pas sur Cécile !

Ses jambes refusèrent tout service. De toute façon, c'était trop tard. Raoul Signoret arrivait à proximité de la bastide. Policiers et gendarmes observaient la scène, incrédules.

— N'avancez plus ! hurla le baron en bousculant son otage. Un pas en avant et je tire !

Le journaliste était parvenu à la hauteur de la terrasse dont il n'était plus éloigné que d'une trentaine de mètres. Si bien qu'il se trouvait à présent entre le couple enlacé dans sa danse de mort et les assaillants paralysés. Il s'immobilisa, les mains écartées du corps afin de montrer qu'il était sans arme, et s'adressa au forcené.

— Je viens m'offrir en otage en remplacement de mademoiselle. Je vous sais homme de devoir, monsieur le baron. Vous ne pouvez pas vous en prendre à une femme. Il en va de l'honneur de l'armée française dont vous avez revêtu l'uniforme.

Si le commissaire n'avait été à ce point rongé d'inquiétude, il aurait admiré la dialectique. Raoul savait embobiner les gens. Il en avait fait souvent les frais. Mais là, son neveu avait affaire à un esprit dérangé. Il serait étonnant que le baron accepte l'échange. Son esprit soupçonneux d'ancienne culotte de peau flairerait le piège.

— Je suis prêt à me substituer à mademoiselle, reprenait Raoul en mettant dans les mots tout son pouvoir de persuasion. Je vais avancer vers vous. Je suis sans arme, vous ne risquez rien. Que tenter contre le pistolet que vous avez en main ? Soyez raisonnable, monsieur le baron. Acceptez ma proposition. Vous avez besoin d'un otage, quel qu'il soit. Je suis celui-là.

Cécile, muette d'horreur, regardait fixement Raoul, prête à défaillir. Mille pensées s'agitaient dans sa tête. Elle sentait dans tout son corps le tremblement nerveux qui agitait celui du baron. Le canon du pistolet se fit plus pressant sur la tempe, jusqu'à déclencher une violente douleur. Elle n'osait pas déplacer sa tête et la souffrance lui fit monter les larmes aux yeux.

Sur lequel des deux en premier le monstre allait-il ouvrir le feu ?

Au même instant, Baruteau avait de semblables pensées.

Raoul recommença à avancer lentement.

— Je vous ai dit de rester où vous êtes ! hurla le baron.

On entendit le bruit des roues cerclées de fer du fiacre qui s'approchait sur les graviers de l'allée.

Humbren d'Atay tourna machinalement la tête.

Raoul en profita pour gagner un mètre ou deux. Son idée était d'approcher suffisamment du couple, afin de tenter une action désespérée. Bien que rompu à la pratique de la boxe française, le journaliste ne pouvait tenter un *uppercut* ou un *swing* qui demandaient d'être au contact de l'adversaire. Mais avec un *chassé frontal avant,* tel que le lui avait si souvent fait exécuter son professeur de boxe française, il pensait pouvoir prendre le baron au dépourvu. Pour réussir, il savait ne disposer que d'un centième de seconde. Cela devrait être suffisant pour *armer* sa jambe gauche, en prenant appui au sol avec la droite, détendre son pied comme un ressort, et atteindre l'arme qui menaçait sa bien-aimée. Le revolver, un Lefaucheux modèle 1858 N avec barillet à six chambres, mesurait presque trente centimètres. C'était suffisant pour espérer placer une savate. Pour avoir tout imaginé, tandis qu'il parcourait l'allée principale de Fontclaire, le journaliste savait devoir surmonter deux défis : ajuster son coup de manière à ne pas risquer d'atteindre la tête de Cécile, à bout touchant avec le canon du revolver, et frapper comme la foudre juste avant que l'index du baron n'aie le temps de se crisper sur la détente de l'arme. C'est de ce laps de temps infime que dépendait la vie de sa femme. Raoul

Signoret n'avait pas le choix. Tandis qu'il se préparait à l'assaut, il se disait que, s'il ratait son coup, il ne raterait pas l'assassin de Cécile avant d'aller la rejoindre, car il n'imaginait pas la vie sans elle. Jamais, dans sa courte existence, il n'avait connu pareil moment où la vie de trois personnes dépendait de son courage et de son adresse.

Plus que quatre mètres...

Le journaliste continuait à avancer en fixant le baron dans les yeux. Il évitait de croiser ceux de Cécile, pour ne pas entamer sa détermination.

— Halte ! cria de nouveau Humbren d'Atay.

Raoul nota que l'injonction était moins affermie. Il présenta les paumes ouvertes de ses mains, comme pour signifier des intentions pacifiques, mais c'était pour détourner le regard du preneur d'otage qui ne devait pas se douter d'où partirait le coup.

Plus que deux mètres...

— Vous allez vous arrêter, oui ? ou c'est sur vous que je tire ! glapit le baron.

Déjà le canon de l'arme se détachait de la tête de Cécile.

C'est alors qu'on entendit, venant de l'angle du bâtiment, une sorte de sifflement bref suivi d'un choc sonore, qui fit penser à la coque d'un fruit sec que l'on brise brusquement.

Sous les regards stupéfaits du journaliste, des policiers et des gendarmes qui contemplaient la scène, impuissants à intervenir, on vit le baron lâcher son revolver, qui atterrit sur la crosse contre une dalle de la terrasse, faisant jaillir des étincelles. Humbren d'Atay s'affaissa lentement derrière Cécile, droite et immobile comme une statue de cire. Arrivé au sol, le torse du baron bascula en arrière et il ne bougea plus.

Alors, on vit apparaître, sortant de derrière une énorme jarre plantée d'un palmier qui l'avait caché jusqu'ici aux yeux des spectateurs médusés, une silhouette ronde vêtue d'un tricot de marin sous un caban sombre, qui repliait les lanières d'une fronde.

— *Roucaou !* s'écria le journaliste incrédule.

Il n'eut pas le temps d'en dire plus long. Cécile, qui chancelait, vaincue par l'émotion, allait s'effondrer à son tour sur elle-même. Raoul lui évita la chute en se précipitant et en la cueillant dans ses bras. Il était saisi d'un tremblement incoercible, dû à une brusque décompression nerveuse.

Lou Roucaou s'avançait calmement vers lui, sourire aux lèvres.

— J'étais pas mauvais, au *largue*[1], quand j'étais minot ! Je *séchais* un pinson à vingt mètres.

— Vous avez de beaux restes, répliqua Raoul.

Mais au lieu de rire de l'échange, ce furent des larmes qui jaillirent sans qu'il puisse les retenir. Il se penchait sur le visage apaisé de Cécile et déposait des baisers sur le front, les joues et la bouche.

Venant du parc, la cavalcade des policiers et des gendarmes, sortis tous ensemble de leurs caches, interrompit les deux hommes. Baruteau — moitié par émotion, moitié par emphysème — soufflait comme une forge. Il se précipita sur son neveu :

— Tu n'as rien, Raoul, tu n'as rien ?

— Non, mon oncle, rassurez-vous.

— Et elle ?

1. A la fronde, au lance-pierre.

Le commissaire désigna Cécile, toujours sans connaissance.

— Non plus. Une grosse émotion, en revanche.

— Très grosse, dit Baruteau en ôtant son melon et en s'épongeant le front. Et il n'y a pas qu'elle.

Il interpella deux inspecteurs :

— Voyez un peu ce qu'il en est de cet enragé, dit-il en montrant le baron étendu sur les dalles.

Sous la tête aux cheveux en brosse, une tache de sang s'élargissait. Un des policiers se pencha sur le corps et posa son oreille contre la poitrine du gisant, se griffant aux brandebourgs de la vareuse.

— Ça bat encore, on dirait.

— M'étonne pas, gronda le commissaire. Les vieilles carnes ont la peau dure. Embarquez-le tel quel, ordonna-t-il, tandis que les fiacres qui avaient amené les forces de police entraient dans le parc par la grille grande ouverte.

Se tournant vers son neveu, le commissaire ajouta :

— Cette fois, le baron ne refusera pas de nous suivre.

Il examina brièvement la plaie que la pierre, tirée de main de maître par le pêcheur, avait ouverte dans le cuir chevelu d'Humbren d'Atay.

— Ce n'est pas grand-chose, mais il est sonné pour un bon moment, la vieille vache.

Raoul présenta à son oncle son ami le tireur d'élite, en n'omettant pas son surnom.

— Il est aussi bon à la pêche qu'à la fronde ? demanda le commissaire qui retrouvait ses esprits.

— Meilleur encore, paraît-il, plaisanta Raoul qui reprenait des couleurs.

— Je demande à voir, répliqua Baruteau en clignant de l'œil vers le pêcheur.

Cécile à son tour revenait à elle. Elle sourit à son homme, mais referma bientôt les yeux, car la lumière les blessait.

— J'ai l'impression que le soleil brille deux fois plus que d'habitude, murmura-t-elle.

— C'est la joie de te revoir parmi nous, mon amour, dit Raoul.

Baruteau, qui avait entendu, ne put s'empêcher de tempêter.

— Cécile, ma petite, ne me refais pas un coup comme celui-là, sinon j'y reste. Quelle idée de venir se fourrer dans ce mer... dans ce guêpier !

— Mon oncle, supplia Raoul, vous la gronderez plus tard. Il y a le temps !

— Tu as raison, dit Baruteau, et j'en profiterai pour te savonner la tête, à toi aussi, quand j'aurai repris des forces !

Aux lucarnes qui éclairaient le sous-sol des basses offices, on voyait à présent apparaître les têtes curieuses des membres du personnel de Fontclaire, qui n'entendant plus de coups de feu, se risquaient à *espincher*[1] discrètement. Le cocher du baron restait planté à côté de son fiacre, attendant des ordres qui ne viendraient plus.

Baruteau laissa ses hommes dresser les constats qui s'imposaient, tandis que le brigadier de gendarmerie prenait congé avec les siens.

— Tu as remarqué le tact de leur intervention, ironisa le commissaire en regardant les pandores s'éloi-

1. Regarder à la dérobée.

gner. Ils n'ont pas voulu nous gêner. On peut compter sur eux, y a pas à dire. Enfin, ça leur aura fait respirer le bon air !

Le commissaire se tourna vers le pêcheur.

— Mon brave *Roucaou,* lui dit-il en le félicitant de son sang-froid et de son adresse, on va un peu vous embêter avec les dépositions. Vous savez que la police ne peut pas se passer de paperasses.

— C'est pas grave, répondit le champion de la fronde. C'est un peu tard pour sortir en mer. J'ai le temps. Je *suis pas été* à la pêche, cette nuit, mais je le regrette pas.

Raoul, confiant Cécile au bras de son oncle, se précipita vers lui et sans plus de façons le prit dans ses bras pour l'embrasser comme du bon pain.

— Vous avez sauvé ma raison d'exister, dit-il au *Roucaou* tout ému.

Le pêcheur ne fut pas certain d'avoir bien compris ce que le journaliste lui disait. Mais il avait l'habitude et n'ajouta rien, pour ne pas « passer pour un couillon », comme il disait.

— Je vous ramène tous les trois ? demanda Eugène Baruteau à Raoul Signoret, tandis que le fiacre avec lequel il était arrivé à Mazargues deux heures plus tôt venait le chercher. On déposera ton ami au passage.

Raoul fit monter Cécile encore chancelante et muette dans le fiacre. Il l'allongea sur une banquette. Le commissaire, le pêcheur et lui-même s'assirent en face.

Avant même que les premiers tours de roue soient accomplis, le policier, vieux réflexe, reprenait ses questions.

— Vous allez m'expliquer comment vous êtes

arrivés au bon moment et par où ? dit-il en se tournant vers ses voisins.

— Il y a un pan de mur effondré à l'extrémité sud du parc, expliqua Raoul. Je suis entré par là.

Baruteau fronça les sourcils.

— Il n'y avait pas d'inspecteur en faction ?

— Je n'ai vu personne, répondit Raoul.

Il omit de préciser qu'il était en place dans les fourrés de Fontclaire dès 5 h 30, soit trente minutes avant que sonne l'heure légale pour les policiers.

Baruteau souffla par le nez.

— J'en connais qui vont m'entendre, grogna-t-il.

— Mon oncle, dit Raoul, ne les embêtez pas. S'ils avaient été à leur place, je n'aurais pas pu entrer et alors qui sait ce qui...

— Qu'est-ce que tu crois ? s'emporta le policier, qu'on s'en serait pas sortis sans toi ?

— Non, mentit le journaliste, mais ça aurait été plus long peut-être ? Et puis, je vous rappelle que ce n'est pas grâce à moi que tout se termine pour le mieux, mais grâce à notre ami.

— Vous étiez arrivés ensemble ? s'étonna le commissaire.

— Non, répliqua Raoul, cette fois sincère. J'ai été le premier étonné de le voir surgir de derrière sa jarre. J'ignorais que...

— Tutt, tutt, tutt, l'interrompit Baruteau. Tu me racontes des blagues.

— Mais mon oncle, je vous jure !

— Ah, ne jure pas Raoul ! Pas toi. Tu m'as assez promené !

Cécile, encore faible, s'agitait sur sa banquette,

gênée par les éclats de voix du policier. Les trois hommes baissèrent le ton.

En fait, Raoul ignorait bien tout de la présence de son ami pêcheur dans le parc de Fontclaire. Il avait été saisi, comme les autres témoins de la scène, par la soudaineté et la précision de son intervention inespérée. Mais ce que le journaliste omettait de dire à son oncle pour ne pas réveiller sa colère, c'était que *Lou Roucaou*, qui était *collègue* [1] avec le commissaire de police de Mazargues à qui il apportait fréquemment du poisson frais, avait eu vent par ce dernier de la descente de la Sûreté chez le baron Humbren d'Atay pour le lendemain à l'aube. Il en avait aussitôt informé Raoul. Ce que le journaliste ignorait, c'est que le pêcheur avait décidé de venir pour son compte au domaine, « au cas où »...

— Allons-y Gaspard ! cria Baruteau au cocher en saluant ses inspecteurs.

Le soleil, à présent haut dans le ciel, inondait les frondaisons de Fontclaire rendues à ses hôtes ailés. Ils reprenaient de plus belle leurs chansons, comme pour rendre hommage à leur superbe ordonnance.

1. Ami.

21

Où le baron révèle ce qui s'est réellement passé dans la ferme de Fontclaire, mais reste muet sur ses motivations profondes.

— Eh bien ! mes enfants, nous voilà sortis d'une belle embrouille !

Eugène Baruteau avait délaissé le costume trois-pièces et le chapeau melon du commissaire pour une tenue plus légère : veste crème en lin et pantalon noir sur une chemise blanche qu'il portait avec un nœud papillon, car le temps de cette fin mai s'était mis en deux jours à annoncer l'été avec un bon mois d'avance.

Raoul Signoret avait ouvert l'une des fenêtres de son appartement donnant sur la place de Lenche et la rumeur de la rue entrait dans la pièce aux murs blancs, couvrant parfois la conversation des dîneurs. Autour de la table familiale, on voyait au coude à coude le commissaire principal et son épouse, la tante Thérèse, Mme Signoret mère, se passant de bras en bras « la huitième merveille du monde », alias Adèle Signoret, qui fêtait son septième mois révolu et s'appliquait au passage à tirer la nappe vers elle de façon à inventorier le contenu des assiettes, enfin, Cécile et Raoul, les parents. La jeune femme, remise de son cauchemar éveillé, avait repris son entrain et ses yeux brillaient d'un bonheur retrouvé. Son teint mat de brune atténuait les traces de la jaunisse qui s'était déclarée au lendemain des instants d'angoisse mortelle qu'elle avait subis, alors que le canon du pistolet du baron Humbren d'Atay lui meurtrissait la tempe. Tout cela était derrière elle et elle n'en conservait guère qu'un état de fatigue générale qui n'avait pas inquiété le Dr Poucel, le médecin de famille. Les retrouvailles avec Adèle avaient hâté la convalescence.

Les quinze derniers jours avaient été occupés par les témoignages recueillis par les enquêteurs auprès des acteurs du drame qui avait coûté la vie du garde-chasse de Fontclaire. Les auditions multiples du colonel-baron avaient fait la preuve d'une volonté acharnée à éclairer les policiers sur les imbrications de trois affaires qui leur paraissaient à présent liées : l'assassinat du curé Barral, la séquestration et le meurtre du vicaire Richaud, enfin le « comité d'accueil » organisé par Anatole Frisch et son maître pour l'arrivée des policiers de la Sûreté au domaine.

« Il a fini par craquer, cette bourrique galonnée », disait le commissaire en tendant pour la seconde fois son assiette vers Cécile qui venait de piquer, au bout de la fourchette de service, un râble de lièvre en civet. Le plat devait tout au savoir-faire de sa belle-mère. Mme Signoret n'acceptait jamais une invitation chez « les enfants » sans préciser : « Je m'occupe du plat de résistance. » Elle prévoyait assez large pour que le gourmand Baruteau « s'en lève l'envie », comme il disait, sous l'œil réprobateur mais indulgent de *Théré-*

sou. Cécile et Raoul n'avaient pas à se soucier du menu des jours suivant le repas de famille.

Baruteau s'était interrompu pour préciser à sa nièce : « un tout petit bout », tout en espérant qu'elle lui servirait la cuisse dodue qui « lui faisait de l'œil », plutôt que le râble. Il reprit son récit, tandis que les visages des convives se tendaient à nouveau vers lui.

— Au début, il l'a pris de haut, le baron de *la Tronche-en-Biais*, pour reprendre le pittoresque surnom dont l'affuble le pharmacien de Mazargues. Il nous considérait à peu près avec autant d'estime que celle qu'il témoigne à *ses gens,* comme il dit. Offusqué que nous lui posions des questions. Je l'ai pris bille en tête pour lui faire comprendre qu'à l'Evêché, il n'était plus chez lui. Je l'ai mis à l'aise en lui rappelant qu'un de mes hommes avait failli être tué sous son toit, que je n'étais pas sûr que son garde-chasse n'ait pas ouvert le feu sur son ordre et que ça marquait plutôt mal, même pour un baron, chef d'entreprise redouté, membre influent de la doyenne des chambres de commerce de France et paroissien d'élite. Ça lui a rabattu *sa croye*[1].

D'un coup de fourchette aussi enthousiaste que le premier qu'il avait donné quelques minutes auparavant dans la chair succulente du lièvre, le commissaire attaqua la cuisse que l'intuitive Cécile lui avait choisie. Raoul admirait les capacités digestives de son oncle. Il était repu depuis longtemps. Etre seul à manger ne coupait pas l'appétit de Baruteau qui, entre deux bouchées, poursuivait son rapport :

— J'ai enchaîné en rappelant au baron qu'il était

1. Son orgueil.

personnellement sous le coup d'une double inculpation pour avoir été complice de l'ex-vicaire de Mazargues, en l'hébergeant et le soustrayant aux recherches alors qu'il faisait l'objet d'un mandat d'amener, et pour avoir lui-même, lors de la petite saynète de patronage jouée sur la terrasse de Fontclaire, cumulé prise d'otage et menaces de mort envers fonctionnaires ayant autorité. C'était suffisant pour l'envoyer aux galères le restant de ses jours. Il a continué à le prendre de haut, mais on le sentait entamé : « Messieurs, vous étiez entrés chez moi sans m'avertir au préalable... Ce sont des choses inadmissibles ! »

« Oh ! monsieur d'Atay, lui ai-je dit, en fait de choses inadmissibles, nous n'avons pas de leçons à recevoir d'un courageux militaire qui se fait un rempart du corps d'une jeune femme pour échapper à la police. Si vous le prenez ainsi, nous n'avons pas fini de vous chercher des poux dans la tête, que vous avez dure, mais pas plus que moi, je vous le promets. Je ne suis sans doute pour vous qu'un valet de la République, mais je peux vous créer tout un tas d'emmerdements, faites-moi confiance. » « Monsieur, je ne vous permets pas... »

« Je me suis dressé — je crois que je l'aurais étranglé — et je lui ai gueulé dans le nez : « Vous n'avez rien à me permettre ou pas ! Nous ne sommes pas à la caserne ! Ici, le patron, c'est moi et vous allez filer doux, car j'ai les moyens de vous calmer. »

« Il a encore répliqué pour la forme, mais on le sentait faiblir : « Je me plaindrai de vos façons de... de... » « De soudard ? » lui ai-je soufflé. Il a haussé les épaules, comme un sale gosse qui a pris une beigne et réplique : « pas fait mal ! »

« Sans plus me préoccuper de ses récriminations, j'ai commencé mon inventaire en remontant l'histoire comme un ressort.

Baruteau venait de saisir dans la corbeille un morceau de pain à la mie abondante et s'employait à ne pas gaspiller un atome de la sauce brune qui tapissait le fond de son assiette.

— Vous avez commencé par la prise d'otage de Cécile ? demanda Raoul qui taillait un morceau de tomme de Banon après avoir fait servir ces dames.

— Nous sommes remontés à l'instant où, après avoir pénétré dans le parc de Fontclaire, nous avons été accueillis à coups de calibre 12 par le garde-chasse. Humbren d'Atay met tout sur le dos de Frisch qui n'est plus là pour donner sa version. Le valet aurait pris l'initiative d'ouvrir le feu sans en référer à son maître, affirme-t-il, « pour le défendre » parce qu'il le croyait en danger. Cet homme, dévoué comme un chien, « se serait fait tuer pour lui ». C'est bien ce qu'il a fait, soit dit entre nous.

— Vous l'avez cru ? demanda Raoul.

— Le baron ? On avale plus ou moins ce que dit Humbren d'Atay à ce sujet. Après tout, il est possible que l'autre *fada* ait agi spontanément. C'était un fou furieux, celui-là. Un tueur sans états d'âme. Son dossier militaire l'atteste. J'y reviendrai. Mais pour en rester au baron, qu'il ait consenti ou non au geste du garde-chasse n'a qu'une importance secondaire, en regard de ce qu'il a accompli lui-même par la suite. Je le lui ai rappelé, au cas où il aurait eu des velléités de me parler comme à un sous-off. Je ne reviens pas sur ce qui s'est passé : vous y étiez, Cécile et toi. Nous avons tous vu la même chose, ce guignol avec sa veste à brandebourgs et ses bottes cirées menaçant de tuer « mademoiselle Joanni » si on ne le laissait pas s'enfuir.

A l'évocation du subterfuge employé par Cécile pour s'introduire chez le baron, Mme Signoret et *Thérésou* eurent un murmure horrifié en regardant la jeune femme. Il en disait long sur le souci éprouvé *a posteriori* par les deux femmes, quand elles avaient appris à quel danger leur belle-fille et nièce avait échappé.

— Terminons-en avec le chapitre prise d'otage, poursuivit le commissaire en s'adressant prioritairement à son neveu. Car je suppose que Cécile et toi avez donné tous les détails à ces dames. Si j'y ajoute ma couche, vous allez encore me traiter de vieux *rababèu*[1].

Le policier fut un instant interrompu par les adieux, dignes d'une diva, d'Adèle, qui partait retrouver le marchand de sable. Elle profita du *bisou* à son grand-oncle pour tirer une nouvelle fois sur ses moustaches, sous l'œil attendri de l'assistance, Baruteau en tête.

Cécile alla la coucher, puis, sa femme revenue, Raoul invita son oncle à « remonter le temps », ainsi que ce dernier l'avait annoncé.

Baruteau était ravi de reprendre l'auditoire en main.

— Nous en sommes donc au moment où nous apprenons le suicide de l'abbé Richaud. Par reconnaissance envers ce succulent civet, et afin qu'il ne vous reproche rien, je ne m'étendrai pas sur l'état dans

1. Radoteur. Prononcez « rababèou » avec un accent tonique sur le è.

lequel nous découvrîmes ce déplorable ecclésiastique, ou plutôt ce qu'il en restait après le passage dans son crâne de deux cartouches habituellement employées pour la chasse au *cochon* [1].

Mme Signoret et *Thérésou* poussèrent ensemble un gémissement horrifié. Le commissaire, imperturbable, continuait :

— Cela ressemblait à un suicide, sauf que ça n'en était pas un, mais bel et bien la mise en scène d'un meurtre camouflé. Un œil moins exercé que le nôtre, et surtout celui du légiste, aurait tiqué sur un certain nombre de maladresses commises par celui ou ceux qui avaient voulu nous laisser croire que, poussé à bout, désavoué par son évêque, traqué par des crapules à qui il devait de l'argent, l'abbé Charles Richaud avait mis fin à ses jours de spectaculaire façon en utilisant le fusil tout neuf dérobé au baron.

— Vous m'avez dit que le médecin légiste n'avait rien laissé debout de la thèse du suicide, dit Raoul.

Baruteau, qui cherchait le plateau de fromages des yeux, prit son temps pour répondre. Devant un morceau de roquefort bien persillé, il reprit son rapport où il l'avait laissé.

— La position du cadavre, tenant encore le fusil dont il avait déclenché le tir à l'aide de ses orteils, aurait pu paraître normale, quoique inusitée, si, comme je te l'ai dit, la relative rigidité cadavérique du corps ne nous avait laissé supposer assez rapidement que Richaud avait été tué *avant* d'être placé en position de suicidé. Mais, par chance, cette chance qui vient souvent au secours des flics, nous avons retrouvé sur le

1. En Provence, on appelle souvent ainsi le sanglier.

sol — je m'excuse à l'avance auprès des dames ici présentes — un fragment intact de l'os temporal droit du vicaire, qui était allé valser à deux mètres de ce qui avait été sa tête. Il y avait, au beau milieu, un trou bien rond, qui n'avait pu être fait que par un projectile tiré à bout portant. Rien à voir avec les dégâts causés par la charge de plomb qui déchiquette tout. Là, les bords étaient bien nets. C'était une balle qui avait fait ce trou circulaire. Calibre 10,85. Nous avons repéré sa trace dans la cloison de bois. C'est un calibre employé dans l'armée française pour doter les officiers d'un beau pistolet, comme celui que collait quelques jours plus tard le baron sur la tempe de Cécile. Un Lefaucheux à barillet, modèle 1858 N. Un engin à qui il ne manque que deux roues pour qu'on le prenne pour un petit canon. En résumé : Richaud est d'abord tué d'une balle de revolver dans la tête, puis, quelques heures plus tard, « on » revient transformer le crime en suicide en lui faisant sauter la tête avec le Darne calibre 12 *hammerless* du baron.

— Qui a fait ça ? demanda le journaliste.

— Qui a transformé la tête de Richaud en chair à saucisse, veux-tu dire ? Attends un peu. Tu me coupes tous mes effets !

— Je m'impatiente parce que ça devient palpitant, répliqua Raoul.

— Quand j'ai vu comment les choses s'emmanchaient, reprit le policier, je suis allé trouver notre ami de *la Tronche-en-Biais,* pour lui tirer quelques vers du nez supplémentaires. Je lui ai notamment demandé s'il savait comment Richaud s'y était pris pour se tirer deux cartouches dans la tête en tenant le fusil à deux mains, pendant qu'il se tirait une balle de revolver dans la tempe avec une troisième main. Je te passe les détails et combien il nous a fallu de séances pour extirper de cette tête de bois quelque chose qui ressemble à un début de vérité.

Baruteau prit dans sa poche de veste un feuillet plié en quatre.

— Lis ça. Un de mes inspecteurs l'a recopié.

Raoul Signoret parcourut quelques lignes maladroites dont on avait respecté l'orthographe originale.

« Je sous signer Frisch Anatole, garde-chasse de M. le barron Humbren dAtay, déclare avoir tuer l'abbé Richeau, moi seul passquil menacer ledit barron de le tuer ausi. Cé pour le sauver. Il était comme mon père pour moi. Signer : Frisch Anatole. »

— On a trouvé ça sur le cadavre du garde-chasse, précisa le commissaire.

— Spontané ou dicté par son maître ? demanda Raoul.

— Qui aura fait le coup devient secondaire, répondit Baruteau. Le baron, ou le garde-chasse avec accord du baron, ou les deux ensemble... Ça n'est pas très important. Humbren d'Atay confirme que c'est Frisch qui en a eu l'idée et qu'il l'a exécutée durant son absence. L'autre ne peut plus dire le contraire. Dans tous les cas de figure, le baron est complice puisqu'il n'a pas dénoncé son garde-chasse. Moi, je pense qu'il existe une complicité de fait dans l'action. En dépit du gouffre social qui les séparait, n'oublie pas qu'ils faisaient partie de la même bande, si je puis dire. Cette espèce d'hommes pour qui la vie humaine ne pèse guère. Ils ont passé leur existence ensemble à tuer des gens et on les a félicités pour ça. En souvenir de leurs exploits guerriers — c'était le bon temps, Anatole ! —, il est possible que le baron ait compris le geste de son domestique, jugeant qu'il avait fait ce qu'il croyait être son devoir. Comme lorsqu'il massacrait les Malgaches. Ce coup-ci c'était un curé. Mais un curé ordinaire. L'équivalent d'un indigène. Pas un prélat. Il ne serait donc pas étonnant que le baron ait « couvert » son garde-chasse. Mais c'est peut-être l'inverse.

— Ce n'est plus à vous de débrouiller tout ça, mais aux juges, dit Raoul.

— Je ne te le fais pas dire, répondit le commissaire. Si tu veux savoir la fin, passe-moi d'abord le panier de reinettes. C'est un fruit de paradis quand on le cueille mûr sur l'arbre comme le fait *Thérésou* dans notre petit jardin.

Raoul servit son oncle et cria en frappant du plat de la main sur la nappe :

— La suite ! La suite ! La suite !

Baruteau salua comme un artiste et obtempéra sans se faire prier.

— Ça m'a fichu dans un tel état de constater que le courageux officier supérieur ne rechignait pas à « charger » son domestique, que je l'ai mis plus bas que terre. Quand je l'ai traité de lâche, parce qu'il s'abritait derrière un mort, comme il s'était abrité derrière une femme pour fuir ses responsabilités, là, j'ai senti enfin qu'il réagissait en soldat. Son orgueil a repris le dessus. Le mot « lâche », prononcé devant de jeunes inspecteurs qui auraient pu être ses fils ou ses recrues, l'avait humilié. Il a voulu nous montrer qu'il ne tremblait pas face à une vérité qui pouvait lui valoir le pire des châtiments, au petit matin, devant les marches conduisant à certaine lunette patibulaire. Brusquement, alors qu'on ne le tarabustait pas plus que d'habitude, le baron a lâché : « C'est moi qui ai tué Richaud. Il m'avait déshonoré. » Il m'a regardé un bref instant dans les yeux, puis il a baissé la tête et il n'a plus dit un mot, ce jour-là.

« Depuis, nous sommes revenus sur cet aveu, parce que quelque chose me chiffonnait. Pourquoi, puisqu'il l'avait depuis plus de quinze jours à sa merci, Humbren d'Atay avait-il attendu tout ce temps pour régler ses comptes avec ce curé qui le cocufiait au su de tout Mazargues ? Il y avait une autre raison à son geste. Il a fini par me la dire, un jour où nous étions en tête à tête. J'avais fait sortir tout mon monde à sa demande et nous étions seuls. Il m'a tout expliqué. Il s'en foutait que le vicaire lui ait planté les cornes. Il savait que son infirmité le mettait hors course dans le lit de la jeune baronne. En outre, que Richaud lui ait permis de devenir père par procuration lui aurait fait plutôt plaisir. Il avait « puni » la baronne en la tenant bouclée à Fontclaire par souci du qu'en-dira-t-on et pour que les amants n'aient pas l'idée de se vanter de leur exploit, mais, au fond, il n'était pas jaloux. Il avait épousé la jeune femme par intérêt, pour avoir l'usine de tuiles du beau-père, mais il n'avait jamais rien éprouvé pour elle. C'est pas un sentimental notre ami *la Tronche-en-Biais*. Donc, il ne s'agissait pas d'un meurtre passionnel.

— Passionnel ou pas, remarqua Raoul, le résultat ne change guère.

— D'accord avec toi, admit Baruteau. Sinon qu'il

ne s'agit pas du meurtre prémédité d'un mari cocu qui attire son rival dans un piège, mais du geste d'un homme poussé à bout par un autre qui confirme à cette occasion qu'il est une ordure morale et qui le fait chanter.

— Non ! s'exclama le journaliste. Vous n'allez pas me dire que Richaud faisait chanter le baron !

— Eh bien, oui, mon beau. Fidèle à sa réputation, Richaud, pour remercier le baron de l'avoir toléré dans le lit de sa femme et recueilli quand il avait la police aux fesses, tenait le baron, à cause d'un secret qu'ils partageaient et que l'abbé dévoyé menaçait de révéler si Humbren d'Atay n'épongeait pas toutes ses dettes et ne lui donnait pas les moyens matériels de quitter la France.

— Racontez, mon oncle, racontez ! s'écria Raoul Signoret sur le ton qu'il avait, enfant, pour réclamer à Eugène Baruteau la suite de l'histoire avant de s'endormir.

— Pas avant que tu ne m'aies resservi un *chicoulon*[1] de cet excellent vacqueyras, exigea le commissaire. Ces histoires-là m'ont desséché.

1. Fond de verre de vin.

22

Où il faut se méfier d'une évidence qui semble crever les yeux. La réalité est toujours plus complexe qu'on ne le croit.

— Une petite goutte pour la route, mon oncle ?

Sans attendre la réponse, Raoul Signoret, qui inventoriait le contenu du buffet de la salle à manger, se redressa, tenant en main deux petits verres à pied et une bouteille sans étiquette renfermant un liquide incolore mais qui, dès le bouchon ôté avec un *plop !* sympathique, répandit aux narines des deux hommes les harmoniques parfumées d'un marc de Provence qui n'était jamais passé devant le guichet des contributions indirectes.

— C'est un confrère habitant La Bédoule [1] qui le distille lui-même. Vous m'en direz des nouvelles.

— Au nez, il est prometteur, dit Baruteau. Je ferais volontiers connaissance. Là ! là, pas trop, prévint-il, à l'instant où le niveau atteignait le bord du verre.

Il avait croisé le regard de *Thérésou.*

— C'est pour lutter contre le froid quand nous repartirons chez nous tout à l'heure, plaisanta le commissaire.

1. Village à l'est de Marseille, entre Aubagne et Cassis.

— Tu n'es pas drôle, marmonna son épouse qui prit sa belle-sœur à témoin.

Mme Signoret, qui était pour la paix des ménages, s'abstint de prendre parti.

Raoul en rajouta pour faire *bisquer* sa tante :

— Ça peut pas faire de mal, c'est rien que du naturel.

— Oh, toi, *merdouillon,* ça va, répliqua Thérèse Baruteau. Ton oncle est déjà gros et emphysa... emphyté... emphysémateux, j'y arriverai. Fais-en un alcoolique et ça sera complet !

Le neveu battit en retraite et remit son oncle sur les rails.

— Si, au lieu de nous faire mourir de curiosité, vous acheviez de nous informer des aventures et mésaventures du colonel-baron de *la Tronche-en-Biais* ?

— Hmm ! grommela le commissaire, je ne sais pas si vous le méritez, mais ton marc est si fameux que je me sens prêt à te passer tous tes caprices, sale gosse !

Il baissa le ton et, se penchant vers Raoul, lui dit très vite à mi-voix :

— Tu pourras m'en avoir une bouteille ?

Raoul ferma les yeux pour signifier un accord muet.

— Alors, voici l'ultime épisode ! lança le commissaire d'une voix forte pour attirer l'attention de tous et principalement de sa femme qui avait entendu l'aparté et le débinait auprès de Mme Signoret mère. Où le coupable est démasqué et l'énigme résolue !

Baruteau imita un roulement de tambour.

— Approchez, approchez, mesdames et messieurs, cher public. Vous allez découvrir le fin mot du mystère de Mazargues ! Qui a tué l'abbé Barral ? L'histoire terrifiante et sanglante d'un vicaire dévoyé, d'un officier déshonoré, d'un garde-chasse au passé trouble. Entrez ! Entrez ! Pour deux sous, vous connaîtrez le fin mot sur la plus grande énigme du siècle ! Demi-tarif pour les militaires et les bonnes d'enfants !

Un nouveau roulement de tambour conclut la tirade.

— Tu as pas fini, à ton âge, de te conduire comme un minot de cinq ans ? dit Thérèse Baruteau avec un air navré.

Le commissaire reprit son sérieux, mais son regard brillait sans qu'on sache quelle était la part de son esprit primesautier et celle du marc dont le parfum persistait sur sa langue.

— Laissez-le se détendre, ma tante, dit Raoul. Il a eu une quinzaine difficile.

Baruteau s'éclaircit la voix et attaqua.

— Nous en arrivons donc à la dernière partie de l'affaire : l'assassinat de l'abbé Barral, curé de Mazargues. Nous avons tous cru dur comme fer que c'était son vicaire qui avait fait le coup. C'était clair comme une démonstration au tableau noir à l'école de police. Richaud avait zigouillé Barral parce qu'il s'était fait pincer en train de lui voler ses économies, ou bien parce que, las de l'inconduite notoire de son adjoint et n'ayant pas digéré le coup du faux miracle, le curé s'apprêtait à dénoncer les agissements de son adjoint, à la fois auprès des autorités religieuses et de la police. Ça nous paraissait évident, d'autant plus que le Richaud avait un passé chargé, qui ne laissait aucun doute sur ses mœurs douteuses et son absence de scrupules moraux. Je n'y reviens pas, nous en avons assez parlé. Il était donc le coupable idéal. Il faut toujours être prudent avec ce qui semble crever les yeux. Vous allez voir que, en réalité, c'est un peu plus compliqué que ça.

Baruteau jeta un regard navré vers son verre vide, mais n'osa pas réclamer qu'on le remplisse. Il se contenta de le saisir par le pied entre le pouce et l'index et de le promener avec un air extasié sous ses narines.

— Quelqu'un a donc assassiné le curé Barral, reprit-il, en l'assommant et en le précipitant dans le puits du presbytère. Un témoin, la bonne du curé, Marguerite Chabert, ayant vu Barral et Richaud en discussion animée à la nuit tombée dans le jardin de la cure, nous avons pensé que la dispute avait dégénéré, et que le vicaire, plus jeune et plus vigoureux que son aîné, l'avait tué. Il s'était dénoncé tout seul en disparaissant le soir même de la découverte du corps de Barral au fond du puits où il marinait depuis deux jours.

— Trois, mon oncle, précisa Raoul.

Baruteau ne releva pas.

— Nous nous sommes contentés de ces certitudes, continua-t-il, et nous avons eu tort. Car ce que ne savait pas la brave Mme Chabert, c'est que ce soir-là Richaud n'avait pas été le seul à rendre visite au curé de Mazargues. Deux autres hommes étaient venus à la cure. La servante — absente pour cause de fièvre, au cours de la journée, je vous le rappelle —, revenue le soir, se sentant un peu mieux, pour préparer à son curé un repas convenable, ne les a pas croisés, ces deux-là. Depuis la fenêtre du premier étage, elle a aperçu Barral et Richaud se disputant. Puis, en descendant une demi-heure plus tard dans le jardin, elle a rencontré Richaud, tout seul près du tas de bûches, qui lui a dit « M. le curé est sorti », vous vous souvenez ?

L'auditoire, attentif et muet, acquiesça d'un signe de tête.

— A ce moment-là l'abbé Barral était non pas dans le puits où on l'a retrouvé, le malheureux, mais gisait, le visage massacré, dans la resserre à bûches dont le tas masquait à la vue son corps allongé.

Baruteau fit une pause et prenant les autres à témoin, dit :

— Je vous connais, esprits simples. Vous êtes en train de penser : « Eh bien, c'est tout vu ! Richaud a cassé la tête à Barral, il a planqué le corps derrière le tas de bûches, attendu le départ de Marguerite Chabert pour basculer le curé dans le puits en touillant avec une longue perche pour s'assurer qu'il était bien au fond. Qu'est-ce qu'il nous fait languir avec ses commentaires, ce casse-pied ? »

Il regarda l'auditoire à tour de rôle :

— Voulez-vous que je vous dise ? Vous n'êtes que des amateurs !

— Bon ! tu vas accoucher ? gronda *Thérésou,* ou tu as décidé de nous faire mourir *d'estransi* [1] ?

— J'y viens, répondit Baruteau, mais laisse-moi me régaler à me faire désirer un peu.

— Quel vieux cabot ! grinça sa femme.

Baruteau revint à ses moutons.

— Je vous disais donc que le brave curé Barral avait eu de la visite, ce soir-là. Nous l'avons su de la bouche de qui ? De notre ami le baron ! Coucou ! le revoilà !

---

1. D'angoisse.

Le commissaire mesura l'effet de la révélation et enchaîna :

— Monsieur de *la Tronche-en-Biais,* une fois sa carapace brisée par votre serviteur, ne s'arrêta plus sur le chemin des confidences. Un peu comme s'il avait décidé de tout déballer, moins pour décharger sa responsabilité, que pour alléger sa conscience peut-être ? Allez savoir ce qui se passe dans la tête des gens ! Voilà un homme qui toute sa vie a porté, au physique comme au moral, une jugulaire et qui tout à coup se débonde comme un vieux tonneau dont le cerclage a cédé. C'est plus fréquent qu'on ne croit.

— C'est lui qui a tué le curé ? demanda Raoul, impatient.

— Une seconde, mon neveu, j'y arrive. Non, ce n'est pas lui. Mais il a assisté à l'exécution.

— C'est Richaud, alors ?

— Non plus. Je t'ai dit qu'ils étaient trois.

Un nom vint sur la langue du journaliste, mais il n'osa pas l'avancer.

— Ce n'est pas Richaud qui a tué Barral, dites-vous ? J'ai bien entendu ?

— Tu as bien entendu, mon Raoul. Richaud était un escroc mais, jusqu'à preuve du contraire, pas un assassin. Ça te la coupe, hein ?

— J'avoue...

Baruteau reprit :

— Ce soir-là, le curé de Mazargues a reçu la visite de trois hommes arrivés à quelques minutes d'intervalle pour ne pas attirer trop l'attention du passant. Dans l'ordre : le vicaire Richaud, le garde-chasse Frisch et enfin, le clou du spectacle, le baron lui-même.

C'est ce dernier qui m'a révélé le but de la visite : intimider l'abbé Barral qui s'apprêtait à tout déballer au sujet du faux miracle de la chapelle des Carmes et avait laissé entendre à son adjoint qu'il en profiterait pour révéler à sa hiérarchie sa scandaleuse vie privée, tant du côté de ses fréquentations nocturnes que de sa liaison adultérine avec Mme la baronne, ainsi que du résultat de leurs copulations qui s'annonçait, alimentant les conversations faussement outrées de leurs paroissiens.

— Ils étaient cul et chemise, rappela Raoul pour ces dames. Le vicaire avait table et lit ouverts à Fontclaire.

— Pas cul et chemise, mon neveu, soutane et culotte de peau, rectifia Baruteau en pouffant.

Le marc, ajouté au côtes-du-rhône, faisait son effet. Il poursuivit :

— Il s'agissait donc pour le baron de faire suffisamment peur au curé de Mazargues pour qu'il renonce à rendre publique cette situation scandaleuse, les magouilles de son adjoint et le déshonneur des Humbren d'Atay.

— Ils l'ont tué pour ça ? dit Raoul scandalisé.

— Que s'est-il passé alors, exactement ? demanda Baruteau. Nous ne pouvons nous fier qu'à ce que nous a dit le baron, les deux autres n'étant plus là pour le contredire. Voici sa version : ils ont menacé à tour de rôle le curé Barral de représailles. Mais, à en croire Humbren d'Atay, ils n'avaient pas l'intention d'en arriver à l'irrémédiable. C'est une fois encore le garde-chasse qui a fait basculer la scène dans le drame. Le curé de Mazargues ne se laissait pas impressionner, paraît-il, au point de faire devant témoins la morale non seulement à son vicaire, mais au baron lui-même, lui reprochant sa complicité passive dans l'affaire du faux miracle — il était présent à la mascarade que vous savez — et de fermer les yeux sur les relations de son épouse avec Richaud. Que s'est-il passé alors dans la tête de Frisch ? Nous savons par expérience qu'il est capable de tout. A-t-il estimé son maître en danger et, tel un chien dressé à l'attaque, a-t-il bondi sur l'abbé Barral sans attendre d'ordre ? D'après le baron, avant qu'il ait pu tenter quoi que ce soit, le garde-chasse avait sauté à la gorge du curé et lui frappait le visage contre la margelle du puits à coups redoublés jusqu'à ce qu'il lui brise le crâne. Ils auraient bien tenté de s'interposer, lui et le vicaire, mais le mal était fait.

— Il est vrai, commenta Raoul, que ce Frisch était un fou furieux, nous en savons quelque chose.

— Tu ne crois pas si bien dire, répliqua le commissaire. Nous avons eu en main son dossier médical militaire. Il a reçu naguère, durant je ne sais plus quelle campagne, une blessure à la tête qui a nécessité trépanation. Depuis, il présentait des troubles mentaux qui lui auraient valu la réforme, si Humbren d'Atay ne l'avait pas pistonné et ne se l'était attaché à son service exclusif. L'autre lui en a voué une reconnaissance éternelle. Mais nous savons que Frisch s'est distingué, notamment à Madagascar, pour sa violence et sa cruauté. Si le baron a eu quelques ennuis avec la hiérarchie militaire, il en doit une partie à son ordonnance, dont il a toujours couvert les exactions commises sur les *indigènes,* comme il dit. Bref, nous avions affaire à un tueur pathologique, qui avait trouvé à exercer ses dons à l'armée en bénéficiant d'une certaine impunité.

Il semble pourtant qu'il y soit allé assez fort pour valoir à son supérieur d'être mis à la retraite d'office. Je ne t'apprends rien.

— Et dire que ce type-là portait légalement un fusil. Il n'a jamais plombé un braconnier ?

— J'en sais rien, répondit Baruteau. Il faudra vérifier s'il n'y a pas eu des histoires étouffées. Je t'avoue que ce n'était pas ma préoccupation première.

— Tiens, j'ai bien fait de lui mettre ma savate dans la figure, à celui-là, s'exclama Raoul Signoret.

— Quelle savate ?

— Rien, rien, mon oncle, je vous raconterai.

Le journaliste, pour détourner l'attention de son oncle, revint à la fameuse soirée.

— Ils ont balancé Barral dans le puits tous les trois ?

— Pas à ce moment-là, semble-t-il. Le baron affirme, et je le crois jusqu'à preuve du contraire, que devant ce coup inattendu il est parti, laissant le soin à Richaud et à Frisch de se débarrasser du cadavre. Le premier a paniqué, bien sûr, avec son *pedigree,* il ne lui manquait plus que cette tuile ! Quand ils ont entendu arriver Marguerite, le garde-chasse est allé se planquer dans la resserre à bûches et le vicaire a fait diversion. Il a foutu le camp chez lui. L'autre est allé le rejoindre. Ils ont tergiversé une partie de la nuit, puis, sur le coup de 2 heures du matin, quand ils ont été à peu près sûrs de ne croiser personne, ils sont revenus à la cure faire le ménage. Ils ont planqué le corps de Barral sous les bûches en attendant de réfléchir à ce qu'ils allaient en faire. Ce ne serait qu'au cours de la nuit du lundi qu'ils seraient revenus pour jeter Barral dans le puits en espérant qu'on croirait à une noyade. C'est du moins ce qu'ils ont raconté au baron. Ce dernier a offert au vicaire de le planquer jusqu'à ce que l'orage passe.

— Pour lui prouver sa reconnaissance, le vicaire n'a rien trouvé d'autre que de faire chanter le baron ? demanda Raoul.

— Que veux-tu, répliqua le commissaire, revenu de bien des choses à propos de la mentalité des hommes, on ne se refait pas. A peine rassuré de ce côté-là, au lieu de se tenir peinard ou de mettre une frontière entre lui et nous, Richaud a cédé à son vieux fonds de crapulerie. Tous les trois se tenaient par la barbichette. Richaud a menacé le baron de tout déballer, s'il ne l'aidait pas à apurer sa dette auprès des malfrats du clandé de la rue Radeau à qui il devait je ne sais combien de milliers de francs et qui voulaient lui faire la peau. Le baron a dû voir rouge devant tant d'ingratitude et il l'a fusillé.

— A moins que ce ne soit encore un coup du garde-chasse ? objecta le journaliste. Il en était bien capable, ce chien enragé.

— Ça ! dit Baruteau avec un geste d'impuissance. Tu sais pourquoi il nous a tiré dessus quand nous sommes venus à Fontclaire ? Le baron nous a avoué que Frisch croyait que nous le cherchions, lui. Les éclats de voix que nous avons entendus venant de la bastide après le coup de fusil, c'était Humbren d'Atay et son garde-chasse qui s'empaillaient, paraît-il. Quoi qu'il en soit, il restera toujours une part de mystère dans cette affaire, puisque nous ne pouvons plus nous fier qu'aux seuls dires du survivant du trio.

— On peut lui faire confiance pour charger les morts, ajouta Raoul.

— Il s'est lui-même assez chargé pour que ceci ne soit plus que secondaire, répliqua le commissaire. N'oublie pas qu'il s'est accusé d'avoir tué le vicaire sur un coup d'indignation et qu'il a menacé de mort ta femme devant toute une brigade de la Sûreté, son chef bien-aimé en tête. Ça suffit largement pour qu'on lui offre une concession perpétuelle du côté de Cayenne avec un aller simple sur *La Loire*[1], tout colonel-baron Humbren d'Atay qu'il est.

Raoul demeurait insatisfait par cette explication.

— Tout de même, si c'est le baron qui a exécuté Richaud, je ne parviens pas à comprendre comment un type, maître de lui comme il l'était, a pu se laisser aller sans mesurer les conséquences de son geste.

— Crois-tu qu'il mesurait la portée de son geste, quand il tenait son revolver sur la tempe de ta femme ? Je pense que nous avons affaire à deux cinglés. Ils ont fait les colonies. Va savoir ce qu'ils ont chopé comme saloperies qui leur auront rongé la cervelle ? L'un avait été pendant ses années de campagne certain de son impunité et l'autre était un psychopathe qui avait trouvé sous l'uniforme le moyen d'assouvir ses instincts de tueur avec la bénédiction de ses chefs. Comment voudrais-tu qu'il n'en reste pas quelque chose ?

Raoul n'en démordait pas :

— Si c'est Frisch l'enragé qui a tiré, pourquoi le

1. Le navire pénitentiaire qui transportait les relégués de Saint-Martin-de-Ré vers la Guyane.

baron s'accuse-t-il à sa place ? Quel intérêt aurait-il à le couvrir *post mortem* ?

— Est-ce que je sais, moi ? répliqua Baruteau, excédé. Je ne me tracasse plus pour si peu. J'ai un procès-verbal où Humbren d'Atay signe des aveux complets, ça me suffit. S'il veut garder ses justifications pour le tribunal, ça le regarde. Moi, mon boulot de flic est terminé. Aux autres à se poser des questions. Aux journalistes, notamment. J'ai assez sué sur cette affaire où Cécile m'a fait prendre une *estoumagade*[1] dont je me souviendrai !

— Une nouvelle fois le phénix de la Sûreté marseillaise boucle une affaire de main de maître, plaisanta le neveu.

— Avec l'aide précieuse de l'étoile montante du journalisme marseillais, dit Baruteau sur le même ton.

— Sans oublier l'audacieux agent de liaison qui a fourni des renseignements essentiels, ajouta la voix fraîche de Cécile, se joignant aux rires de l'assistance.

— Ni la fronde miraculeuse de mon ami *Lou Roucaou,* ajouta Raoul Signoret.

— Non plus que les élucubrations historico-ethnologiques sur les tribus mazarguaises, de Gégé Gaudissart, pharmacien de 1re classe, renchérit Baruteau.

Le commissaire mit à profit le retour à l'ambiance joyeuse qui présidait à la réunion familiale en début de soirée pour placer une demande qui le tarabustait depuis un bon moment :

— Tiens, dit-il à son neveu, tu devrais me resservir un peu de ton marc. Ça s'arrose, tout ça !

---

1. Une émotion qui vous chavire l'estomac.

23

Où tout se termine pour le mieux par une mémorable partie de pêche.

Le dimanche 7 juin 1898, à 5 h 30 de relevée, deux embarcations à voile de type *barquette marseillaise*, appelées également *pointus*, levèrent l'ancre au même instant en deux points éloignés de la côte marseillaise.

Il faisait un temps de commencement du monde, comme si Dieu venait juste de procéder au partage de la terre et des eaux. La mer, doucement caressée par la brise, frissonnait comme une belle surprise à son réveil. Un soleil déjà radieux s'employait à la réchauffer tendrement.

Le premier *pointu*, quittant le petit port de la Madrague-de-Montredon, mit cap au sud en direction de l'île Maïre dont on apercevait la silhouette de chélonien se détachant du cap Croisette, au pied du massif des Calanques. A la barre, droite dans ses bottes, se dressait la silhouette massive du commissaire principal Eugène Baruteau, chef adjoint de la Sûreté marseillaise, coiffé d'une casquette de yachtman décorée d'une ancre dorée. A la proue rustique de l'embarcation, on distinguait la ligne svelte de son neveu, Raoul Signoret, reporter d'élite au *Petit Provençal,* qui arborait un couvre-chef de paille claire, récemment acquis chez Félio, « le chapelier des sportifs ».

La seconde embarcation quittait à l'heure dite la calanque de Sormiou et, sitôt passée la pointe de la Merveille, hissant sa voile latine, filait droit vers l'ouest, passant en revue les criques et calanques qui bordent le littoral rocheux à la manière d'un col de dentelle. A son bord, on pouvait apercevoir le court profil tout en rondeur de Gabriel Dominichino, alias *Lou Roucaou*, patron pêcheur de Mazargues, accompagné pour l'occasion de son fils aîné, Fernand, en permission pour quelques jours. Le jeune homme retrouvait avec joie la mer au bord de laquelle il était né, dont les chasseurs alpins — dans les rangs de qui il servait la patrie du côté de Sospel — le privaient depuis de longs mois.

Les deux esquifs allaient à la rencontre l'un de l'autre. Ni l'un ni l'autre des capitaines ne pouvait encore apercevoir « l'adversaire », mais chacun avait conscience de s'en rapprocher. Tels deux navires de haut bord ayant choisi le lieu de leur affrontement, « à la loyale », les *pointus* filaient en directions convergentes vers le plateau sous-marin dit « des Chèvres », situé entre l'île de Jarre et la côte rocheuse.

Le choix de ce site marin avait été établi d'un commun accord par les deux parties, en raison de l'abondance et de la variété de sa faune pélagique. Les deux capitaines se préparaient à une épreuve qui n'était pas sans rappeler, dans son esprit, les tournois médiévaux, au cours desquels les chevaliers bardés de fer, perchés sur de lourds destriers lancés au galop, s'affrontaient sans merci pour les beaux yeux de leurs dames, dans le choc des épées et le fracas des masses d'armes. Car il s'agissait d'un défi lancé par Eugène Baruteau à Gabriel Dominichino, au soir d'une amicale réunion. Elle avait rassemblé les principaux acteurs de l'enquête sur les morts atroces du curé Barral et de son adjoint, le vicaire Richaud, qui avaient bouleversé la vie des gens de Mazargues. Autour d'un verre pris sur la terrasse du cabanon du sous-chef de la Sûreté, Baruteau, l'esprit échauffé par l'absorption de plusieurs apéritifs anisés, avait prétendu être capable de pêcher plus de poissons en une matinée que *Lou Roucaou* dont c'était pourtant le métier. Etaient présentes *Thérésou,* épouse du policier, Mme Signoret, mère de Raoul, Cécile et Félicité, femme du *Roucaou,* dévolues au rôle gracieux de « nobles dames » par leurs champions respectifs. Le but avoué de l'affrontement était d'attraper suffisamment de poissons pour confectionner une bouillabaisse que vainqueurs et vaincus dégusteraient ensemble. L'arme choisie n'était pas le filet, moyen déloyal qui ne laisse que peu de chance à la prise, mais la *ligne*, le fil de pêche nu enroulé autour d'un morceau de liège, sans le secours de la canne, que l'on désigne dans ces contrées exotiques sous le terme de *palangrotte.* Les chances des adversaires étaient ainsi équilibrées, le pêcheur professionnel n'étant pas plus avantagé que le policier amateur de pêche. Elle permettait en outre aux poissons de jouer leur rôle dans la joute, en choisissant librement le futur vainqueur.

Il n'y avait rien d'autre à gagner qu'un grand moment de convivialité, mais tout à perdre : l'honneur. L'honneur familial, d'abord, l'honneur corporatif, ensuite.

Pour que l'acharnement des combattants ne vienne pas gâter les relations chaleureuses de ces dames, il avait été entendu que la future bouillabaisse serait confectionnée conjointement par Mme Signoret mère et Félicité Dominichino. *Thérésou* et Cécile n'étant là que pour assurer la régularité de l'opération et donner leur avis (seulement consultatif, les cuisinières restant maîtresses des décisions finales) sur le temps de cuisson de ce pot-au-feu marin, ou sur l'ordre de mise en marmite des différentes espèces d'un plat de roi inventé par des pauvres.

Afin de départager les concurrents, il avait été établi un barème strict. On avait attribué à l'avance un nombre de points à chacune des espèces entrant dans l'alchimie du bouillon d'or, auquel leurs sucs mêlés donnent sa saveur. Un *fiélas*[1] vaudrait un point, une vive deux, ainsi que le merlan, une *galinette*[2] trois points, une baudroie idem, un loup quatre points, les rascasses grises ou roses seraient tarifées à cinq points chacune, le *roucaou* — plus rare dans sa robe d'Arlequin — à dix points et, enfin, si par chance un saint-pierre, espèce aussi exceptionnelle que difficile à pêcher autrement qu'au filet, venait mordre à l'hameçon, il vaudrait à son heureux vainqueur de remporter le tournoi, quel que soit par ailleurs le score atteint par l'adversaire avec l'addition des points attribués aux espèces subalternes. Tout autre poisson serait impitoyablement rejeté à l'eau.

1. Congre, en Méditerranée.
2. Rouget grondin.

A 6 h 30, les deux *pointus* étaient en vue l'un de l'autre. L'instant était solennel. La barque du *Roucaou,* baptisée *Sperlonga* en hommage à la patrie d'origine du pêcheur, était arrivée la première sur les lieux du tournoi halieutique, car la distance à parcourir jusqu'au plateau des Chèvres depuis Sormiou était inférieure à celle qu'avait à franchir la *Galinette*, depuis la Madrague-de-Montredon. Le policier affala à son tour sa voile triangulaire et, laissant courir l'embarcation sur son erre, manœuvra habilement pour venir se placer bord à bord avec celle du pêcheur. Les équipages se saluèrent joyeusement. Sans perdre de temps, Raoul Signoret installa le taud[1], qui fut accroché à deux mâts miniatures situés à la proue et à la poupe de l'esquif. Il servirait tout à l'heure à se prémunir des ardeurs du soleil. Le cuir tanné par les embruns du *Roucaou* et de son fils Fernand rendait l'usage de cet accessoire de luxe inutile à bord du *Sperlonga.*

Le pêcheur, après s'être inquiété de la bonne traversée de ses « adversaires », lança un cordage à Raoul qui le passa dans deux anneaux fixés au bordé de la *Galinette,* avant de le relancer au *Roucaou* qui en fit autant avec ceux équipant sa barquette. Ainsi, les deux *pointus*, libres de se balancer au gré du flot et de la brise, se trouvaient-ils amarrés en parallèle, ce qui évitait de jeter l'ancre et permettait de les laisser dériver ensemble sans qu'ils s'éloignent l'un de l'autre. Le règlement impitoyable de l'affrontement avait stipulé en effet que la pêche, pour être valable, devait avoir lieu sur le même fond, aux mêmes heures, afin que réclamation ne puisse être portée contre celui des deux

1. Toile goudronnée qui sert à s'abriter de la pluie ou du soleil.

équipages qui aurait eu connaissance de coins poissonneux ignorés de l'autre.

Le pêcheur saisit un seau métallique contenant des appâts fabriqués par ses soins — mie de pain et tripes de poissons mêlées — et en lança des poignées à la volée autour des deux barques pour *brouméger*[1].

L'heure de l'épreuve approchait.

Pendant que se préparait cet impitoyable duel nautique, deux autres convois — terrestres, ceux-là — commençaient à converger vers la Madrague-de-Montredon.

Partie de Mazargues à bord d'une charrette tirée par un petit âne roux aux longues oreilles et aux yeux cerclés de poils clairs tranchant sur la bure de son pelage, Félicité Dominichino, flanquée de ses trois plus jeunes enfants, venait de s'engager dans l'une des allées qui serpentaient à travers la pinède du Roi-d'Espagne en direction de la campagne Pastré, d'où elle gagnerait le bord de mer.

A l'arrière du plateau de la charrette bordé de ridelles, où les trois garnements faisaient les quatre cents coups, Félicité avait amarré une marmite de grande taille, plus haute que large, qui devait bien tenir ses quinze litres, où les poissons de la future bouillabaisse auraient toute la place pour cabrioler dans l'eau bouillante et mêler intimement leurs parfums. Dans un cageot, voisinaient, avec un *estagnon* d'huile d'olive, pommes de terre, tomates, oignons et deux têtes d'ail,

1. Du provençal *brouméja*, jeter l'appât dans la mer pour attirer le poisson.

thym, fenouil et persil, ainsi qu'une branche de laurier, cueillis à l'aube même dans le potager de la poissonnière, encore frais de rosée.

A peu près à la même heure, c'est-à-dire vers 7 h 30 du matin, une voiture de remise était venue place de Lenche pour embarquer à son bord deux femmes chargées de couffins et un bébé ensommeillé dans lesquelles on aura reconnu Mme Signoret mère, sa bru, Cécile, et Adèle, sa petite-fille. A son habitude, Mme Signoret n'avait pas voulu « arriver les mains vides » et dans le panier pendu à son bras étaient placées deux tartes rustiques d'un diamètre imposant, confectionnées par ses soins la veille. L'une était à la confiture d'abricots, l'autre à la gelée de groseilles, toutes deux croisillonnées de bandes de pâte dorée en guise de décoration. Elles embaumaient la cabine du fiacre qui venait de déboucher sur le quai du port et s'apprêtait à faire le tour du Lacydon pour gagner la promenade de la Corniche. Les deux femmes ajoutaient au plaisir d'une journée au cabanon l'agrément d'une virée en voiture attelée, comme les riches, face à l'un des plus beaux paysages marins qui soient. En dépit de l'irrégularité des pavés et du vacarme des roues cerclées de fer, Adèle s'était rendormie aussitôt qu'installée dans le panier d'osier servant à son transport.

Il avait été convenu que le pharmacien Gaudissart, à qui un mal de mer chronique interdisait de participer à la compétition, rejoindrait ces dames au cabanon par ses propres moyens, au cours de la matinée.

— Quinze à zéro ! annonça *Lou Roucaou*. Si on *jouerait* aux boules, vous auriez déjà baisé *Fanny*[1].

Le pêcheur exhibait sous le nez de l'adversaire les trois rascasses qui lui valaient ce score, moins d'une heure après le début des hostilités.

Eugène Baruteau, œil fixe et mâchoires serrées, ne céda pas à la provocation. Mais comme il venait de se martyriser un doigt de la main gauche avec un hameçon auquel il fixait un appât, il jeta sans l'avoir voulu un regard sanglant vers *Lou Roucaou*.

A cet instant, le commissaire sentit au bout de sa main droite crispée sur le fil de pêche la secousse caractéristique du poisson mordant à l'hameçon. Sa revanche était peut-être au bout. Il remonta fébrilement sa proie qui se tortilla dans l'air, jetant des reflets d'argent et éclaboussant le policier pêcheur.

— Une bogue-ravelle[2] ! s'écria Fernand Dominichino. Non seulement, c'est pas mangeable par un chrétien, mais ça compte pas !

Baruteau, toujours muet, rejeta sa proie à la mer sous les rires des autres, Raoul inclus. Le policier remit sa ligne à l'eau en grognant. L'orgueil de la Sûreté marseillaise venait d'en prendre un coup. D'autant qu'il était pour l'instant le seul bredouille. Raoul venait (enfin !) de sortir de l'eau une rascasse qui n'avait pas voulu de l'hameçon des Dominichino. L'honneur fami-

1. Dans une partie en quinze points, l'équipe perdante doit se soumettre au rite immuable : embrasser, sous les quolibets, l'effigie callipyge d'une jeune beauté troussée haut.

2. La plus stupide des variétés de bogues ou « gros yeux », parmi les hôtes des fonds marins. Le manque de discernement dans le choix de leur nourriture donne à leur chair un goût suspect.

lial, au moins, était sauf. La *Galinette* ne ferait pas le voyage de retour vers la Madrague à vide.

Durant l'heure suivante l'écart augmenta avec l'arrivée à bord du *Sperlonga* de deux grondins (six points) et d'une belle baudroie (quatre points) tandis que l'escarcelle de l'équipage de la *Galinette* ne s'enrichissait que des quatre points additionnés d'un merlan de taille modeste et d'une vive. C'est dire que l'humeur du commissaire ne s'arrangeait pas.

— Vingt-cinq à neuf ! annonça *Lou Roucaou*, impitoyable.

La grogne du commissaire, qui venait d'embrouiller son fil, était à son comble. Raoul s'abstenait de tout commentaire pour ne pas aggraver la situation. L'arrivée de deux vives et d'un grondin, si elle réduisit l'écart, ne suffit pas à détendre les plis du front charnu du policier qui regardait la mer cruelle avec des coups d'œil ordinairement réservés aux suspects récalcitrants. D'autant plus que la cagnotte des Dominichino venait encore de s'enrichir.

Pendant que le tournoi voyait la déconfiture de la police alliée à la presse se dérouler, l'ambiance était tout autre au cabanon de la Madrague-de-Montredon où ces dames rivalisaient de bonne humeur. Elles venaient d'allumer un grand feu entre les pierres disposées pour former un fourneau en plein air. Elles l'alimentaient à l'aide de branches et de pommes de pin devant servir à embraser dans un second temps les bûches de chêne préparées auprès du foyer. Il s'agissait d'obtenir une bonne épaisseur de braises incandescentes dans lesquelles Félicité enfoncerait sa grande marmite jusqu'à mi-corps, afin de faire flamber ce feu vif que réclame la mise à gros bouillons de l'eau de mer qu'elle irait puiser pour faire cuire les poissons espérés. En attendant, la poissonnière, qui suivait la tradition à la lettre, avait émincé trois oignons en l'honneur de la sainte Trinité, et écrasé quatre gousses d'ail, autant que les morceaux de la croix qui porta le Sauveur. Puis elle pela plusieurs tomates avant de les épépiner et de les hacher. Sur ce lit embaumé, noyé d'huile d'olive, disposé au fond de sa marmite, ne manquaient plus que les poissons promis par les « chevaliers ».

Pendant ce temps, *Thérésou* la laborieuse, sur la *pile*[1] de la cuisine du cabanon, préparait selon les règles la *rouille* dont chacun à son goût tartinerait les tranches de pain séchées avant de les tremper dans le bouillon. Elle avait pilé finement au mortier deux gousses d'ail et deux piments d'Espagne mêlés à de la mie de pain trempée, le tout amalgamé à deux cuillerées d'huile d'olive. L'ail, qui jouait le fort ténor dans la partition olfactive en préparation, dominait de sa voix puissante les autres effluves.

Aux abords de l'île Maïre, une tragédie se préparait avec le prochain retour honteux de la *Galinette* vers son port d'attache. *Lou Roucaou* venait d'annoncer : « cinquante-huit à vingt-trois ! » en plongeant les mains dans la caisse où frétillaient dans les derniers spasmes de l'agonie ses proies luisantes. C'est alors que Neptune voulut bien avoir pitié de deux pêcheurs malheureux en leur expédiant l'un de ses sujets d'élite, leur évitant ainsi le déshonneur promis.

1. L'évier (généralement taillé dans la pierre de Cassis).

La secousse fut telle, au bout du fil immergé, que Raoul Signoret faillit lâcher sa palangrotte. Il la ressaisit par réflexe et tira sans hâte, mais régulièrement.

— C'est un gros client ! cria-t-il à l'attention de son oncle penché sur le bordé opposé.

Baruteau tourna la tête à temps pour voir la surface crever sous l'arrivée de la gueule impressionnante d'un poisson plat flanqué d'une nageoire dorsale épineuse déployée comme la crête d'un cacatoès en colère, qui fouettait l'écume de sa queue. La proie se débattait avec furie et le journaliste craignit pour son fil. Son cœur s'affola. Au premier coup d'œil il avait reconnu la mâchoire extensible, la forme oblongue et les deux taches noires caractéristiques d'une espèce qu'il n'espérait plus.

— Nom de Dieu, s'écria Baruteau, un saint-pierre ! Vas-y doucement, Raoul ! Tu vas casser ! Prends l'épuisette ! Prends l'épuisette !

Le neveu, tétanisé à la fois par l'apparition du « monstre » qui devait faire trente bons centimètres et par les cris de son oncle, n'osait plus bouger. A bord du *Sperlonga,* le premier moment de surprise passé, on suivait la manœuvre avec attention.

— Fatiguez-le, monsieur Raoul, conseillait *Lou Roucaou*, beau joueur. Lâchez un peu de mou, après vous le reprenez. Surtout, soyez pas brusque !

Le commissaire se leva d'un bond, au grand dam de l'assiette de la *Galinette* qui tangua bord sur bord. Il saisit le manche de l'épuisette et se précipita sur Raoul qui donnait du mou à son fil. L'oncle se pencha sur son neveu et plongea le filet dans l'eau. D'un geste adroit, il cueillit la bête au moment où le mouvement de balancier donné par le déplacement de ses cent quinze kilos arrivait à l'apogée de son retour. Emporté par le mouvement, Baruteau passa par-dessus bord la tête la première, entre les deux barques, dans une gerbe d'écume. Par réflexe, il s'était cramponné à l'épuisette et, tout en s'enfonçant dans l'eau, il avait plaqué l'ouverture du filet contre son torse. Ce qu'il ressentit le rassura en dépit de sa situation. Le saint-pierre prisonnier, qui se débattait comme un possédé en cherchant la sortie, lui giflait la poitrine de sa nageoire caudale.

— Je l'ai ! hurla le commissaire en refaisant surface, avant de boire à nouveau la tasse.

Raoul lâcha son fil et saisit le manche de l'épuisette au passage. Il ramena le filet et son contenu dans la barque.

— On l'a eu ! On l'a eu ! cria le journaliste à l'attention du pêcheur et de son fils, avant de se soucier de son oncle.

Celui-ci se débattait dans l'eau, alourdi par son caban de laine, toussant, crachant, soufflant comme un phoque. Sa belle casquette d'amiral d'opérette dérivait en flottant.

Sans perdre un instant, *Lou Roucaou* avait sorti de sa poche un couteau pliant de belle taille et, sans hésiter, tranchait le cordage qui amarrait les deux barques entre elles, afin que « l'homme à la mer » ne fût pas pris en sandwich entre les deux bordés.

— Un cachalot à tribord ! glissa Fernand Dominichino à l'oreille de son père. Ça fait combien de points ?

— Ça compte pas, répondit le pêcheur. Il faut le rejeter.

Raoul qui avait entendu, sans pitié pour son oncle, éclata de rire tout en brandissant sa capture.

— On-a-ga-gné ! On-a-ga-gné ! scanda-t-il, tandis que Baruteau éructait entre deux hoquets.

— Pas une raison pour me laisser me noyer, saligauds !

Gaffe en main, *Lou Roucaou* tenta de repêcher la casquette du commissaire, mais ne réussit qu'à la transpercer, ce qui hâta son naufrage.

Le saint-pierre mis à l'abri dans un seau métallique que le journaliste coiffa d'une caisse en bois en guise de couvercle, *Lou Roucaou* et son fils passèrent à bord de la *Galinette* et les trois hommes s'escrimèrent à retirer le « noyé » de l'eau. Ce ne fut pas une mince affaire, avec le poids de l'eau imbibant les vêtements ajouté à celui du policier. Ils faillirent le prendre en remorque pour ne pas mettre en péril l'équilibre du *pointu*. Finalement, ce fut en hissant le commissaire par la proue de sa barque que la manœuvre s'avéra la moins périlleuse. Trempé jusqu'aux os mais consolé par l'importance de la capture, Baruteau, après avoir jeté un coup d'œil dans le seau où le saint-pierre commençait à s'asphyxier, lança à ses concurrents :

— Rien ne sert de courir..., comme disait le brave La Fontaine. Je ne vous ferai pas l'injure de souligner qu'une prise pareille n'est pas à la portée du premier venu. Il fait au bas mot trois bons kilos.

— D'accord, convint *Lou Roucaou*, mais, désignant le seau, il ajouta : S'il y avait que lui pour manger à huit, on ne ferait pas gras. Quand vous y levez la tête, au saint-pierre, c'est comme la baudroie, il pèse pas lourd. Restent les yeux pour pleurer.

Il montra dans la caisse en bois à bord du *Sperlonga*, que Fernand maintenait bord à bord avec la *Galinette*, l'amoncellement de petits monstres épineux agités par les derniers spasmes de leur courte vie.

— Heureusement qu'on est là avec mon fils, pour qu'y en ait pour tous.

— *Môssieu,* plaisanta Baruteau, emphatique, c'est le dépit qui vous fait parler. Je préfère la qualité à la quantité.

— Pourtant, objecta *Lou Roucaou*, si j'en crois votre neveu, quand c'est bon, ça vous est égal qu'y en ait beaucoup, à ce qui paraît.

— Cet insolent, répondit le commissaire en désignant Raoul, me fait une réputation injustifiée parce que lui-même vit *de regardelles* [1]. Aussi, voyez comme il est gras. Bientôt, on lui voit la Bonne Mère au travers ! Moi, je mange ce qu'il faut pour me maintenir, pas plus.

— Ça se voit, dit *Lou Roucaou*.

— Pour vous éviter une humiliation publique, dit Baruteau grand seigneur, je vous propose de mettre nos proies en commun et de ne pas distinguer devant ces dames ce qui appartient à chacun. Ainsi, votre honneur professionnel ne sera pas éclaboussé par notre exploit. Et pour vous prouver notre générosité, nous vous confions notre trophée. Vous aurez l'honneur de le ramener au port.

— D'accord, répondit *Lou Roucaou*. En échange, nous ne dirons pas non plus à nos dames comment

1. Equivalent provençal de vivre d'amour et d'eau fraîche, se nourrir de rien.

vous vous y prenez pour pêcher le saint-pierre en sautant à la mer et en nous le fauchant sous le nez.

— Un partout, admit le commissaire. Nous remettons le compteur à zéro.

Le pêcheur et son fils repassèrent sur le *Sperlonga*.

— Allez ! je crois qu'on peut rentrer. On fera guère plus en prenant une insolation et y en a assez.

Raoul hala le cordage tranché, l'enroula et le jeta au *Roucaou*.

Ce geste remit en mémoire du journaliste une idée qui lui avait longtemps trotté dans la tête et qu'il avait longtemps remisée, préoccupé durant l'enquête sur la double mort du curé de Mazargues et de son vicaire par des questions plus importantes.

— Merci d'avoir sacrifié un beau cordage pour éviter à mon oncle d'être *esquiché*[1]. On voit qu'on a affaire à un spécialiste, ajouta-t-il avec un air malicieux.

Lou Roucaou lui jeta un bref coup d'œil et baissa le regard.

— Pourquoi vous me dites ça, monsieur Raoul ?

— Parce que, lorsqu'il faut se dégager d'urgence, vous avez toujours un couteau sur vous pour trancher dans le vif.

— Je comprends pas.

— Vous avez un couteau ?

— Bien sûr ! répondit le pêcheur.

Il mit la main dans la poche de son pantalon et montra à Raoul le solide canif à la lame épaisse et au manche noirci par des années d'usage dont il venait de se servir. Il ne le quittait jamais.

---

1. Ecrasé.

Le jeune homme se pencha par-dessus le bordé et s'empara de l'arme blanche. Il l'ouvrit, admira le fil, caressa le manche patiné, puis fit claquer la lame en la refermant avant de la restituer à son propriétaire.

— Un vrai rasoir, dit-il admiratif.

— Il le faut, expliqua *Lou Roucaou.* Mettons que le commandant du *Calédonien,* qui arrive de Suez, y nous *voye* pas en train de pêcher et que j'aie pas le temps de les défaire, ces nœuds. Un petit coup de lame et hop ! on déblaye.

— Vous êtes un homme paré.

— Eh ! sûrement, dit le pêcheur qui ne voyait pas le piège en clignant de l'œil à son grand fils.

— Sacré *Roucaou* ! s'écria Raoul Signoret.

— Pourquoi vous dites ça ?

— Parce que j'ai toujours pensé que vous n'étiez pas étranger à la chute programmée du tableau qui a failli coiffer le vicaire Richaud, le jour de la mascarade du miracle, aux Carmes.

— Moi ? répliqua *Lou Roucaou* en battant des cils pour confirmer son innocence. Qu'est-ce qui vous fait dire ça ?

— Mon petit doigt.

— Il est mal renseigné.

Une lueur malicieuse démentait l'assurance du pêcheur. Il ne feignait plus que par jeu.

— Allez, avouez que vous êtes venu à l'avance pour entailler le cordage qui maintenait la descente de croix au-dessus de l'autel de la chapelle des Carmes.

— Vous avez pas de témoins, assura *Lou Roucaou* sans pouvoir s'empêcher de rire.

— Non, mais j'ai de forts soupçons. Et si le roi des

pescadous[1] qui m'accompagne, grisé par son exploit n'avait pas tout oublié de son métier, je vous dénoncerais.

Baruteau, plongé dans la contemplation du saint-pierre dont les couleurs passaient au moment où la mort approchait, avait autre chose à faire qu'à se souvenir d'être à bord, non seulement seul maître après Dieu, mais seul représentant de la loi.

— Eh ! qu'est-ce que vous voulez, redit *Lou Roucaou* qui passait aux aveux complets. Il fallait bien quelqu'un pour lui donner un coup de main au *pôvre* abbé Barral. L'autre salopard, il avait les vieilles punaises de Marsanges et leurs sangsues avec lui, pour entortiller les braves gens de Mazargues.

— Vous vous êtes mis du côté du plus faible, si je comprends bien, l'interrompit Raoul.

— Exact. La nuit d'avant la procession, je suis venu donner un coup de lame dans la corde, en me servant de l'échelle où Richaud est monté le lendemain pour faire son tour de passe-passe. Je voulais pas le décrocher, le tableau. Juste un petit coup pour entamer. Qu'on puisse pas dire qu'on avait coupé la corde.

— Vous étiez tout seul ?

— *Voui.* Il a jamais su que c'était moi, le brave curé Barral. J'ai rien dit à personne. Pas même à Félicité. Y en avait qu'une qui savait et elle a rien dit non plus : c'est Marguerite Chabert. Elle m'avait filé la clef de la chapelle.

— En tout cas, bravo, dit Raoul. La corde a craqué juste au bon moment. Vous l'aviez calculé ?

— Non ! s'esclaffa *Lou Roucaou.* Ça, c'est un coup

1. Pêcheur, en provençal.

de pot. J'ai pas fait exprès. Ça a mis plus de temps à péter que je le pensais. Quand je l'ai vu, le tableau, se décrocher en plein au milieu du sermon, *qué* rigolade ! C'est le Bon Dieu qui a donné un coup de main au *pôvre* curé Barral.

— Le Bon Dieu n'est pas le seul pour quelque chose, dit Raoul Signoret. Vous savez bien ce qu'on dit : « Dieu a besoin des hommes. »

— Ah, oui ? On dit ça ? s'étonna le pêcheur pour qui la conversation prenait une altitude où il avait peine à suivre. Oh, monsieur Raoul, qu'est-ce qu'on fait ? ajouta-t-il pour s'en tirer à sa manière. Vous voulez remplacer votre oncle dans les enquêtes ou on va porter le poisson pour la bouillabaisse ? Regardez le commissaire, il *se languit* d'arriver à la Madrague.

Baruteau, béat et ivre d'air iodé, eut un geste royal.

— Après vous, chers adversaires malheureux et néanmoins amis. Nous vous suivons.

Les deux *pointus* amarrés au même anneau face au cabanon, ces dames, qui avaient été rejointes entretemps par Gaston Gaudissart, firent fête aux héros du jour en découvrant le produit de leur pêche. Les enfants Dominichino poussaient des cris d'indiens en tripotant les rascasses. Déjà Félicité s'emparait des espèces les plus fragiles et les jetait dans l'eau de la marmite portée à gros bouillons.

— Qui a gagné ? demanda-t-elle.

— Match nul, s'empressa de répondre le commissaire, appuyé par le pêcheur.

La poissonnière jeta un coup d'œil professionnel au contenu de la caisse en bois et s'exclama :

— Faudrait pas me prendre pour une autre. Et ce saint-pierre ? On avait dit que celui qui le prendrait, il gagnerait. Vous l'avez pas pêché à quatre, non ?

Baruteau fut grandiose.

— Précisément, chère madame. Raoul l'a ferré, *Lou Roucaou* l'a sorti sans casser le fil, Fernand l'a attrapé dans l'épuisette et, pour célébrer la victoire commune, je me suis jeté à l'eau.

Chacune se rendit compte alors seulement de l'état dans lequel le sous-chef de la Sûreté marseillaise se trouvait. Sur ses vêtements humides et ses cheveux collés à la peau du crâne, le sel de mer commençait à sécher en formant des auréoles claires.

C'est alors qu'on entendit une voix haut perchée s'écrier :

— Oh, un saint-pierre ! *Zeus faber,* comme dit le grand Linné. Faites voir. Celui-ci est de l'espèce des *Hoplostethus mediterraneus*, l'une des deux qui composent l'ordre des *Beryciformes.* Savez-vous pourquoi on le surnomme saint-pierre ? C'est parce que durant son agonie il verse des larmes comme...

Gaston Gaudissart ne put aller plus loin. D'un geste plein d'autorité, Félicité venait de lui subtiliser le poisson et l'avait plongé dans l'eau bouillante.

— Moi, je sais peut-être pas comment ils s'appellent, vos *méditerranéhusses*, mais je suis sûre d'une chose, monsieur le pharmacien : la bouillabaisse, si on attend que vous ayez fini vos explications, c'est pas aujourd'hui qu'on la mangera !

Ouvrages consultés

Les Causes criminelles et mondaines d'Albert Bataille (Le Dentu)

Crimes et mystères en Provence de René Bruni (Cheminement éditions)

Jean Contrucci dans Le Livre de Poche

L'Enigme de La Blancarde n° 35016

Marseille, 1891. La ville est partagée en deux mondes. D'un côté, sur la rive nord du Vieux-Port, le quartier « réservé » où viennent s'encanailler les bourgeois. De l'autre, les faubourgs respectables, autour de la rue Paradis ou du hameau de La Blancarde... C'est pourtant dans ce dernier que la riche Mme Magnan est sauvagement assassinée. Louis Coulon, son fils adoptif, est accusé. Preuves et témoignages l'accablent. Le voilà condamné au bagne à perpétuité. Un dénouement qui paraît trop simple au chef adjoint de la Sûreté, Eugène Baruteau, et à son jeune neveu, l'intrépide journaliste Raoul Signoret. Surtout quand le témoin numéro un se rétracte : « Un innocent est au bagne à ma place ! » Ce duo familial d'enquêteurs, auquel vient s'ajouter Cécile, la fiancée de Raoul, va de surprise en surprise et découvre qu'un même homme fait l'objet de trois verdicts contradictoires. Le vice ne se cache pas toujours là où on l'attend... En restituant l'atmosphère de Marseille à la Belle Epoque, Jean Contrucci, critique littéraire de *La Provence*, se fait ici l'historien et le romancier d'une affaire stupéfiante, qui défraya en son temps la chronique.

Du même auteur :

Romans

La Poisse (NEB, 1981), réédité sous le titre *Pris au piège*, Autres temps, 2002.

Comme un cheval fourbu, Belfond, 1984.

Un jour tu verras, Belfond, 1987.

La Cathédrale engloutie, Grasset, 1992.

L'Énigme de La Blancarde, Lattès, 2002 (Prix Paul Féval de la Société des Gens de Lettres, 2003).

Nouvelles

Suite provencale, La Table Ronde, 1996.

Chroniques

Ça s'est passé à Marseille, 5 volumes, Autres temps, 1992-1998 (Grand Prix Littéraire de Provence).

Histoire

Marseille, 2 600 ans d'Histoire (avec Roger Duchêne), Fayard, 1999.

Et Marseille fut libéré, Autres Temps, 1994.

Parle-moi de Marseille, Autres Temps, 1999.

Composition réalisée par NORD COMPO

IMPRIMÉ EN ESPAGNE PAR LIBERDÚPLEX
Barcelone
Dépôt légal éditeur : 65701-10/2005
Édition 2
LIBRAIRIE GÉNÉRALE FRANÇAISE - 31, rue de Fleurus - 75278 Paris Cedex 06

ISBN : 2 - 253 - 10877 - 4 31/0877/6